JN211386

月光のレクイエム

★ ★ ★

アイリス・ジョハンセン／ロイ・ジョハンセン
瀬野莉子 訳

ハーレクイン®
MIRA文庫

* * *

THE NAKED EYE

by Iris Johansen & Roy Johansen

Japanese translation rights arranged with JANE ROTROSEN AGENCY
through Japan UNI Agency, Inc.

Published by Harlequin Japan,
a Division of K.K. HarperCollins Japan, 2018

人生を大いに愛し、楽しみ、同じだけの愛と楽しみをもたらしてくれたシェリー・カプラー・クーリーに
あなたを恋しく思わない日はありません

月光のレクイエム

★

主要登場人物

ケンドラ・マイケルズ……音楽療法士。
オリヴィア・ブラント……ケンドラの親友。
イヴ・ダンカン……ケンドラの友人。
ベス・アヴェリー……イヴの姉。
サム・ザコフ……コンピューターの専門家。
アダム・リンチ……諜報機関のコンサルタント。
マイケル・グリフィン……ＦＢＩ主任捜査官。
マーティン・ストークス……サンディエゴ市警殺人課刑事。
シェイラ・ハンター……記者。
エリック・コルビー……連続殺人犯。

1

彼女は浮いていた。血の海に。

ちがう、いまや血の川になっている。

これはいったい……。

そうだ。

これは夢。何カ月も悩まされている、いつもの恐ろしい夢だ。なぜもっと早く気づかなかったのだろう？

それは、この恐怖が本物で、この悪夢が現実なのではないかといつも恐れているからだ。コルビーは悪魔だ。悪魔は悪夢を現実にできるのではなかったか？

ケンドラはコーチェラ・ヴァレーの峡谷に戻っている。かつてコルビーを倒した場所だ。けれどもコルビーは来る夜《よ》も来る夜《よ》もここにいて、峡谷の奥の岩の上にしゃがみこみ、血の川の流れがケンドラを運んでくるのを待っている。

やめて！

コルビーが笑い、二本の大きなナイフを持ちあげる。「やあ、ようやく会えたな、ケンドラ。こうなることは決まっていた」

　そして、両手のナイフを振りあげる。

　闇、闇、闇――


〝一件受信しました〟

　メールの着信音が携帯電話から鳴り響き、ケンドラ・マイケルズははっと目を開けた。

　ああ、もう。

　ベッドの縁から脚をおろし、メールを確認した。サンディエゴ市警の殺人課刑事、マーティン・ストークスからだ。ある住所と、いくつかの詳細が記されている。

　しばらくのあいだ呼吸を整え、自制を取り戻そうとした。悪夢のせいで体が震え、顔は汗に濡《ぬ》れている。じきに落ち着くはずだ。毎晩悪夢を見ては、生き延びてきたのだから。

　コルビーのもとから生き延びたように。

　あのときに引きずり戻されるつもりはない。いつかこの悪夢を追い払ってみせる。

　けれども、いまこの手のひらの上で、現実の悪夢が手招きしている。もちろん、行かなくてもかまわない。犯行現場の写真をちらりと見て、ケースファイルをざっと読めば、知りたいことはおそらくすべてわかる。

おそらく。

わたしは誰をごまかそうとしているのだろう？ 自分が行くことはわかっているのに。

どれだけ恐ろしい現場だろうと、いまだに夢でわたしを愚弄するあの獣《けだもの》と比べれば、何ほどのものでもない。

手早くシャワーを浴びて、出かけよう。ケンドラはジーンズをつかみ、バスルームへ向かった。

ふと足を止め、洗面台の鏡を見つめる。手を伸ばして目の下のくまにふれた。

悪夢ふたたび、だ。いまの自分の顔に力強さはない。弱々しく、いまにも砕けてしまいそうに見える。

いいえ、わたしは砕けたりしない。四年前、夜のあの峡谷でコルビーの頭を砕いたのはわたしだ。

コルビーはケンドラがＦＢＩに初めて捜査協力をした事件の犯人で、犯行の残虐さに戦慄したケンドラは、絶対に犯人をつかまえると固く決意した。追いつ追われつの捜査はあの峡谷でクライマックスを迎え、ケンドラは九死に一生を得て、コルビーの頭蓋骨を砕き、病院送りにした。コルビーはそれを耐えがたい敗北ととらえた。ケンドラが勝利を収めて自分を刑務所に送りこんだと考えるのは、自尊心が許さなかったのだ。憎しみと強迫観念を抱き、それをケンドラに知らしめた。死刑囚監房に閉じこめられていたあいだも、コルビーは暗い影となってケンドラにつきまとった。

あの峡谷でわたしを待っているんでしょう、コルビー。

わたしにはわかる。

待っていればいい。待つのに飽きたら、追ってくればいい。

わたしもただ立ちつくしてはいない。

ケンドラは体の向きを変え、シャワー室に飛びこんだ。


「来るとは思わなかったよ」ストークスが警察の規制テープを持ちあげ、ケンドラはその下をくぐってクラフツマン様式の平屋の私道に入った。通りには警察車両が四台停《と》まっていて、赤と青のランプが家を照らしている。制服警官や刑事、鑑識員たちがあたりを行き来していた。

ケンドラは肩をすくめた。「朝の三時半に、ほかに何か用があるとでも?」

「いろいろあるだろう。なんといっても、きみがここに来る義務はないんだから」

ストークスはどこまで知っているのだろう。ケンドラはいつもの寒気を感じた。「来なくてはならないのよ」

震えを抑えようとしたが、ストークスが目を鋭くしたのを見るに、その努力はうまくいかなかったようだった。「そうだな。だが、礼はケールに言ってくれ。連続殺人や儀式的な殺人に出くわしたらきみに連絡するよう、おれの頭に叩《たた》きこんだのはやつだから。ケールはきみのことを天才だと言ってる」

　ストークス自身はそう思っていないということだろうか。ケンドラは値踏みする視線を向けた。年は三十過ぎ、後退しはじめた茶色の髪、人好きのする顔立ち。突っかかってきたり、冷笑したりする様子はうかがえない。「ケールは優秀な刑事よ」

「ソフトボール選手としては最悪だが、ほかは……」ストークスはついてこいと合図して私道を歩きはじめた。「まあ、たいていの面では信頼してる。実のところ、このヤマできみに連絡する口実ができて喜んでるんだ」にやりと笑う。「きみに興味があってね。だが、信じられないような話をたくさん聞いてるから、どれがほんとうなのかよくわからない」

　ケンドラは薄い笑みを浮かべた。「ほとんどは嘘《うそ》よ」

「そんなことはないだろう。なあ、生まれてから二十年間、目が不自由だったというのはほんとうなのか」

「ええ」

「まったく見えなかったのか？」

「そうよ。何ひとつ見たことがなかった」

「信じられないな。ケールによると、幹細胞手術か何かで視力を取り戻したそうだが」

　ケンドラはうなずいた。「イギリスで受けたの。角膜再生術の初期研究が盛んに行われてたから」

「目が不自由だと、視覚の代わりにほかの感覚が発達するとよく聞くが、きみがほかの人間が気づかないことに気づけるのはそのせいなのか?」

この話題はもう勘弁してほしい、とケンドラは思った。でも辛抱しなくては。少なくとも、ストークスはじゅうぶん感じがいいし、今後また似たような殺人事件に出くわしたときに連絡してもらう必要があるかもしれない。「そうだと思う。でも、わたしの聴覚や嗅覚、味覚、触覚がほかの人より優れているとは思わない。昔はそうした感覚を駆使して生き抜かなくてはならなかったというだけ」

「ああ。そして、そのあとで視覚も手に入れた」ストークスは唇の端を持ちあげた。「覚えていないだろうが、数年前のヴァン・ビューレンの事件のとき、おれも現場にいたんだ。担当ではなかったが、きみに興味津々でね。後ろのほうから見守ってた」

「そうなの? 楽しんでいただけたのならいいんだけど」

「何か気に障ることを言ったか? そんなつもりは――あれはすごかったよ。容疑者が妻と電話で話しているときの唇の動きを読んで、事件を解決した。感心したし……驚いた。おれも読唇術を習いに行きたくなったよ」

「習ったの?」

「いや、いつものことだが、時間がたつうちに実行に移すのをすっかり忘れてしまった」

ストークスはそこで言葉を切った。「だが、知っておいてもらいたい。きみのことを天才だと考えてるのはケールだけじゃないよ。おれもだ、ドクター・マイケルズ」

ストークスは誠実だ。誠実さには礼儀と広い心で報いる必要がある。「ありがとう。連絡してくれたこと、感謝してるわ。またこういう現場に当たったら、わたしを思い出してくれるとうれしい」

「任せてくれ」ふたりは玄関ドアの前まで来た。「ここでもう少し待とう」ストークスは開いたドアからなかをのぞき、片手をあげた。「写真係がまだ作業中だ」

「ええ」

ストークスは腕を組んだ。「今回は、目の前のものにしっかり神経を集中させてもらわないといけないと思う」

「どんなものであれ」ケンドラは緊張が高まりはじめるのを感じた。外で立ったまま待つのは落ち着かない。「わたしは当たり前と思わないことにしてるの。わたしにとって、目に映ったものは単なる情報じゃない。贈り物なの。長いあいだわたしからは遮断されていた、世界の一部。だから、すべてを吸収したいんだと思う」

「きみが予想している以上のものを見るんじゃないかと不安なんだ」ストークスは頭を振った。「気持ちのいい現場とは言えない」

ケンドラは隣の家の私道へ目をやった。取り乱した様子の禿《は》げた男に、別の刑事が話を聞いている。男はスウェットパンツにTシャツという恰好《かっこう》だ。

「彼が被害者の夫?」

「ああ。二階のベッドでテレビを観《み》ていて眠りこんでしまったそうだ。二時少し前に階下《した》へおりてきて、キッチンで妻の死体を見つけた。ひどいありさまだよ」

「犯人にまったく心当たりはないの?」

「ああ。妻は小学校の教師で、夫の知るかぎり敵はいないそうだ」

「夫のほうに敵がいるのかも。仕事は何を?」

「銀行で住宅ローンのマネージャーをしてる」ストークスは家のなかを振り返った。「よし、終わった」

ケンドラはストークスのあとについて狭い居間へ入った。濃いオレンジ色の厚い絨毯《じゅうたん》は、十五年前に敷かれたときからすでに流行遅れだったにちがいない。ざっと室内を見まわした。たくさんの写真、旅行の土産物。二枚ある水彩画はクルーズ船の絵画オークションで購入したのだろう。

奥のドア口から、少なくとも六人の足音が聞こえた。いや、おそらく八人だ。

ストークスに促されてケンドラはドア口を抜け、犯行現場で作業していた七人の男とひとりの女に会釈をした。最近、ほかの事件の捜査で会ったことのある者がほとんどだ。ケンドラを見ても警戒する様子はない。ケンドラが手柄を横取りしたりはしないともう知っているのだ。

ここに来たのはそういうことのためではない。

鑑識員がふたり、扉の開いた冷蔵庫の前にしゃがみこんでいた。ケンドラに気づいて場所を空け、彼らをここに呼びよせたものをあらわにする。三十五歳のマリッサ・コーラーが自らの血の海に横たわっていた。

この数年で殺人の被害者を大勢見てきたし、これよりもひどい現場もたくさんあったが、それでもケンドラは腹を蹴られたように感じた。こうした恐ろしい光景に何も感じない人間にはなりたくない、と思った。この女性は人生最後の日を淡々と過ごしていたのだ。人生がじきに恐ろしい終焉《しゅうえん》を迎えるとは思いもせずに。

引きずられてはいけない。集中して。

これがあの男のやったことなのかを確かめなくては。あの怪物の仕業なのかを。

タイルの床に飛び散った血を踏まないようにしながら、ケンドラは死体のそばにひざまずいた。寝巻きのショートパンツとロングTシャツを身につけた死体は、夜食を探していて襲われたかのように、開いた冷蔵庫の前に横たわっている。手は顔の近くにあり、倒れたあとも防御するような姿勢をとっていた。一・五メートルほど離れたところに丸眼鏡が落ちている。鼻についた痕と眼鏡のブリッジの形が一致しているから、被害者のものにまちがいない。

ストークスが開いたままの裏口を指さした。蹴破られたかのように壊れている。「あそこが侵入口だ。裏の窓にはカーテンがないから、犯人には女性が見えたにちがいない」

「そうかもしれない」ケンドラは身をかがめ、被害者の傷を観察した。喉に水平の切り傷が五本走り、腹部にも十以上の刺し傷がある。

誰がこんなことをしたの、マリッサ。これをやったのは……あの男なの？

教えて。何か手がかりをちょうだい。何か……。

ケンドラの目が被害者から裏口のドアに動いた。

なるほどね。

ケンドラは立ちあがり、服をはたいた。「みなさん、ありがとう。邪魔をしてごめんなさい」そして体の向きを変え、部屋をあとにした。

ストークスが追ってきた。「待ってくれ。これで終わりか？」

「そうよ」

ストークスはケンドラの腕をつかんだ。「何かわかったのか？」

「知りたかったことはわかったわ」

苛《いら》立《だ》った目でストークスはケンドラを見た。「それで、説明してくれる気はあるのか」

「もちろんよ」できれば朝になってからにしたかった。早くここから出たくてたまらない。

ケンドラは居間で足を止め、ドア口の奥を振り返った。「これは連続殺人犯の犯行ではない。わたしが捜している男の仕業ではありえない」

「それなら、誰がやったんだ」

「被害者の夫よ」

ストークスは声を落とした。「なんだって」

「キッチンの現場は偽装されている。二階を調べて。殺されたのはそこよ」

「なぜわかった？」

「血のにおいが階段からおりてきている。甘ったるくて、かなり金《かな》くさいにおい。レイソル社のデオドラントパウダーを缶の半分使ってごまかそうとしたようだけど」

ストークスはあたりのにおいを嗅いだ。「パウダーのにおいはするが……」

「血のにおいも嗅ぎとっているはずよ。気づいていないだけ。鑑識チームを二階へやって、ルミノール検査をして。被害者の踵《かかと》には絨毯にこすれたあともかすかについていた。階段を引きずりおろされてポーズをとらされたあと、さらに何回か死後に刺されたんだと思う。いくつか出血の少ない傷があったから」

「裏口のドアは？」

「外からドアを蹴破って、押し込み強盗を装うだけの知恵はあったようね。でも、中庭の外までは行っていない。中庭の土は踏み乱されているけれど、その外に足跡はなかった」

「確かか？　外は暗いが」

「ポーチの明かりが五メートルくらいは届いていた。確かよ、庭から家に侵入した者はいない。それに、壊れたドアの枠に、オレンジ色の小さなゴム片がついていた」

ストークスはケンドラをじっと見た。「オレンジ色のゴム片」

ケンドラはうなずいた。「スニーカーのけばけばしいオレンジ色のソールをあなたも見たはずよ。夫が履いていたでしょう」

「なんてこった」ストークスはつぶやいた。

「以上よ」ケンドラは疲れた声で言った。「おやすみなさい、刑事さん。あとは任せてもだいじょうぶでしょう」

ストークスは答えずに、ドアから足早に出ていった。

ケンドラは家を出て、ゆっくりと私道を歩いていった。急いで帰る必要はなかった。落胆し、疲れていたが、またベッドに入っても悪夢が待っているだけだ。

ストークスを振り返ると、夫に近づいていくところだった。夫はまだ妻を亡くして取り乱した男の役を演じている。あの男は素人だ。ほかにもいろいろ証拠を残しているのはまちがいないから、数時間のうちに容疑が固まるだろう。

「もうすんだのか？」よく知っている皮肉っぽい声が通りから聞こえた。

ケンドラは苛立ちのため息をついた。「アダム・リンチ……またあなたなの？」

「おいおい、その声音は気に入らないな。傷つくよ」

振り向くと、リンチがケンドラの車に寄りかかっていた。深夜で、ほかのみなはベッドから出てきたばかりというくたびれた様子なのに、リンチの黒っぽい髪にはひと筋の乱れもない。きっとベッドを出た瞬間からこうなのだろう。ジーンズにセーター、ローファーという恰好で、陰惨な殺人現場にはどうにも似つかわしくない、セクシーな最上級の笑みを浮かべている。それを言うなら、リンチはすべてが最上級だ。フリーランスの諜報員《ちょうほういん》で、高額の報酬と引き換えにさまざまな機関や国家のために働いている。ケンドラが見てきたかぎり、その仕事ぶりは冷酷で独創的だ。けれども、いっしょに捜査に当たるときには、彼の手腕や冷徹な知性をありがたく思うこともあった。彼に感情を揺さぶられてその危険さを意識し、警戒することもある。ふたりの関係は複雑なものになっていて、リンチのことをどう思っているのかときどきわからなくなる。

「傷つく？」ケンドラは言った。「あなたに感情なんてあるの？」

「一本とられたな」リンチは腕時計を確認した。「ところで、二分半で事件を片づけたようだな。最速記録じゃないか？」

「ここに来たのは事件を解決するためじゃない」

リンチは笑みを消した。「わかっているよ、ケンドラ。最近あちこちの犯行現場に足を運んでいるそうだな」

「楽しいからじゃないわよ」

「それもわかっている」

ケンドラは黙りこんだ。「あの男は戻ってくる。わたしたちにはそれがわかっている」

「あれから四カ月たった」

「コルビーは用意周到よ。何年もかけて次のステップを計画してきた。あと数カ月待つのがなんだというの？」ほんとうのことだ。コルビーは準備をいとわない。あの峡谷での夜にケンドラと対決するまで、コルビーは二十人以上をさまざまな残酷な方法で殺してきた。時間をかけてひとりひとりの殺害計画を練り、彼らの死が苦痛に満ちたものになるよう手《て》筈《はず》を整えた。「コルビーの決意は揺らがない。殺さずにはいられないのよ。自分のやり方を貫かずにはいられない」

リンチは目をそらした。「そうだな」

「わたしを信じていないのね」

「そうは言っていない」

「言わなくてもわかる。コルビーがほんとうにまだ生きているとは思っていないのよ」

「きみが信じているなら、ぼくも信じる」

ケンドラは車のルーフに両手を叩きつけた。「これまで聞いたなかでいちばんやさしいお言葉だわ。ほんとうよ、目が不自由だったときにはかなり甘やかしてもらったけれど」

リンチはケンドラに目を戻した。「本気で言ったんだ、ケンドラ」静かに言う。「きみの判断を信じている」

「カリフォルニア州の矯正局が信じていなくても？」

「コルビーは彼らの受刑者で、死にいたらしめるのが彼らの責務だった。へまをして有罪の連続殺人犯を野放しにしたと認めさせるのは、求めすぎというものだろう」

「刑務所づきの医師とその妻の死体が、四十八時間もたたないうちに発見されたのよ。それをまだ偶然と考えているなんて信じられない」

「あれは事故のように見えた。きみだって、そうではないという確証は見つけられなかったんだろう」

ケンドラはうなずいた。「コルビーと協力者は抜かりなく、いっさい証拠を残さなかった。医師はコルビーの心拍をゆっくりにする薬を注射して、部屋いっぱいの見届け人たちの前で死亡宣告をし、レンタルした霊柩車《れいきゅうしゃ》でサン・クエンティン州立刑務所の正門から堂々とコルビーを運び出したのよ」

「何か証拠さえあれば、みな耳を傾けるよ」

「やってはみたわ」ケンドラはもどかしさに拳を握りしめた。「誰も意に介さなかった」

「ぼくは信じているよ、ケンドラ」

「ある程度は、でしょう」

「火葬業者のほうからも何もたどれなかったんだったな」

「ええ。書類の整った遺体があの晩に運びこまれたというだけ。火葬業者は指紋をとったり身元を確認したりはしない。誰にも捜されない死体をスラム街から手に入れてくる怪物がいるなんて、仕組み上では想定されていないから」

「やはり証拠はなしか」

「追うべき手がかりがたくさんあるのは、あなたも認めざるをえないはずよ。コルビーの協力者だったマイアットは、ゾンビドラッグと呼ばれる薬を所持していたし、刑務所づきの医師の名前が書かれたメモを持っていた。マイアットは死ぬ前に、コルビーはまだ生きているとほのめかしさえしたのよ」

「きみを苦しめようとしたのかもしれない。そういうことが何度もあっただろう」

「ＦＢＩはそう考えている」ケンドラは力なく頭を振った。「あなたは味方だと思っていたのに」

「味方だよ。だから朝の四時にここにいる」

「ＦＢＩに言われて来たんじゃないの？　波風を立てるのはやめて、おとなしくしていろと諭しに――」

「ちがう。ぼくはＦＢＩの使い走りじゃない」

「あなたがそんなことを言うなんておもしろいわね。報酬を払ってくれるならどんな機関にも仕える、引く手あまたの使い走りなのに。今週はどこに雇われているの？　ＦＢＩ、

CIA、それともNSA？」

「どこにも雇われていない。きみのために来たんだ、ケンドラ」

「そう」ケンドラはリンチをじっと見た。これまでの二回の捜査を通じて、リンチのことには詳しくなった。深く知りすぎて、自分の感じているもののどこまでが性的な引力で、どこまでが心と魂に稀有《けう》な音を響かせる、タフで知的なパートナーの刺激なのかがわからなくなった。この瞬間にも両方を感じていたが、いちばん強く感じるのは、これまでにはなかった新たな雰囲気だ。リンチは……真剣に心配している。わたしを気遣っている。それに気づいて、ケンドラは心が温かくなるのを感じ、頬をゆるめた。「殺人犯がわたしをつけ狙っていると思っていたときよりも、はるかに心配しているみたいね」

「いまのほうがもっと厄介だ。コルビーはきみのなかにいる。きみの頭のなかに。いまもあの夢を見るのか？」

ケンドラは答えず、目をそらした。リンチはあの悪夢のことを打ち明けた唯一の相手だ。コルビーが死んだとされている処刑の直後、ケンドラが不安に苛《さいな》まれ、悪夢を見はじめたときに、リンチはずっとそばにいてくれた。

「何カ月も悪夢が続いて……やつはきみを毎晩あの峡谷に連れ戻した。だが、あの出来事は悪夢なんかじゃない。あの夜、きみはコルビーをつかまえた。勝利を収めたんだ。あのとき、頭蓋骨を砕くのではなく息の根を止めていたらと思わずにはいられない」

「刑務所送りがあの男にはふさわしいと思ったのよ。まちがっていたけれど」

「ぼくの家に戻ってこい。あそこなら安心できるだろう」

「一生あなたの要塞に隠れているわけにはいかないのよ、リンチ。それに、悪夢はあそこではじまった」

「あそこで終わるかもしれない」

「あなたのビキニモデルの恋人も、わたしがいたら煙たがるんじゃないかしら」

「アシュリーは最近この街にはほとんどいないんだ。売れっ子でね。それに、彼女もきみに会いたがっている」

「敵を品定めしたいだけかも。でも、あんなきれいな女性なら向かうところ敵なしでしょう」

リンチはケンドラに一歩近づいた。「きみもアシュリーに引けをとらないくらいきれいだよ」

ケンドラはリンチを見あげた。急に距離が近づいて、その親密さに心を乱された。動揺しすぎだ、と認めざるをえなかった。ああ、もう。

ケンドラは目をそらした。「またわたしを甘やかしてる。写真撮影のためにわたしをフランスのリヴィエラまで引っ張り出そうとするファッションデザイナーなんていないわ」

そして微笑《ほほえ》んだ。「最近いくつかの雑誌で彼女の写真を見たけれど、水着モデルから、カクテルドレスやスポーツウェアのモデルに活躍の場を広げたみたいね」

「アシュリーの話はもうやめよう」リンチはぶっきらぼうに言った。「ぼくが心配しているのはきみのことだ」

「心配なんてしなくていい」

「それならこんなことはやめろ」

「こんなこと？」

リンチは腕で殺害現場を示した。「これだ。血まみれの死体の情報を聞きつけると、すべてをなげうって駆けつける。以前は警察やＦＢＩのほうから協力を求めたものだが、いまはきみを追い払うほうが難しい」

「みんな大歓迎してくれるわよ」ケンドラは皮肉混じりに言った。

「ぼくの言いたいことはわかるだろう」

「そうね、わかっている」ケンドラは相手の目を見つめた。「でも、コルビーが戻ってくることをわたしは知っている。コルビーは殺しをせずにはいられない。そういう人間なのよ。長くは潜んでいられないはず。ふたたび浮上してきたときには、その現場にいたい」

「そうすればいい。だがいまは、警察やＦＢＩに仕事をさせておけ。彼らは有能だ。ラボも国際的なデータベースもあるし、人材にも事欠かない。信頼するんだ」

「できるわけないでしょう。コルビーが生きていることすら信じてくれないんだから。コルビーを捜してもくれないのよ」

「この国にはいないかもしれない。州内の現場ならきみも駆けつけられるが、やつがブダペストで犯行に及んでいたら、なんの意味もないだろう」

ケンドラは車に物憂くもたれかかった。「わかっているわ。ウェブの検索にも時間を割いて、コルビーが現れた様子がないか調べている」

リンチは頭を振った。「少し距離を置くべきだ。きみのためによくない。疲れているように見えるぞ」

「もうすぐ朝の四時だもの、疲れて見えて当然よ。こざっぱりしているあなたのほうがおかしいの」

リンチはポケットに手を入れて肩をすくめた。「朝食に行こう。〈ブライアンズ24〉には行ったことがあるか?」

ケンドラは笑った。「わたしはベッドに行くことにするわ」

「そのほうがなおいい」リンチは親密な、いたずらっぽい笑みを浮かべた。「好きなほうでかまわないよ、ケンドラ」

「ひとりで眠るのよ。わたしの家で」

「オーケー、それでいい」リンチは頭で刑事たちのほうを示した。夫が刑事たちに促され、警察車両の後部座席に乗りこんでいる。「だが、次にどこかの殺人現場に乗りこみたくなったときには、ぼくに連絡してくれ」
「なぜ？　止めようというの？」
「そんなことは考えていない。きみといっしょに行けるようにするためだ。きみのあとを追うよりもずっといい」リンチは体の向きを変え、歩き出した。「考えておいてくれ。ぼくたちはいいチームになる。ずっとそう思っていたんだ」

ケンドラがガスランプ地区のそばにあるコンドミニアムに戻ったころには、空が白みはじめていた。犯行現場と、思いがけないリンチの登場のダブルパンチですでにくたくただったが、朝日のせいで寝つけなくなった。目が見えるようになった最初の年、日の光がカーテンの隙間から入りこんで目が覚めないようにするために、寝室の窓をアルミホイルでふさいだ。その問題は乗り越えたけれども、いまでも外が明るいときにいったん目が覚めると、もう一度寝つくのが難しい。

遮光カーテンを買う頃合いかもしれない。あるいは、アルミホイルの巨大なロールを。

さらに難しかったのは、リンチを心から締め出すことだった。なぜリンチはわたしがあそこにいることを知っていたのだろう。

知っていても不思議はない。彼はアダム・リンチだ。あちこちに情報源を持っている。

居間の電話のランプが点滅し、出かけているあいだ――朝の三時半から四時のあいだに電話がかかってきたことを知らせていた。犯行現場にいた誰かがあのあとすぐにかけてきたのだろうか。でなければ、母かもしれない。いまはアムステルダムの学会に参加していて、時差を考慮するのをよく忘れる。

電話機を取りあげ、発信者を確認した。オランチャ保安官事務所。

また殺人事件だろうか。オランチャまでは三百キロほど離れている。そこまでは監視の網を広げていない。その保安官事務所に知り合いがいたか、思い出そうとする。

いいえ、誰もいない。

事件が起こっていたとしても、ケンドラが行くまでに時間がかかることは承知しているはずだ。それなのになぜこんな時間に連絡してきたのか。

メッセージが録音されていたが、できるだけ早くハンク・フィラーディ保安官助手まで折り返し電話をくれという簡潔な伝言が残されているだけだった。

ケンドラは手のひらのコードレスホンを見つめた。

かけるのはやめよう。

リンチの言うとおりだ。もう少し距離を置いたほうがいい。どんな用件にしろ、残された数時間にどれだけ眠れるかを試してからかけなおしても問題はないだろう。

ケンドラは電話機を戻した。

メキシコ

〝ヴィクター・チャイルドレス〟

彼はたったいま購入した身分証の名前をじっと見た。ヴィクター・チャイルドレス。自分で選んだ名前ではないが、用は足りる。

パスポートをポケットに入れ、打ちよせる波のほうを向いた。ビーチは暗く、波が砕けるのは見えないが、波音は聞こえた。深く息を吸う。すがすがしいはずなのに、そうは感じなかった。塩と砂埃《すなぼこり》を吸いこんだかのようだった。

ここを離れるのが待ちきれない。

サンディエゴからほんの一時間の距離だが、別世界のようだった。ろくでもない土地だが、目的には適《かな》っている。ここでは誰も自分を知らないし、捜そうとも思わない。それに、長年あの刑務所で過ごしたあとで、充電をして帰還の準備をする必要があった。

時は満ちた。長いあいだ計画を練り、ついにこのときを迎えた。

足もとで、ずんぐりとしたメキシコ人の男が血だまりに体を丸め、あえいでいる。肺がつぶれているから、あと一、二分の命だろう。

ナイフをポケットにしまい、手に入れたばかりのカリフォルニア州の偽造運転免許証やそのほかの品にふたたび目をやった。注文した品はどれも文句なしの出来映えだ。それもポケットにしまった。死にかけている男は見事な仕事をしてくれたが、生かしてはおけない。ここまでこぎつけた計画を、口の軽い職人のせいで台なしにする危険は冒せない。

瀕死《ひんし》の男をまたぎ越え、暖かい砂浜を歩いていった。旅のはじまりを告げるかのように、ふいに風が吹き抜けた。

高揚感がこみあげる。もうじきすべてが実を結ぶ。

待つのは終わりだ。

エリック・コルビーは笑みを浮かべた。「いよいよだ、ケンドラ」そっとささやく。「感じるか？　じきにわかるだろう。これはおれたちの最高傑作になる……」

2

「ドクター・マイケルズ？　ケンドラ・マイケルズですか？」

寝ぼけたまま、ケンドラはベッドで体を起こし、電話機を耳に当てなおした。もっとはっきり目覚めていたら、電話には出なかったのに。時計を見ると朝の七時二十五分だった。

「そちらがどなたかによるわ」

「オランチャ保安官事務所のハンク・フィラーディです」

ぴんとくるまでにしばらくかかった。「オランチャ……ああ。電話のメッセージの」

「そうです。何度も電話して申し訳ありませんが、ちょっと手を貸していただけないかと思いまして」

「わかりました。殺人事件ですか？　わたしが興味を持ちそうな手口の事件が――」

「いえ」フィラーディは無遠慮にさえぎった。「ドクター・マイケルズ、当地の殺人事件はわれわれでじゅうぶんに対処できます。外部の方に連絡したりは――」

「それなら、なぜわたしを起こしたの？」

「電話したのは、ベス・アヴェリーという女性の件です。この女性をご存じですか」

「ベス」ケンドラははっとした。「ベスは無事なの？」

「ご親戚ですか？」

「無事なの？」ケンドラは厳しく聞き返した。「答えて」

「だいじょうぶですよ。ご親戚ですか」

「いいえ」ケンドラは上掛けをはいで立ちあがった。「ベスは友人のイヴ・ダンカンの姉です。どういうことなんですか」

「こちらが知りたいんですよ」フィラーディは苦りきった声で言った。「こちらの留置場にベス・アヴェリーがいるんですが、どうしたらいいのかわからなくて」

「なんですって？」

「ゆうべから勾留されているんです。暴行その他の容疑で逮捕されて」

ケンドラは頭を振った。会話がどんどん現実離れしていく。「もう一度いいかしら……ベスが、ええと……」

「目撃者がいるんです。ここから通りを少し行ったところにある〈酔いどれ〉というバーの外で事は起こりました。大の男をのしたんです」

「男を？　何かのまちがいよ。ベス・アヴェリーは平均的な体つきだし、そんな力はない。気性も荒くはないし」

「病院送りにされた身長一八八センチの大男にそう言ってみてください」

「信じられない」

「同意しますよ。もっと信じられないのは、保釈を申請すれば日が変わる前に自由になれたというのに、当人がなんの手続きもせず、電話の一本もかけようとしなかったことです。経済的に困っているようではないし、わたしがほしいと思っているものより数段いい車に乗っているのに」

　ベスは億万長者で、あの車はカリフォルニアに住むと決めたとき、自身に許した唯一の贅沢品《ぜいたくひん》だった。いったいあなたは何に首を突っこんだの、ベス。

「いいですか」フィラーディはつっけんどんに続けた。「わたしは彼女を助けて、早く留置場から出そうとしているだけなんです。彼女はここにいるべき人間じゃない。ドラッグの検査もしましたが、陰性でした。ハーリー・ギル――彼女がのした男は、地元で暴行や不品行を繰り返しています。彼女は感じがよくてとても気さくな女性のようですから、早く手続きをして、あの男が病院から出てくる前に町から出してやりたいんです。収拾のつかない事態になる前に」

「協力します。わたしの番号はどうやって？」

「彼女の携帯電話の緊急連絡先に登録されていました」

　ケンドラはうなずいた。数カ月前に最後に会ったとき、ベスの携帯電話に自分で電話番号を登録したのだ。それから何度か話をしたが、ベスはいつも陽気で元気そうだった。

「わかりました。ベスと話せますか」

「誰とも話したくないようです。ここにいることを誰にも知られたくないと言っていました。あなたと話すのもいやがるのではないでしょうか。あなたは、彼女の妹さんの友人だとおっしゃいましたね」

「ええ、イヴ・ダンカンの友人です。でもイヴはジョージア州に住んでいるから、行くとしても着くのは夜になるでしょうね」ケンドラは言葉を切った。「それにベスは、困ったことになっているのをイヴには知られたくないかもしれない。イヴはベスといっしょに暮らして面倒を見たがっているから」

「悪くない考えかもしれませんね」フィラーディは辛辣に言った。「いいですか、あなたがどうなさるかはともかく、わたしとしては保釈の手続きを手伝うことはできます。しかし彼女がそれを望んでいるか、受け入れるかどうかは――」

「そちらに行きます」ケンドラは考える前に口走っていた。「昼すぎには着きますから」

「友人が来てくれれば彼女も喜ぶでしょう、認めはしなくても。インディペンデンスのインヨー郡拘置所に勾留されています。ペンはありますか？」

ケンドラは所在地と留置番号を書き留めた。「どうもありがとう」そして電話を切った。

困惑して頭を振る。

ベス・アヴェリーが、留置場にいる。

そんなばかな。

ベスは以前、賄賂を受けとった精神科病院の理事によって、何年ものあいだ不当に病院に閉じこめられていた。そして最近になってようやく、それまで奪われていた自由を味わえるようになった。その変化に対処しきれなかったのだろうか。

可能性はある。視力を取り戻した直後に自分自身も混沌《こんとん》とした日々を過ごしたことを、ケンドラは思い返した。そのころのことは〝やんちゃ時代〟と呼んでいる。光と色の世界がとうとう開かれ、それまでに想像していた以上の自由と自立を手に入れた。あらゆる刺激を求めて無茶を繰り返し、友人や家族を心配させたものだ。

何日か留置場で過ごしたこともあった。無鉄砲だった日々を後悔してはいないけれども、あの経験だけはなくてもよかったかもしれない。少なくとも、ちょっとばかりはやりなおしたい。

ケンドラは携帯電話を手にとり、カレンダーアプリを確認した。きょうは研究に当てる日で、チューレーン大学と共同で行う音楽療法研究のデータ整理をする予定になっていた。

後日にまわしても問題はない。

ベス・アヴェリーがわたしを必要としている。

インヨー郡拘置所
午前十二時三十分

ケンドラは狭い会議室にいた。普段は収監者と弁護士の接見に使われる部屋だ。インヨー郡拘置所はカリフォルニア州のインディペンデンスというのどかな町にあり、このあたりには、何キロも続く砂漠が雪をかぶった山脈とぶつかる不思議な景色が広がっている。訪れたのは初めてで、今後また来るとも思えなかった。

勢いよくドアが開き、ベス・アヴェリーが部屋に入ってきた。最後に会ったときとは雰囲気がちがっている。いい変化だ、とケンドラは思った。記憶にあるよりもやせていて、ふくらはぎ丈のブーツを履き、ジーンズと、青いチェック柄のフランネルのシャツを着ている。けれども、大きく変わっているのは顔つきだった。血色がよく、目もきらきらしている。いまの状況にもかかわらず、足どりは自信にあふれていて、病院を出たてのころのおどおどとした歩き方とはまるでちがう。肩までの黒っぽい髪が後ろになびき、いきいきと輝いている。

「久しぶりね、ベス」

ベスはケンドラに気づき、凍りついた。大きく首を振る。「どうして。あれは緊急事態のときだけ……」

「緊急事態になりかねないと思えたようよ」ケンドラは立ちあがってベスを抱きしめよう

としたが、看守に身ぶりでさがるよう促された。

「イヴは知ってるの？」ベスは尋ねた。

「まだよ。心配させたくなかったの、あなたが何に首を突っこんだのか把握するまでは」

「そのあと、心配させるつもりなのね」

「たぶんね」

「やめて。そんな必要はない」ベスは小さなテーブルにつき、ケンドラはその向かいに座った。「連絡が行ってしまってごめんなさい、ケンドラ。あの人たちが余計なことをしないでくれたらよかったのに」

「ベス……なぜこんなところにいるの」

「筋を通すためよ」

「彼らは手続きを進めようとしている。教えてもらったところでは、あと一時間でつなぎ服に着替えさせられて、一般房へ移されるそうよ」

ベスはにやりとして自分の服を見おろした。「もうちょっとあとで来ればよかったのに。オレンジ色の受刑者服のほうが似合ってたかも」

「ここへ来たのはファッションショーのためじゃない。あなたを助けに来たの」

「それはありがたく思ってるけど、自分の面倒は自分で見られる」

「ここでは無理でしょう。何があったの？」

ベスは深いため息をつき、話すか迷うように顔をそむけた。

「ベス」

「わかったわ。ゆうべはオランチャのバーにいたの。〈酔いどれ〉という店。カリフォルニア大学の女子学生がふたりいて、タホに向かう途中だと言っていた。いい子たちだったわ。そのひとりが電話をかけに外へ出たんだけど、強面《こわもて》の男がそのすぐあとに外へ出ていくのが見えたの。それでわたしもあとを追ったら、そのくそ男が女子学生にのしかかろうとしてた。やめなさいと言ったけど聞かなくて」ベスは肩をすくめた。「だから力ずくで止めたわけ」

「具体的には何をしたの？」

「駐車場に頭から突っこませてやったのよ」ベスはよくあることのようにあっさりと言った。

ケンドラはうなずいた。「武器を使ったのね？」

「いいえ」ベスはその言葉にむっとしたようだった。「相手の体重を利用したのよ。肩をはずして、たぶんあばらも一、二本ひびを入れてやったわ」

ケンドラはベスをまじまじと見た。「どこでそんなことを学んだの」

「ベーカーズフィールド大学よ。二カ月ほどいたの。護身術のクラスにほとんど毎日通って、とても強い年上の女性に教えてもらった」

「武術を習ったの？」

「役に立つものはなんでも習った。あの病院で何年も無力さを味わってきたから、二度とあんな思いはしたくなかった。いまも鍛錬を続けてる。ｉＰａｄに先生の動画をたくさん入れて、毎日練習してるの」

自立したいというベスの気持ちがケンドラにはよくわかった。病院のスタッフはベスを弱らせて薬漬けにしておくよう指示されていて、ベスは何年もそうやって病院に閉じこめられていた。買収された医師や職員に報告書や診断書を偽造され、生ける屍《しかばね》ともいえる状態にされていたのだ。いまは薬から解放されて、人格にも生き方にもゾンビめいたところはいっさいない。しっかりと自分をコントロールしている。

「なるほど」ケンドラは唇の端を持ちあげた。「ターミネーターになったわけね」

ベスはにやりとした。「いいえ、あの映画で悪党をばったばったとなぎ倒してた、リンダ・ハミルトンみたいになりたいの。超人的な筋肉じゃなく、頭脳を使うのよ」そして、笑みを消した。「悪いのはあの男。女子学生は楽しい時間を過ごしに来ていたのに、あいつはそれを食い物にしようとした」

「その男が悪いのは疑いの余地なしよ。それでどうなったの？」

「女子学生たちはおびえて逃げていった。ババ・ジョーの仲間がバーから出てきて――」

「ババ・ジョーっていうのはあなたがのした男？」ケンドラは眉根を寄せた。「聞いていた名前とちがうけど」

「まわりがどう呼んでたかは気にしてなかったから。留置場に入れられないように抗議するのに忙しかったの。いかにもあんちゃんって感じだったから、そう呼んでるだけ」

「わかったわ」

「仲間たちが出てきたから、わたしみたいな小柄な女にこてんぱんにされたと知られるのは恥だと思ったんでしょうね。あの男は作り話をはじめたの。外で煙草《たばこ》を吸ってたら、わたしが後ろから重たい金属の看板で殴りかかってきたって。すぐに警官たちがやってきて、仲間たちはすべてを目撃したと主張した。あの男が言ったとおりのことが起こったと」

「上等だわ。それで、女子学生たちはどこへ行ったかわからないと」

「そういうこと」

「保釈を申請できたのよ、ベス。お金はたっぷりあるんだし。実家の資産のほかにも、シーヘヴン精神科病院との和解金でひと財産手に入れたでしょう。あの病院の腐敗とあなたに対する行為が発覚したとき、州当局が裁判で巨額な賠償を命じたんだもの」

「保釈されたくないの」ベスは口もとを引きしめた。「ここで闘いたい。あの男のやったことをみんなに知らしめたいし、わたしは無実だとみんなに知ってもらいたい」

ケンドラにはその気持ちが理解できた。体はタフになったように見えても、ベスはまだ囚《とら》われの身だった歳月に負った心の傷を抱えている。「いい弁護士についてもらいましょう。最高の弁護士に。この件のことは忘れて、ここから出るのよ」

「いまはだめよ、ケンドラ」

「本気なの？」

「保釈を申請して、とびきりの弁護士を雇って、あの男の医療費を払って、それで終わりにすることもできるのはわかってる。わたしはそうしたくないの。あの男に一セントも払う気はない。ここに残って、地元の弁護士と、たぶん私立探偵も雇うつもりよ。あんなくずに人々を苦しめさせておくわけにはいかない」

「どこにいても闘うことはできるでしょう。弁護士と探偵の一団を雇って、あの男にみじめな一生を送らせてやればいい。そのためにここにいる必要はないのよ」

「わたしがここにいれば、町のみんなに正しいことをしなくちゃならないってプレッシャーを与えられるわ。〝裕福な女相続人、小さな町の留置場に勾留〟のほうが〝恵まれた金持ち女、地元の男をぶちのめす〟よりも関心を集められるもの」

「第三の見出しを思いついたわ。〝元精神科患者、再度のご乱心か〟」

「笑えるわね」

「笑わそうとしているわけじゃないわ。ババが悪徳弁護士を雇ったら、人々にそう思わせようと考えるはず」

ベスは疑わしげな目を向けた。「あなたみたいな人はだまされないでしょう」

「もちろんよ。ただ……」ケンドラは肩をすくめて言葉を探した。「あなたの妹に約束したのよ、あなたの面倒を見るって。イヴはあなたがジョージアに来て近くで暮らしてくれることを望んでいたけど、あなたにはひとりの時間が必要なことも理解していた。わたしも同じ考えだったわ。でもいまは、わたしはイヴの期待に応えられなかったんじゃないかと思っている」

「わたしは誰の世話もいらない。世話なら病院にいるときに一生ぶんされたわ。わたしは自由がほしかった。あなたがすぐ近く、車で二時間の距離にいることはずっとわかってたし、それでじゅうぶんだった」ベスは椅子に座ったまま身を乗り出し、ケンドラの目を見つめた。「あなたが決めたことでもイヴが決めたことでもない。わたし自身がしばらくひとりで暮らしたかったの。あなたはわかってくれてると思ってた」

「わかっているわ。わたしも視力を取り戻したとき、最初の何年かはまわりに誰もいないでほしかったから。あなたには自由を謳歌《おうか》してほしい。そのことはイヴよりもよく理解しているつもりよ。でも、イヴはあなたともっと親しくなりたがっている。イヴがあなたを見つけるまで、あなたたちの人生はずっと切り離されていたんだもの」

「わたしもイヴのことをもっと知りたい。でも、もう一度会うときには、犠牲者ではなく一人前の人間になっていたいのよ。去年のいまごろはまだお互いが存在していることも知らなかった」ベスは頭を振った。「そう、わたしは存在していなかったのよ。薬をのまされていたせいで、わたしはわたしでなかった。だけど次にイヴに会うときには、完全に自分自身になって、経験を積んだわたしでいたい。そうなるまでは会いたくない。だからこのことはイヴには言わないで。わかってくれる？」

「ええ」ケンドラは、ベスの抱える情熱や苦闘について、以前よりも深く理解できた気がした。自立と発見を求めた自分の闘いはベスの闘いと似ていると思っていたけれども、それはまちがいだった。ケンドラのやんちゃ時代は世界の探索が主な目的だったが、ベスはそれに加えて、一からはじめるつらい創造も成し遂げなくてはならないのだ。「イヴには知らせないわ」

ベスはほっとしたように息を吐いた。「ありがとう」

「でも、わたしは追い払えないわよ」

「あなたにいてもらう必要は——」ケンドラの表情を見て、ベスは口ごもった。「譲る気はないのね」

「ふたりで事に当たれば楽になるはずよ。考えてみて。あなたはインヨー郡拘置所にいて、わたしたちはふたりとも、わたしがあなたを見捨てないことを知っている。でも、ここでずっとあなたの手を握っていなくちゃならないのは困る。まずは保釈の手続きをさせてほしいの」ケンドラは手を持ちあげ、ベスが抗議しかけたのを止めた。「わかってる。でも信頼して。町を離れる前にあなたのババを見つけて、あなたのためにできることをやってみるわ」

「たとえばどんな？」

「まだわからない。いくつか考えはあるけど、状況しだいで変更しなくてはならないかも。そこは任せて」

「あんまり安心できないけど」

「信じて」ケンドラはもう一度言った。

ベスは長いあいだケンドラを見つめた。「わかった、信じるわ」そして、急にいたずらっぽい笑みを浮かべた。「あなたがわたしの思うような意趣返しをしてくれなかったら、わたしがもう一度あいつを痛めつけて、留置場に逆戻りすればいいだけよ」

「そうね、その手もある」ケンドラは微笑《ほほえ》んだ。「でも、あの男と対決するなら、まずはババでなくハーリー・ギルだと認識することね」

「わたしのあだ名のほうが気が利いてる。この件をあなたと片づけるのが、なんだかわくわくしてきたわ」

「これもまたひとつの経験ってわけね」ケンドラはかぶりを振った。「どこへ行けばあの男を見つけられるかしら」

ベスは首を傾《かし》げて考えこんだ。「いい考えがあるの……」

カリフォルニア州　オランチャ
国道三九五号線

書類の山を片づけ、二千五百ドルの保釈金を送金したあと、ベスとケンドラはオランチャのメインストリートとされる通りへ向かった。ガソリンスタンド、ダイナー、できたてのビーフジャーキーの露店が、さびれた二車線道路の片側に並んでいる。ケンドラが通りに立ってまわりを眺めると、転がり草が風に吹かれて文字どおり転がっていった。

「そもそもなぜここに来たの？」ケンドラは尋ねた。

ベスは肩をすくめた。「この数カ月、こういう場所を転々としてたの。大きな街はまだ少し怖くて。いまは、毎日同じ顔ぶれを見るような場所が居心地いいの」

「でも、また次の町に移るんでしょう？」

「居心地がよすぎるのもいやだから。でも、そうやって親切な人にたくさん出会ったわ」

「それとろくでなしにも、少なくともひとり」ケンドラは前方のバーを頭で示した。色あせ、砂で傷んだ看板に〈酔いどれ〉の文字がある。

ベスはふいに足どりをゆるめた。「そうね。でも、もう犠牲者でいるつもりはない。自分の面倒は自分で見られるわ」

「それはもう証明ずみよ。だけど、自分の面倒を見ることには、人に頼ってもいいときを見極めることも含まれているの。わたしはそれを学ぶのにしばらく時間がかかった」

「あなたはいつも力になってくれたわ、ケンドラ。イヴもよ。あなたたちがいてくれなかったらどうなっていたか――」ベスは突然立ち止まった。「いたわ」

前方に〈トランスフォーマー〉のTシャツを着た、筋骨たくましい男が立っていた。服の上からも、胴体に巻いた包帯がはっきり見てとれる。黒の腕《うで》吊《づ》りバンドで妙な角度に腕を支え、右目には眼帯のような大きな黒あざができていた。バーの出入り口の脇で煙草を吸っている。

ケンドラは目を険しくした。「あの黒あざもあなたの仕業?」

「あら、忘れてた」

「まったく、ベスったら。まさしくターミネーターね」

男の日焼けした顔が、ベスを見つけて青ざめた。煙草を取り落とし、あとずさる。「おれに近よるな」

ケンドラは微笑んだ。「散歩しているだけよ、ハーリー。いっしょにどう?」

男はベスから目を離さずに言った。「断る」

「残念ね」ケンドラは言った。「いい日和なのに」

ベスがうなずいた。「気持ちいいわよ」

ハーリーはベスをにらみつけた。「訴えてやるからな、このくそ女」

「そうなの?」ベスは言った。「わたしが留置場でひと晩過ごしたのは、ベッドとおいしい食事のためだと思ってたんだけど」

「生意気言ってるがいいさ。いまに思い知る」

ベスが一歩前に出ると、ハーリーはとっさに跳びすさり、転びかけた。痛みに顔をしかめている。

「わたしはベスのことより、あなたのことを心配しているのよ」ケンドラは言った。

「どういうことだ」

「だって、あなたは警察に嘘《うそ》をついたでしょう。お仲間たちも。裁判になって、偽証することになってもいいの？」

「もちろん裁判に持ちこむさ。おれたち全員の証言と食いちがうのはその女の言い分だけだ」

「それだけじゃないわ」ケンドラは言った。

「どういう意味だ」

バーの隣にある、かつてはコインランドリーだった落書きだらけの廃屋の軒下をケンドラは指さした。小さな防犯カメラが歩道を向いている。「近ごろはどこにでも目があるのよ」

「なんだと……」男はおそるおそる何歩かカメラに近づいた。いまにもそれが爆発するかのように。

「建物の持ち主とけさ話したの」ケンドラは言った。「落書きに辟易《へきえき》して、何週間か前にカメラをつけたそうよ」ジーンズのポケットに手を入れ、USBメモリを取り出す。「全部が映った動画を手に入れたわ。あなたが大学生を襲って、ベスがあなたを歩道に蹴り飛ばすところが。わたしたちがこれを持っているのを知っても、お仲間たちはこれまでの証言を貫きとおすかしらね？」

ハーリーはケンドラの手のひらのUSBメモリを見つめた。そちらに一歩踏み出すと、ベスがその前に立ちはだかった。ほっそりとした若い女性が、五十キロは差がありそうな男をおびえさせているのがおかしくて、ケンドラは笑いそうになるやら首を振りたくなるやら、真顔を保つのに苦労した。

ハーリーはケンドラをにらんだ。「それで、あんたは何者だ。弁護士か」

「わたしのことは気にしないで。大事なのは、わたしがあなたの情けない姿が映った高解像度の動画ファイルを持っているということ。わたしたちは全員、この女性が看板を持って後ろから忍びよったのではないことを知っている。正面から素手で戦ったのよ。これが表に出たら、お仲間たちは逃げ出すだろうし、若い女性があなたを歩道にのしたことが知れわたる。これをみんなに見られてもいいの？」

ハーリーはヘッドライトを浴びた鹿のように凍りついた。

ケンドラは小さなUSBメモリを手のひらの上で転がした。「笑い転げるのはお仲間だけじゃない。わたしのユーチューブアカウントにこの動画をアップロードしてあるの。あと二時間ほどで公開されるように設定してある。そうしたら全世界の人々が、ゆうべここで何があったか知ることになる。まあ、それでかまわないなら……」

「この、くそアマ！」

ケンドラは取り合わずに続けた。「こういうものはあっという間に広まる。そう思わない？　筋骨たくましい大男が小柄な女性に蹴り飛ばされるのよ。きっと夕方のニュース番組がいっせいに取りあげて、最後のコマーシャルの前に放送する。あなたは一躍有名人よ。あなたの気に入る形ではないでしょうけれど」

ハーリーの顔はいまやラディッシュ色に染まっていた。いまにもケンドラに飛びかかろうとするように体を丸めている。

けれどもベスが男に向かって指を振った。「用心しなさい、ハーリー」そして背後のカメラを指さした。「見られてるわよ」

「くそっ」ハーリーは拳を握りしめて、体の脇におろした。「何が望みだ」

「ここを出て、二度とあなたを視界に入れたくないだけ」ケンドラは言った。「ベスも同じ気持ちよ。さあ、行きましょう」そして腕時計を確認した。「でもまだあと一時間と四十九分ある。あなたが保安官事務所に電話をして、ゆうべはお酒を飲みすぎて混乱していた、ベス・アヴェリーはまったくの無実だ、と伝えてくれたらうれしいわ。告訴するつもりはない、この件は忘れたい、と。心からそう思っているから、署名した書面をフィラーディ保安官助手に提出すると言うのよ。保安官事務所からその旨の連絡を受けたら、動画ファイルをユーチューブから削除して誰にも見られないようにする」

ハーリーはUSBメモリを指さした。「そのファイルはどうする？」

「保管しておく」ケンドラは微笑んだ。「女同士で夜に集まるときにときどき取り出して、ワイン片手に楽しませてもらうかもしれないけれど。それ以外は誰にも見せない」

「約束を守るとどうしてわかる？」

ベスは頭を振った。「わたしは別に〝あのごろつきをのした女〟って世間に名を馳《は》せたいわけじゃない。そんなことになったら面倒くさいだけよ。あなたにこういう弱い者いじめをやめさせるためならどんなことも辞さないけど、いったん闘いに勝ったら、あとはかかわり合いになりたくない」

ケンドラは肩をすくめた。「わたしとしては、ワイドショーの視聴者がこれを見てくすくす笑う姿をぜひ見たいけれど、すべてはあなたしだいよ」ハーリーを見ると、渋い顔でこちらをにらんでいる。「個人的には、あなたが愚かにもぐずぐずしているうちにこれが広まってくれるのを望んでいるわ」ケンドラは腕時計を指で叩《たた》きながら体の向きを変え、ベスと車へ向かった。「時間がないわよ、ハーリー」

ふたりがベスの車――メルセデスの、シルバーのロードスター――を押収車保管所から取り戻したとき、ベスの携帯電話に保安官事務所から連絡が入った。ベスはスピーカーホンにして電話に出た。

「ハーリー・ギルが告訴をすべて取りさげました。書面を持って、たったいまやってきましたよ」保安官助手のフェラーディが言った。「やつに何を言ったんです？」

「たいしたことは何も」ベスは言った。「ちょっと良識と分別を説いただけです」

「〝良識〟と〝分別〟は普通、あの男に関する文章では使われない言葉ですよ」

「現実的に考えて、自分の半分ほどの大きさしかない女に叩きのめされたことを世間に知られるのは、評判に差し障ると気づいたんじゃないかしら」

「それなら納得できます。とにかく、これでこの件は終了です。どうぞよい一日を」

ベスは通話を切った。

「動画のことは話さなかったのね」ケンドラは言った。

ベスは目つきを険しくしてケンドラを見た。「警察に嘘をつくのはよくないと思ったのよ。話したらそういうことになるでしょう」

ケンドラはにやりとした。「そうなの？」

「わたしにはあなたみたいな観察力はないけど……ゆうべ、あのカメラが存在しなかったのはまちがいない」

ケンドラは素知らぬ顔で言った。「ほんとうに？　あの男を顔から地面に叩きつけるのに忙しくて気づかなかったんじゃない？」

「ケンドラ……」

「はいはい」ケンドラは肩をすくめた。「もしかしたら必要になるかと思って、家を出る前にクローゼットから古いウェブカメラを持ってきたかもしれない。そして、あの軒下に両面テープで貼りつけたかも」

「いつやったの？」

「少し前よ。あなたに会いに行く途中。話を聞く前に現場を見ておきたかったの」

「見る以上のことをしたのね」

「あなたのことはよく知っているから、無実なのはわかっていた。いざというときのために準備しておいても害はないと思ったの」ケンドラは顔をしかめた。「たいしたことじゃないわ。必要にならなかったとしても、失うのは何年も活躍していなかった古いカメラだけだし」

「いまになって大いに活躍したのね」

「ごろつきっていうのはたいてい、被害者に返り討ちに遭うさまを世間にさらしたいとは思わないものよ」

ベスはケンドラのポケットのなかのUSBメモリを指さした。「そのメモリには何が入ってるの?」

「音楽療法の研究データよ。中身を見せるはめにならなくてよかった。あの男は心底退屈したでしょうね」

ベスは頭をのけぞらせて笑った。「すてき」

「もうあの男のことは気にしなくていいのよ。あなたが町を離れれば、向こうも満足してすべて忘れるはず」

「そうね」ベスは言葉を切った。「あなたがどうやってババをうまくやりこめたかを聞いたから言うんだけど、ずっとあなたを観察してたのよ。あなたはあの男の反応を、先まわりしてすべて見極めていたみたいだった」

ケンドラは目をそらした。「あなたから話を聞いていたから。あの男は分析するのが難しいタイプじゃなかった。あの男より扱いやすい標的は想像できないくらいよ」ベスに目を戻す。「ニコラス・マーリンなら、自分が出るまでもないと思ったでしょうね」

「標的?」ベスの目が急に輝いた。「ニコラス・マーリンって誰?」

「やんちゃをしてた時代に知り合った人。友達の友達よ」ケンドラはため息をついた。

「詐欺師なの。見さげ果てた人間だけど、観察してたくさんのことを学んだ。ほんとうに見事なの。しぐさや表情を見るだけで、信じられないほどさまざまなことを読みとるのよ」

「かなり役に立ったみたいね」

「ええ。わたしのほかの感覚は鋭くなっていたけれど、視覚だけはもっと磨く必要があった。自分が見ているものをよく知る必要があったのよ。いろいろ学んだわ。いい知識ばかりではなかったけど。正しいボタンを押せばどれほど簡単に人の心を操れるか、知ったら驚くわよ」ケンドラは口もとを引きしめた。「最終的には、彼のことも、彼を観察して身につけた邪悪な知識のことも忘れることにした」

「邪悪？」

「聞かないで」ケンドラは努力して笑みを浮かべた。「忘れてちょうだい。わたしもそうしてる。ハーリーにやったように、苦境を切り抜けなくてはいけないとき以外は」

「興味深いわね。あなたはいつだって興味深いけど」

「わたしのことはもういいでしょう」ケンドラはきっぱりと言った。「会っていなかったあいだのことを教えて。何をしていたの？　一匹狼《いっぴきおおかみ》の女戦士に変身する以外に」

ベスは首を傾げた。「あなたが教えてくれない？」

「え？」

「わたしがこれまで何をしていたか、あなたならわたしより詳しく言い当てられるはず」

「ばか言わないで。超能力者じゃないんだから」

「超能力者以上よ。本物だもの。前からわかっていたけど、きょうのを見てさらに確信した」ベスは楽しげな顔をした。「さあ、言ってみて。わたしが補足するわ……その必要があればだけど」

「言ったでしょう、あの詐欺師のことは忘れることにしたって。あなたがさせようとしてるのは――」

「学んだことを利用すると決めたときにはかまわないんでしょう。いまがそのときよ。わたしに関しては邪悪なことなんて何もない。あなたに何ができるのか知りたいだけよ」

ベスには邪悪なところも危険なところもないが、ときどき頑固すぎる。「わたしに何ができると思ってるのかわからないけど――」

「いいじゃない、言ってみて」

まったくもう。さっさと終わらせよう。

「じゃあ、そうね、この二週間くらいは州の北部にいたでしょう。カリフォルニア北部、コルサのベア・ヴァレーにあるユーロック族の居留地で過ごしていた」

ベスは目を見開いた。「すごい。続けて」

「そこでロッククライミングをした。たぶんヨセミテで懸垂下降をしたんじゃない？」

「キャッスル・ロックでよ」

「そのあと海岸沿いを戻ってきた。シーヘヴン病院も見た。恐ろしい記憶がたくさん残っている場所を見るのは妙な気分だったでしょうね。敷地にも入ったの？」

ベスはうなずいた。目がふと光り、タフな見せかけがわずかに揺らぐのがわかった。

「できるだけ近くまで行ってみたわ。行かずにはいられなかった。そう……引きよせられていたの。いまは閉鎖されていて、門は全部施錠されていた。実のところ、とてもきれいな場所だった。あそこにいたときには外をよく見たことがなかったけど」

「認可を取り消されたのよね。これからどうなるのかしら」

ベスの表情がこわばった。「いいことよ。できるだけ早くなくなればいい」

「そうね」話題を変えたほうがよさそうだった。「そのあとビーチかその近くでしばらく過ごして、ここまで移動した。到着したのはきのうね」

「正解よ。ほらね、補足する必要なんてなかったでしょう」

「こんなのはたいしたことじゃない。あなたが新しい生活で何を思ったか、何を感じたかはわからないもの。すばらしい経験だったのは確かのようだけど」

「ええ。大部分はよかった。全部じゃないけど」ベスは手を振り、早く教えてというしぐさをした。「それで、どうしてそういうことがわかったの？　まずは居留地のことから」

「あなたのシャンプーがとてもいい香りだから。糸蘭《いとらん》とカスミソウ、それに少しビネガーのにおいが混ざっている。そういうシャンプーはユーロック族独特のもので、居留地で販売されているのよ」

「世間で売られてるシャンプー全部を知ってるの？」

「いいえ。アメリカ人の大多数は六種類のシャンプーのどれかを使っているの。あなたみたいに変わった香りをさせている人に会ったときには、銘柄を訊《き》くことにしているのよ。目が不自由だと、においはとても重要な情報なの。第一印象のほとんどと言えるくらいに」

「でも、立ちよった先を全部当てたでしょう。シャンプーだけではわからないはずよ」

「そうね。あなたの車が教えてくれたの」

「それはもう考えてみたんだけど」ベスはメルセデスを振り返った。「でもパンフレットのたぐいは置いてないし、バンパーステッカーもつけてない。立ちよった先を示すものはないと思うの」

「フロントグリルとヘッドライトが全部教えてくれてるわ」

ベスは車の前にしゃがみこんだ。「つぶれた虫しかついてない。そのことを言ってるなら別だけど……」ケンドラを見あげる。「そうなの？」

「昆虫に詳しくなくても、車の前部につぶれた黄緑色の蛍がついてるのはすぐにわかる。こんなに南で蛍を見たことはないから、もっと涼しくて湿気のある場所にいたんだと思ったの。カリフォルニア北部ならそういう場所がある。ハンボルト郡にはユーロック族のいちばん大きな居留地もある」

「まさにそこにいたのよ」

ケンドラはボンネットをこすり、手についた黄色とピンクの埃《ほこり》を見せた。「ハナビシソウとクリームカップの花粉よ」

「見ただけでわかるの？」

「においも参考にしているわ」ケンドラは手を鼻に近づけた。「花から離れた瞬間から花粉のにおいは弱くなっていくけれど。季節も絞りこみを助けてくれる。それから、あなたのブーツはアドービリリーの花粉らしきもので汚れている。近場でその三つの植物がたくさんある場所といったら、ベア・ヴァレーにある野草園よ」

「大当たり。行ったことがあるの？」

「何度もね。目が見えるようになってからはないけれど。ハナビシソウが咲く季節になると、よく母がそこや、アンテロープ・ヴァレーの草原に連れていってくれた。とてもいい香りなの……目の不自由な人間にとっては花火みたいなものね」

「懸垂下降もやったわ」ベスは両手を見せた。「指に傷がついてる。でも、これにはいろいろな理由が考えられるはずよ」

「そうとも言えない。手の甲が、指の関節から上だけ日焼けしているでしょう。クライミンググローブをしていたのよ。指の切り傷やあざのつき方は、尖《とが》った岩の上のような場所で体を持ちあげたことを示している。手のひらにはロープを握っていたと思われる場所に横向きの軽い火傷《やけど》がある。ロープと皮膚のあいだにグローブがあっても、ロープの摩擦熱で痕がついたのよ」

「すごく楽しいスポーツよ。早くまたやりたい」

ケンドラは微笑んだ。「そのときはわたしも連れていって。ぜひやってみたいから」

「それでだいたいはわかったけど、海岸沿いを走ったことや病院へ行ったことはどうして言い当てられたの？」

「それもつぶれた虫よ。ヘッドライトやナンバープレートにケルプフライの比較的新しい死骸がついている。海岸沿いに生息する虫よ。新しいカモメの糞《ふん》がついているのも裏づけになった。海岸沿いを通ったのなら、あなたがかつていた病院が目に入らないわけがない。道路に覆いかぶさるように立ってるんだから」

「わたしの人生に覆いかぶさっているようにね」ベスは物憂い声で言った。無理やり笑みを浮かべる。「いつもながらすごいわ、ケンドラ。いつだって難題をやりとげる」そして、車を振り返った。「それより何より、車を洗う必要があるのがわかったわ。さしあたってやるべきことはそれよ」

「このあとはどうするの？　洗車のあとってことだけど」

「まだ決めてない」ベスは道路の先を見つめた。「フレズノに住んでる人と知り合ったから、そこへ行くかも」

「まったく、サンディエゴにも知り合いがいるでしょう」

ベスは顔をそむけ、落ち着かなげに身じろぎした。「訪ねようとは思ってたのよ、ケンドラ。ほんとうに」

「それならいっしょに来ればいいわ」

「いまから？」

「だめなの？」

「なんて言うか……準備ができていない気がする」

「うちに泊まらなくてもいいのよ。泊まってくれるなら大歓迎だけど。ひとりの時間がまだ必要だと思うなら、高級ホテルを用意する。下宿屋みたいなところのほうが落ち着けるなら、サンディエゴにはそういう宿もあるし」

ベスは顔をしかめた。「快適とは言いがたい場所で過ごしたこともあるけど、もっと高級な場所がいやってわけじゃない」

「じゃあ、海岸沿いのすてきなホテルにしましょう」ケンドラはベスの腕に手を置いた。

「無理に来なくていいのよ。もう少しひとりで旅をしたければ、それでもかまわない。わたしはいつでも待っているから」

ベスはしばらく考えているようだった。「ねえ、とりあえずあなたの車について走るけど、途中で別行動すると決めても気を悪くしないで。いい？」

ベスが運転席へ歩いていって、リモコンキーでドアを開けるのをケンドラは見守った。

彼女の気持ちはわかっていた。長いあいだ奪われていた主導権を守ろうとするひとつの方法なのだろう。「もちろんよ、ベス。気になんてしない」


州間高速道路が混んでいたにもかかわらず、ふたりは三時間かからずにケンドラのコンドミニアムに着いた。ケンドラは建物の入り口を開けると、笑顔で振り向いた。「途中で離れ離れになるかと思ったわ」

「いったんあそこで停《と》まろうかと思ったけど……きょうはやめたの」

「よかった。ここで楽しく過ごしましょう。どれだけいてくれてもいいのよ。よかったら、わたしの友達を何人か紹介する。そのうちのひとりはこの建物の住人なの」

「ぜひ紹介して」

エレベーターをおり、ケンドラの部屋の前まで行くと、ドアの隙間に名刺が一枚はさまれているのが見えた。ケンドラは名刺を手にとり、目を走らせた。

「当ててみましょうか」ベスが言った。「家政婦サービス。害虫駆除業者。夕食に誘ってきた、同じ階のすてきな男性」

「どれもはずれよ。オンライン新聞の記者から。〈キンズリー・クロニクル〉のシェイラ・ハンターですって」

「毎朝ｉＰａｄで読んでる。いい記事が載ってるわよ、山ほどのゴシップ記事をのぞけば」

名刺を裏返すと、短いメッセージが走り書きされていた。

ケンドラは凍りついた。

ベスが体を寄せた。「だいじょうぶ?」

口が渇き、心臓が激しく打ちはじめるのをケンドラは感じた。「わたし――電話をかけないと。いますぐに」ドアの鍵を開ける手が震えた。

「ケンドラ、どうしたの?」

「ごめんなさい、ただ――」ベスを振り向いて言った。「あとで説明する。まずは――」

「電話をかけるのね」ベスがあとを引き継いだ。「いいわ。ここで待ってましょうか」

「いえ、入って」

ケンドラはドアを押し開け、すぐさま携帯電話に番号を打ちこみはじめた。

最初の呼び出し音で記者が出た。「シェイラ・ハンターです」

「ケンドラ・マイケルズです。いま名刺を見ました」ケンドラは深く息を吸った。「裏に書いてあったことはほんとうなんですか」

「ドクター・マイケルズ、電話をありがとうございます。お会いしていくつか質問をさせていただきたいのですが――」

「そんなことより、ほんとうなんですか、い、い、いいか」

シェイラは黙りこみ、しばらくして答えた。「ええ、ほんとうです。エリック・コルビーがいまも生きているという証拠を持っています」

ケンドラは胸が苦しくなるのを感じた。「嘘ではないんですね？　わたしからコメントを引き出そうとしているだけではなく？」

「嘘などつきません。いっぱしの記者ですから。もちろん特ダネはほしいですけど、エリック・コルビーそのものが特ダネですから。一時間後にWホテルの屋上に来ていただければ、証拠をお見せします」

「行きます」ケンドラは電話を切った。

鼓動が速まり、手が冷たくなっていた。興奮していたが、それはうすら寒い奇妙な興奮だった。いよいよコルビーに近づいたのだろうか。

「ケンドラ？」

ベスの存在を忘れかけていた。ケンドラは意識して笑みを作り、振り返った。「ごめんなさい」唇を湿らせる。「ちょっと出かけてくる。何かが……起こっているみたいなの」

「よくないことなのね。幽霊を見たような顔をしてる」ベスは一歩近づいた。「何か力になれる？」

「いいことかもしれないし、単なるでたらめかもしれない。まだわからないの」幽霊を見たような顔という言葉にケンドラははっとした。たったいま受けた、コルビーについての電話の本質を突いている。「このシェイラ・ハンターという記者に会うまではなんとも言えない。情報を握っているらしいの。できるだけ早く戻るから」

ベスは首を振った。「動揺してるじゃない。いつもはタフなのに、あなたらしくない。ひとりでは行かせられないわ。邪魔はしないけど、わたしもいっしょに行く」

「だいじょうぶよ。話をするだけだから」

「その人と二分話しただけで、電話を切るとき手が震えてたじゃない」ベスは静かに言った。「わたしも行く」

「ちょっと驚いただけよ。ひとりでだいじょうぶ」

「わたしがあの留置場にいたときと同じように？　わたしは友達付き合いの経験があまりないけど、友情は双方向のものだと思ってた」ベスは言葉を切った。「あなたがわたしに感じているのが友情ではなく、義務だというなら話は別だけど」

ああもう。ケンドラは苦りきった。ベスやほかの大切な人たちをコルビーの件に巻きこむのだけは絶対に避けたい。けれども、ベスを拒絶することも、ベスの自信を失わせるようなこともできない。あの病院でじゅうぶんすぎるほどつらい思いをしてきたのだから。

「わかったわ」ベスは体の向きを変えはじめた。「わたしの考えちがいだったみたい。わたしの助けはいらないのね。ただの邪魔者なんだわ」

「そんなことは言っていないでしょう」

「そうね、でもそう受けとれる。ねえ、あなたはいま忙しくて、わたしにかまっている暇はないんでしょう。それならそれでいいのよ。わたしははじめの予定どおりフレズノへ行く」ベスはかすかな笑みを浮かべた。「わたしが必要なときは電話して」そしてドアへと向かった。「そうしたら、何がなんでも駆けつけるから」

泣かれたり、抗議されたりするのなら耐えられた。けれども、そんな気高さや慈悲を受け入れることはできなかった。そして、こんな短い時間しか過ごせずにベスが街を去るというのも受け入れがたい。

「そんなこと言わないで」ケンドラは言った。「ねえ、人は友達を守ろうとするものだし、わたしがしようとしていたのはそういうことなのよ」そして微笑んだ。「でも、あなたに同じことをさせないのは確かにフェアじゃなかった。さあ、いっしょにここを出て、記者に会う前にバーで一杯飲みましょう。ぜひとも飲みたい気分なの」

3

　コンドミニアムから数ブロックの距離にあるWホテルの屋上バーで、ケンドラは落ち着かない気分であたりを見まわした。バーは、背の高いかがり火風の照明やビーチチェア、大量の砂で飾りつけられていて、作り物めいた雰囲気がいまの張りつめた心境とまったく合っていない。

　ベスが、ケンドラにはカベルネ、自分には緑色のカクテルを持って戻ってきた。「どうぞ。あなたにはもっと強い飲み物のほうがいいみたいだけど」

「それは何?」ケンドラはベスのグラスを頭で示した。

「わたしが考えたカクテルよ。〝怒れるレプラコーン〟って呼んでる。メロンリキュールにヘーゼルナッツの香りを加えて、スパイシーなラムを垂らすの」ベスは肩をすくめた。「マンモス・レイクのバーで何週間か働いてたのよ」

「なるほどね」

　ベスは腰をおろした。「これから会う記者と電話してから、ほんとうにぴりぴりしてるわね。理由を訊《き》いてもいい？」

ケンドラはカベルネを飲み、目をそらした。「話はわたしが初めて参加した犯罪捜査にさかのぼるの。エリック・コルビーという連続殺人犯をつかまえるのを手伝ったのよ」いったん黙りこむ。「わたしの知っているなかでいちばん恐ろしい人間」

ベスは眉間に皺《しわ》を寄せた。「でも、その男は数カ月前に処刑されたんでしょう。テレビやネットを見るたび、顔が映ってたもの」

「公式には、部屋いっぱいの見届け人たちの前で、薬物注射によって死刑に処されたことになっている。でも、わたしはそう思っていない。コルビーは刑務所の外にいる別の殺人犯と共謀していた。その男が、刑務所づきの医師の妻を誘拐して医師を脅し、コルビーを仮死状態にする薬を投与させたんじゃないかとわたしは考えているの。医師とその妻は処刑の数日後にエンジェルス国立森林公園で死んでいるのが発見された」

「殺されたの？」

「事故と判断されている。わたしも現場に行ってみたけれど、すでに警官や救助隊員たちに踏み荒らされていて、殺人の証拠は見つけられなかった。犯罪現場として保存されていなかったから」

「そんな」

「コルビーは処刑の晩に火葬されたと考えられているけれど、それもわたしは疑っている。

あれからずっとコルビーの痕跡を探しているのよ。でも、まだ浮上してきていない」

「それであの記者は、あなたの探している証拠を持っていると考えてるわけね」

「そう言っていた」ケンドラは頭を振った。「いま携帯電話で、彼女が書いたほかの調査記事をざっと読んでいたんだけど、きちんとした記者のようよ」

「それはほめ言葉と受けとっておきます、ドクター・マイケルズ」さばさばとしているが感じのいい声が後ろから聞こえた。振り向くと、濃い青のスーツを着たほっそりとした女性が立っていた。大きな茶色の目と肩までの茶色の髪が人目を引く。女性は手を差し出した。「シェイラ・ハンターです」

「ケンドラです」ケンドラは握手をし、ベスを手で示した。「こちらは友人のベス・アヴエリー」

シェイラはベスに困ったような目を向けた。「いまからする話は機密事項です。ふたりきりで話したいのですが」

ベスは立ちあがろうとしたが、ケンドラは身ぶりでそれを止めた。「ミス・ハンター、それは承知していますが、すべてベスの前で話してもらってかまいません。ベスは誰にも漏らしませんから」

想定外の成り行きに、シェイラは不満げだった。「ご友人は信頼できる方なのでしょうが、わたしの仕事は情報がすべてです。記事を発表する前の情報を知る人が少なければ少ないほど、わたしにとっては価値があるんです」

「ベスにはあなたを出し抜こうなんて気はさらさらありません。どうぞ座ってください。話をしましょう」

シェイラは探るようにふたりをしばらく見つめたあと、とうとうテーブルについた。

「いいでしょう。情報漏れはないと信用することにします、ドクター・マイケルズ。会ってくださってありがとうございます」

「ケンドラと呼んで」

「ケンドラ……わたしが持っている当局の情報源から、あなたがある説を信じていると聞きました。エリック・コルビーがいまも生きているという説です」

「今度はわたしが心配する番のようね。秘密にしているわけではないけれど、そのことを知る人が少なければ少ないほど、あの悪党をつかまえられる可能性が高くなるんです」

「ということは、事実なんですね。あなたはコルビーが死んだとは思っていない」

「ええ、思っていないわ。この州の矯正局と四十人の見届け人は別の意見のようだけど」

「実はわたしもその見届け人のひとりだったんです」シェイラは静かに言った。「あの晩、サン・クエンティン刑務所の立会室にいました」

驚いてケンドラは眉をあげた。「じゃあ、くじで当たりを引いたのね。世界じゅうのジャーナリストがチケットを手に入れようと争っていたのに。宝くじを当てるよりもあの立会室に入るほうが難しかったんじゃないかしら」

「当たりを引いたというのはふさわしい表現ではありませんね」シェイラは自分を守るように腕を組んだ。「いまでもあの晩のことを思い出します」

ケンドラはうなずいた。「人が死ぬのを見るのは楽しいものじゃないわ」

「ああ、そうじゃないんです。そういうことではなくて――」

「どういうことなの?」ふいにシェイラの感情が波立ったのを見て、それまで黙っていたベスが口を開いた。

「コルビーです」シェイラは深く息をついた。「写真や裁判の映像は見たことがありましたが、生身の本人を見るのとは比べ物になりませんでした。あの暗い目、薄い唇……ぞっとしました。立会室にいた人はみな感じていたと思います。あの吐き気を催すような気味悪さを記事で伝えようとしたんですが、無残に失敗しました」

「ことコルビーに関するかぎり、言葉は空《むな》しいものよ。実際に見なくてはわからない」ケンドラは言った。「あれほどの怖さを感じた人間はほかにいないわ。あの男は、出会った相手のどのボタンを押せば恐怖を与えられるかを心得ている」

「そう、あなたならわかりますね。コルビーと対決して生き延びた唯一の女性ですから」

「あの男はわたしをもてあそんだ。あの男にとってはゲームだったのよ。ずっとわたしをゲームに加わらせようとしていた……処刑の日まで」

「そして、いまもまだ続けているると思っているんですね」

「あの男はけっしてやめない。遅かれ早かれ、わたしの前に現れるわ。何か方法を見つけて、わたしに負けてなどいないことを証明する」

シェイラは膝にのせたバッグからファイルを取り出した。「もう見つけたようです」

ケンドラは体をこわばらせた。「どういうこと？」

「あなたならわかると思います」ファイルをケンドラの前に置き、開く。

ケンドラは身を乗り出して中身を見た。五枚ほどのカラー写真で、どことなく見覚えのある犯行現場が写っている。海を見おろす天井までの窓がついた広い寝室に、血まみれの男女の死体が横たわっていた。

「六週間前のレドンド・ビーチ？」

「そうです」シェイラは驚いたように言った。「現場に行ったんですか」

「いいえ。でも報告書を読んで、現場の写真も何枚か見たわ。ただ、こんなふうではなかった」

「どこがちがいますか。教えてください」

ケンドラは写真を手に持って回転させ、さまざまな角度から確認した。「そうね。数週間前にざっと見ただけだけど、これには何か——」

はっとした。

ありえない。

でも、現実にそうなのだとわかっていた。

「ケンドラ?」ベスが言った。

「死体が」ケンドラはつぶやいた。「前に見た写真とはちがうポーズをとらされている」

シェイラはうなずいた。

「ポーズをとらされてる?」ベスが問い返した。

「それだけじゃない」ケンドラは胃がよじれるのを感じながらポーズをじっと見た。「これは陸軍の手信号よ」

「誰かを思い出しませんか」

「コルビーね」その名前を発したとたん、苦い味が口に広がった。「コルビーは被害者の首を落としてポーズをつけ、メッセージを残してわたしたちをあざけった。あとのほうの犯行では、次の犠牲者がいつどこで出るかの手がかりを伝えてきた」

「ポーズ……こういうふうな?」ベスが尋ねた。

「ええ」ケンドラは死体の腕を指さした。「見て、女性の右腕が頭の上まであげられているでしょう。手のひらが上を向いて、肘が三十度に曲がっている。〝注意〟の合図よ」

ベスは吐きそうな顔をした。「捜査員に対するメッセージなの?」

「前はそうだったわ。犯行を重ねるにつれ、もっぱらわたし向けになっていった」

ベスは男性の死体を指さした。右腕を前方に伸ばし、手を後ろに傾けている。「これはどういう意味？」

シェイラが答えた。「〝準備はいいか〟という合図です」

ケンドラは顔をあげた。「そのとおりよ。こうした手信号はコルビーの手口。この写真はどこで手に入れたの？」

「情報源がいるんです」

「わたしにもいるわ」ケンドラは言った。「かなり高い地位にいる人たちよ。そして、見せてもらった写真はこんなふうではなかった」

「それは、あなたの見たものが公式な現場写真だったからです」

とまどったようにベスがふたりを交互に見た。「つまり、現場の捜査員たちが、コルビーの犯行かもしれないという事実を隠そうとしたというの？　死体のポーズを変えさせてから公式用の写真を撮ったと？」

「わかりません」シェイラは言った。「どう思いますか、ケンドラ」

ケンドラはしばらく写真を見つめてから目をあげた。「理解できないわ。なぜ証拠を隠そうなどと考えるの？」

「わたしも同じことを不思議に思いました。そしていろいろ調べて、あなたやあなたが抱いている疑念のことを知ったんです」シェイラは写真を集めてファイルに戻した。「あなた以外の人間は、コルビーが生きているなどと考えることさえいやがるでしょう」

「ミス・ハンター、その写真のコピーをもらえないかしら」

「それはできません」

「できないことはないはずよ。誰から手に入れたかは口外しないから」

シェイラはファイルを胸に引きよせた。「心配しているのはわたし自身のことではありません。情報源を守らなくてはならないんです」

「そんなことを言っている場合ではないでしょう。殺人犯が野放しになっているのよ」

「ええ。だから情報源は危険を冒してわたしにこれを託してくれたんです。でも、これをわたし以外の誰かに渡したり、見せたりすることはできません。あなたに見せるのにも許可が必要だったんです」

「誰の許可？」

「ケンドラ、わたしの口からはほんとうに言えないんです。でも、あなたがコルビーについて抱いている疑念に照らして、あなたにはこの写真のことを知らせるべきだと思いました。ここにいる人間以外に写真のことを話さないと約束していただけませんか」

ケンドラは苛立《いらだ》たしい気持ちでファイルを見つめ、引ったくってエレベーターへ駆けこもうかと考えた。その心を読んだかのように、シェイラはファイルをきつく握りしめ、膝の上におろした。

ああ、もう。

「わかりました」ケンドラは言った。「でも、条件をのむという意味ではないわ。あなたの名前は出しません。でも、そうした偽装があったことを誰にも言わないと約束もできません」

「話さないでいただけるとありがたいですけど」シェイラは肩をすくめた。「でも、あなたに連絡をとったことで冒しているリスクについては承知しています」

「あなたの情報源に、会いたいと伝えてもらえませんか」

「それは無理――」

「とにかく伝えて」ケンドラはさえぎって言った。「直接会って、そこから話をはじめたいんです」

シェイラはうなずいた。「わかりました。訊いてみます。ただ、見返りをいただきたいんです。この事件の背景に関するあなたの見解や、コルビーが生きていると信じる根拠について話していただけませんか」そしてベスを見た。「それから、ご友人がこの件を口外しないという保証をあなたから――」

「わたしに訊けばいいじゃない」これまでふたりの攻防を魅入られたように聞いていたベスが静かに言った。「ケンドラはわたしの友人であって、後見人じゃない」

「後見人」シェイラが言った。「変わった言葉を使うんですね」

「あなたとちがって物書きじゃないから。でも後見人が何かはわかってる」ベスは言った。「とにかく、わたしの言葉を信じてもらっていいわ。きょうここで聞いたことは誰にも言いません。ケンドラの害にならないかぎりは」

「それでけっこうです」シェイラはケンドラに向きなおった。「それで、詳しい話を聞かせていただけますか」

ケンドラはゆっくりとうなずいた。「しかたないわね。でも、まずはもっと強いお酒を持ってきたほうがいいかもしれない」

三十分後、ケンドラとベスは歩いてコンドミニアムへ向かっていた。ケンドラは物思いに沈んでいて、この十分間、ひと言もしゃべっていなかったことに気づいた。「ごめんなさい。わたしったらひどい接待役ね」

「そんなことないわ」ベスは言った。「あの怪物との過去を思い返したすぐあとで、あなたが陽気なおしゃべりをはじめると思うほうがどうかしてる」そして、肩をすくめた。

「わたしのほうも心を落ち着けるのに時間が必要だったし」

「あなたにコルビーの話は聞かせたくなかった」ケンドラは頭を振った。「コルビーは特権階級の子どもとして何不自由なく育ったのよ。マサチューセッツ工科大学で冶金《やきん》学を学んで、周囲からは優秀だと評されていた。でも常に一匹狼《いっぴきおおかみ》で、わたしたちの知るかぎり、友人も恋人もいなかった。三十代になるまで犯罪に手を染めた証拠はないけれど、そこで何かが切れたのかもしれない。数カ月のうちに二十人以上を殺した。後悔も、弁解もなく。心のなかに飼っていた怪物が、突然解き放たれたように」ケンドラは唇を引き結んだ。

「そして、いまも野放しになっている。コルビーがどこかにいると思うだけで身震いがする」

「今回ばかりはあなたがまちがっていることを願うわ、ケンドラ。コルビーは死んでいると思いたい」

「わたしはまちがっていない」

「そして、世界をコルビーから救おうとしてるのね」ベスはしばらく黙ったまま歩きつづけた。「これまで自分がどれだけのものを奪われていたか、だんだんわかってきた。あなたも妹もすばらしく刺激的な人生を送ってる。これまで冒険を求めて旅をしてきたけど、いまがいちばんわくわくしてるわ」

「それはどうかしら」ケンドラは冷やかした。「あの筋骨たくましい大男をやっつけるのもじゅうぶんわくわくする出来事だったと思うけど」

「あんなのたいしたことじゃない。これは生死にかかわることでしょう。ずっと思ってたんだけど、あなたはこれを仕事にすべきよ」

ケンドラは鼻を鳴らした。「わたしが、ＦＢＩの正式な捜査官に？　うまくいきっこないわ」

「やれるわよ。引く手あまたなんでしょう。イヴから聞いたわよ、ＦＢＩやあちこちの警察があなたの捜査協力を得ようと必死になってるって」

「でも九十五パーセントは断ってるのよ。正規職員になったらその選択肢はない。それに、わたしは音楽療法の仕事が好きなの。生き甲斐《がい》なのよ」

「捜査官は人の命を救える仕事なのに？」

「音楽療法は、人生を生きる価値のあるものにする仕事だとわたしは考えているの」ケンドラはベスの疑わしげな顔をちらりと見て微笑《ほほえ》んだ。「わかってもらえなくてもかまわない。でも、目が不自由だったころ、音楽はわたしの世界に色をくれた。ほかの人たちと分かち合える何かを……ほかの人たちとつながるすべをくれたの」

「あなたのクライアントは目が不自由な人たちなの？」

「いいえ、そういう人はほとんどいない。目の不自由な人にはたいてい、わたしは必要ない。わたしが診ている人の大半は自閉症患者で、認知症を患う高齢者もかなりいるわ。外の世界とつながるのが難しい人たち。まだできたばかりの分野だけど、わたしたちは音楽を使って彼らを殻から引っ張り出すことに成功してきた。言葉では生み出すのが難しい、感情的なつながりや知的なつながりを作り出すのに役立つのよ。治療がうまくいったときほどうれしいことはないわ」

コンドミニアムの前まで来ると、ベスは足を止めた。「皮肉を言うつもりはないけど、わたしがあの病院で過ごした長いあいだ、いわゆるセラピストたちはわたしを苛《さいな》んだだけだった。あそこにあなたみたいな人がいたらよかったのに。ほんとうに患者のことを心にかけてくれる人が」

「信じて、ベス。そういう人はたくさんいるわ」ケンドラは一瞬ためらってから続けた。「いい機会だから訊くけれど……シーへヴンで起こったことを誰かに話したことはある？」

「話すって……セラピストとかに？」

ケンドラはうなずいた。

ベスは笑った。「冗談でしょう？　あそこを出てから何度かそういうことを言われたけど、あなたに言われるとは思わなかった。あなたならわかってくれると思ってたのに」

「わかってるわ、ただ……あなたは地獄をくぐり抜けてきたでしょう。そういう経験は簡単には振り払えない。背後から忍びよって、ふいに襲いかかってくるのよ」

「だいじょうぶよ。あれをなかったことにしようとは思っていないから。いまも乗り越えようと努力してる。おかしく聞こえるだろうけど、あの病院に戻って、薬漬けになって何もかも忘れたいと思うこともあるのよ。現実と向き合うより、何も感じないほうが楽なときもある」

「でも、ほんとうに現実の生活に向き合いはじめているの？　そうは見えないのよ。少なくとも、いまはまだ」

ベスはしばらく目をそらしていた。「いまできる精一杯のやり方で向き合ってる。それでいいでしょう？　徐々に進むしかないのよ」

「もちろん。ただ、世の中にはあなたの味方がたくさんいることを覚えておいて。信頼できる人はたくさんいる」

ベスは微笑んだ。「覚えておく。ありがとう、ケンドラ」

「知っておいてほしかっただけよ」ケンドラはキーリングからコンドミニアムの鍵をはずし、ベスに渡した。「悪いけれど、一時間ほどあなたをひとりにしなくちゃならないの」

「わたしを置いていくの？」

「FBI支局のお偉いさんに会ってくる」

「いまから？」

「ええ。シェイラと話しているときにメールを送っておいたの。気が進まないようだったけれど、オフィスで会うことになったわ」

ベスは手のひらの鍵を見つめた。「連れていってはくれないのね」

「今回はだめなの。グリフィンは権限のない人間を同席させるような人じゃないし、シェイラ・ハンターのように操りやすい相手でもないから、きっとあなたはつまみ出される」

ベスはいやな顔をした。「残念。おもしろそうなのに」そして、ドアのほうを向きながら言った。「わかったわ、またあとでね」

「ベス……わたしが戻るまでここにいてくれるわよね？」

ベスはにやりとした。「もっといいお誘いがなければね。だから、早く帰ってきたほうがいいわよ」

「そうするわ」ケンドラは苦笑して頭を振った。「約束する」

サンディエゴ

FBI支局

ケンドラはメインロビーのベンチから立ちあがり、マイケル・グリフィン主任捜査官のほうへ近づいていった。駐車場の階段から出てきたグリフィンは見るからに不機嫌そうだ。

「会ってくれてありがとう」

「帰宅したばかりだったんだがな、ドクター・マイケルズ」

グリフィンが怒っていることがこれではっきりした。〝ドクター・マイケルズ〟という呼び方を使うのはひどく怒っているときだけだ。

グリフィンは続けた。「家族と夕食をとろうとしていたんだ。録画しておいたチャージャーズとカウボーイズの試合を見ようと……」

「惨敗だったわよ。カウボーイズが四十七対六で大勝した」

グリフィンは落胆した顔をした。「すばらしい。またひとつ楽しみを奪ってくれたな」

「冗談よ。きょう試合があったことさえ知らなかったわ」

「まったく、愉快なお嬢さんだ」

「あなたを楽しませに来たわけじゃないわ。コルビーが生きている証拠をついに見つけたかもしれないの」

グリフィンはため息をついた。「フットボールの試合を台なしにしてくれたときのほうがまだかわいげがあったな。オフィスへ行こう」

エレベーターで四階にあがり、グリフィンの簡素なオフィスへと向かった。六人ほどの捜査官がブースで働いていた。残業している者、夜勤で精を出している者。グリフィンはオフィスに入り、ドアを閉めた。「さて、何を見つけたって?」

ケンドラは罫線《けいせん》入りのメモ帳からページを二枚破りとった。「あまりうまくなくて申し訳ないけれど、さっきロビーで待っているときに描いてみたの」

グリフィンはそれを受けとり、手早く描かれたスケッチを見た。「ふむ、きみはいろいろ特技を持っているが、絵はそのなかに入っていないようだな」

「まだ勉強中なの。盲学校に〝お絵かきの時間〟はなかったから」

「この棒きれのようなものは踊っている人間か?」

「いいえ、死体よ。数週間前にレドンド・ビーチで起こった殺人の現場で、死体がこのポーズをとらされていたの。つい一時間ほど前に見た現場写真の記憶を頼りに描いてみた」

グリフィンは唇の端を持ちあげた。「写真を持ってくるわけにはいかなかったのか？」

「できなかったの。情報提供者が渡してくれなかったから。絵の出来はともかく、そのポーズに思い当たることはない？」

グリフィンはさらに数秒絵を眺めた。「なるほど」静かに言う。「軍の手信号か……コルビーの被害者と同じだ」

「それだけじゃない。公式の現場写真ではそのポーズをとっていないのよ。わたしが見た写真だけなの」

「つまり、何が言いたい？」

「よくわからないの。死体のポーズを変え、コルビーが関与している可能性を隠すことで、捜査員たちにどんな利益があるのかが」

「わたしもだ」グリフィンは言った。「まともな人間にはわからないだろう。きみは言動に気をつけたほうがいい」

「何カ月も前から気をつけろと言われているわ」

「そしてきみには聞く気がないようだ。死刑をやり損ねて連続殺人犯を野に放ったとカリフォルニア矯正局を糾弾するのはともかく、警察内部の陰謀説までほのめかしはじめるとは……」

　ケンドラはグリフィンのデスクの前にある、背もたれのまっすぐな椅子に座りこんだ。

「コルビーに関してはかなり控えめにしてきたつもりよ」

「きみの〝控えめ〟の定義によるな」

「いいわ、わたしにできるかぎり控えめにしてきた」

「どちらにせよ、コルビーは死んでいる」

「そう信じられたらいいんだけど」

「信じろ」グリフィンはデスクをまわりこみ。ケンドラの隣の椅子に座った。部下に共感を示すときや、悪い知らせを穏便に切り出すときにいつも使う手法だ。

　ケンドラは余計に苛立った。

「ふたつの法執行機関が別個にきみの主張を捜査した」グリフィンは言った。「主張を裏づける証拠は見つからなかった。きみ自身でも裏づけはとれていない」

「コルビーは刑務所外に協力者を持っていた。覚えているでしょう、コルビーの協力者だったマイアットが死んだとき、わたしはその場にいた。話をしたのよ。マイアットの調達品リストには、コルビーを仮死状態にするのに使われたと思われるゾンビドラッグが含まれていた。その物質の実際の痕跡も見つけた」

「妄想に取り憑《つ》かれた人間の、想像の産物だ」

「その人間が計画を練りあげて、コルビーを脱獄させるために働きながら十人近くの人を殺した。コルビーを崇拝して、彼の犯行を完璧に真似《まね》たのよ。コルビーを逃がすためならなんでもやったはず」

「だからきみの主張を真剣に受けとめて捜査をした。いいか、もしコルビーがほんとうに野放しになっているのなら、わたしは使えるかぎりの捜査官や専門家、職員を総動員してやつをつかまえる。わたし自ら外へ出て靴底をすり減らす」

「四カ月前にそうしてくれていたら、いまごろコルビーをつかまえられていたかもしれない」ケンドラは臆せず言った。

「相変わらず遠慮というものがないな。きみはそのあいだずっとアンテナを張りめぐらせていたのに、少しも前進していないじゃないか」

「何か企《たくら》んでいるのよ」

「きみはそう言いつづけているが、やはり証拠は何もない」

「コルビーの考えることがわかるの」

「考えていた、だ。過去形だよ」

「あなたが正しければ、わたしは誰よりも喜ぶ。でもコルビーはこのために何年もかけて下準備をしてきた」

「下準備……死刑囚監房からか？」

「ほかの人たちはコルビーを見くびっていたのよ。その多くはもう生きていない」

「犠牲者のうち、ふたりはわたしの部下だ。きみにあらためて警告してもらうまでもない」

「わたしだってこれが真実であってほしくない。でも真実でないと考える理由がないの」

グリフィンは苛立ったように、足で椅子をもとに戻した。共感の時間は終わりらしい。

「いいや、きみの言うようなことは起こっていない」

「そう言っていればいいわ」

グリフィンは背を向けた。「話は終わりだ」

「手を貸してはくれないの？　これだけ？」

グリフィンは先ほどのメモのページを持ちあげた。「そうだ。これを捜査員たちに転送してほしいのでないかぎりはな」

「嫌味な人」

「言葉を慎め」グリフィンはにやりとした。ケンドラをむっとさせられたのを喜んでいるらしい。「わかった、レドンド・ビーチの警察に連絡して写真のことを調べてみる。それでいいか？」

「いまのところは」

「できるのはこれが精一杯だ。ほかに調べられそうな手がかりはもらえていない」

それはケンドラ自身がいちばんよくわかっていた。その対応で満足するべきなのだろう。

「わかってるわ。グリフィン」ケンドラは立ちあがった。「これでも努力しているのよ」

シティ・ハイツ
エルカホン・ブールヴァード

誰も彼もがスローモーションで動いているかのようだった。でなければ水のなか、プールの深い部分で、夕方のそぞろ歩きをしているかのようだ。動くのも、しゃべるのもゆっくりで、頭の回転も自分のレベルにはほど遠い。ばかどもめ。

コルビーはサンディエゴ東部にあるシティ・ハイツのにぎやかな通りを見まわし、人ごみに囲まれながら、ほかの頭の足りない人々とは別の空間に自分だけがいるような感覚を覚えた。投獄される何年も前から感じていたが、近ごろその感覚がとみに強くなっている。自分が周囲の数歩先を行っているのも当然だ。このぶんでは、じきにまわりがすっかり静止しているように見える日が来るだろう。おもしろい。アインシュタインやニュートンも同じように感じていたのだろうか。

コルビーは角を曲がった。あたりは様変わりしていた。空き店舗の多くがいまはエスニックレストランになり、このギャングの魔窟を再開発しようと努力しているのがうかがえる。健闘している、とコルビーは思った。しかし、昔の姿に完全に戻ることはない。

だが、コルビーのこれから数週間の目的には適《かな》っている。

シャッターの閉まった店に近づいていき、ドアベルを押した。上を見ると、二階のアパートメントのカーテンが揺れるのが見えた。

皺だらけの老女の顔が現れた。しかめ面のまま固まっている。変わらないものもあるということだ。老女は背後を指さし、姿を消した。コルビーは建物のあいだの狭い路地を進み、注射器二本とコンドームを避けて、奥まった裏口へと向かった。ノブに手を伸ばす前に、きしみをあげてドアが開いた。

「入った、入った！」

コルビーは笑みを浮かべ、なかへ入ってドアを閉めた。「心配するな、パメラ。黴菌《ばいきん》は入らせないさ」

パメラ・ガットリンは鼻と口を覆っていた手術用マスクをさげた。八十代後半だが、以前と見た目は変わらない——皺だらけ、そばかすだらけで、眉がない。「久しぶりだね」パメラは言った。「もう戻ってこないかと思ったよ」

何も知らない哀れなパメラ。コルビーは愉悦を覚えた。コルビーが逮捕されたことはもちろん、有罪判決を受けたことも、処刑されたことも知らないのだ。電話もテレビも持っておらず、毎日聖書だけを読んでいる。申し分のない管理人だ。

「戻ってくると言っただろう」コルビーは言った。「だが、あんたがまだ生きてるとはな。

あの花柄の椅子で朽ちはてて、蝿《はえ》が群がってるかと思ったよ」

　パメラはくっくっと笑った。「そのうちそういう日が来るさ、でももう少し先だ。まだまだ楽しみがあるからね」

「だろうな」

「そのときが来たら、面倒を見ておくれよ。約束してくれただろう」

「もちろんだ。ルイス霊園の、あんたの息子の隣だったな」

「そう、そこだ」

「あんたがおれの面倒を見て、おれがあんたの面倒を見る。そういう取り決めだ」コルビーは上階のアパートメントへ続く、暗い階段を見あげた。「何も問題はないか」

「ああ。公共料金は毎月払ってくれてるようだね。電気も水も止まったことはないよ」

「手配をしておいたからな。〈エウリピデス信託〉があんたが死んだあとも支払いをしてくれる。たぶん、おれがいなくなったあとも。おれを訪ねてきた者はいるか」

「個人的にはいないよ。家主を訪ねてきたのは何人かいたけど。ここを買いたいってさ。あんたに連絡をつける方法を聞いてなかったから、知らせられなかった」パメラは顔をしかめた。「名字を教えといてくれないもんかね」

　コルビーはにやりとした。足どりはうまく隠せていたようだ。ここを嗅ぎ当てた者はいない。「知っていることが少なければ少ないほど安全だ。あんたのためにも、おれのためにも。階上《うえ》へ行け。おれは地下でやることがある。帰る前に顔を出すよ」

パメラは何かつぶやきながら階段をのぼっていった。あとでアパートメントを調べて、ほかに誰かいた形跡がないか確かめなくてはならない。まあ、ありそうにないが。コルビーは板が釘《くぎ》づけされた地下室のドアに向きなおり、大きなベニヤ板をはがした。黒く塗られているので、がらんとした倉庫の暗色の壁に溶けこんで、ほとんど見分けられない。

コルビーは小さなクローゼットのような空間に入った。奥の壁に作りつけられた棚をつかみ、手前に引っ張ると、窓のない地下室へと続く急階段が現れた。饐《す》えたかびくさいにおいがあがってくる。コルビーはそのにおいが好きだった。スイッチを手探りして押すと、地下室に光があふれた。

階段を一歩おりるごとに板がきしんだ。もう一度この場所を見られるか確信がなかったが、戻ってくることは決まっていたようにいまは感じた。ついにいちばん下までたどり着き、その場でぐるりと体を一回転させた。

ああ、ついに来た。

部屋の中央にはプラスチックで縁どりされた防腐処置用のテーブルが置いてあり、ナイロンの手枷《てかせ》と足枷が備えつけられている。壁と天井には防音パネルが張りめぐらされ、部屋の音が漏れることはほとんどない。

奥の壁にはずっしりとしたビニール袋が並んでいる。さまざまな器具や道具が封印され、使用されるときを待っている。コルビーは唇の端を持ちあげた。まだ何時間も作業をしなくてはならないが、気にはならなかった。とうとう本来の居場所に戻ってきた。特別な客のためにこの部屋を整えなくてはならない。

ああ、わが家は何にも代えがたい……。

4

その朝、ケンドラはオフィスのスタジオで、音楽療法のセッションを三つ立てつづけにこなした。三つめは八十八歳のアルツハイマー患者の妻との、難しい話し合いで終わった。男性にはこのタイプのセラピーが効かないことは明らかで、これ以上続けても、もっと有効な手法を探れるはずの時間を無駄にするだけだとケンドラは考えていた。けれども患者の妻は希望にすがりつき、夫は回復しつつあると自分を納得させようとしていた。

だが、そんなことは起こりえない。

妻は目に涙をためて、夫とともにスタジオから去っていった。

ケンドラはのろのろとピアノの椅子に座りこんだ。セッションがうまくいったときの喜びは格別だけれども、ときどきそれを上まわる落胆を味わうことがある。

「きみはよくやっていた」アダム・リンチが狭い観察室から出てきた。彼が外の廊下から観察室へ入ってきたのは知っていたが、ケンドラは話し合いに集中していたのだ。

「ここのセッションは非公開なのよ、リンチ。そんなふうに入ってこないで。廊下から観察室へ入るドアは施錠してあったはずよ」

「そうなのか？　だったらぼくはどうやって入ったのかな」

「ピッキングしたんでしょう。さすがね。ピッキング防止機能つきの錠なのに」

「たいしたことじゃない」リンチはスタジオに置かれたピアノやドラムセット、木琴、スタンドに立てただギターのあいだを抜けて近づいてきた。「ドアベルを鳴らそうかと思ったんだが、邪魔をしたくなかった」

「まあ、ご親切なこと」

「ゆうべFBI支局へ行ったと聞いた。グリフィンと話したんだな」

「噂《うわさ》はあっという間に広まるのね。話の内容も知っているんでしょう？」

「想像するに、グリフィンがきみを怒らせ、きみはグリフィンを怒らせて、話し合いは物別れに終わった。合っているかな？」

「そうね、そんなところ」

「レドンド・ビーチの件についても知っているよ」

「それは驚くべきことなの？　わたしの知るかぎりでは、グリフィンが地元警察に確認してくれることになっていたけれど」

「すでに確認ずみだ。だからぼくがここに来た」

ケンドラは立ちあがった。「なぜグリフィンが直接話しに来ないの？」

「率直に言うと、グリフィンは自ら時間を割くまでもないと考えている」

ケンドラは薄く苦笑いを浮かべた。「それで、何か新情報はあるのかしら」

リンチはUSBメモリを取り出して、譜面台にのっていたタブレット端末を指さした。

「借りてもいいか」

「どうぞ」

リンチはタブレットを手にとり、USBメモリを差して写真を何枚か表示した。画面を見せて言う。「見覚えは?」

「レドンド・ビーチの事件の公式現場写真ね。前に見たわ」

「全部見たわけではないはずだ。レドンド・ビーチの警察から、写真係が撮ったものをすべて送ってもらった。建物の管理人が発見したとき、死体はこのとおりの姿勢だった。軍の手信号のポーズなどとっていない」

「なぜ断言できるの?」

「管理人とほんの一時間前に話をした。写真を何枚かメールで送ったんだ。それに、現場には野次馬がたくさんいた。ああいう現場がどんな状況かは知っているだろう。ポーズが変えられたとは考えにくい」

ケンドラはタブレットを受けとって写真を切り替えていった。「でも、きのう何枚か写真を見たのよ。その写真では――」ケンドラははっとして画面を見つめた。「まさか」

「どうした?」

ケンドラはさらに何枚か写真を表示した。「信じられない」

「何がだ」

「わたしがきのう見た写真は……この部屋のものじゃない」

「意味がよくわからないんだが」

「わたしにもわからない」ケンドラは室内を広角でとらえた写真を表示した。「間取りや家具はわたしが見た写真とまったく同じだから、同じ建物の部屋なのかもしれない。でも、この壁と天井のあいだの刳形《くりがた》の模様がちがっている。ランプシェードの形も少しちがうわ。これは円錐形《えんすいけい》だけど、きのう見たのは筒形だった」

リンチは写真を見つめた。「確かなのか。きのう写真を見たときには気づかなかったんだろう?」

「以前に見た公式写真には部屋の全体像が映っていなかったの。ここにはあのときよりたくさんの写真がある。それに、もし映っていたとしても、見たのは何週間も前のことだし、あのときはそうした細部に注意を向ける理由がなかった」

リンチはうなずいた。「なるほど。そうすると、最初の疑問に戻ってくるな。これはいったいどういうことなんだ?」

ケンドラはスタジオ内を歩きまわった。「考えられる答えはふたつしかない。誰かがわざわざ写真を捏造《ねつぞう》して、あの記者に渡したか……」

「あるいは、記者が写真を捏造してきみに見せたか」リンチがあとを引き継いだ。

「でもなぜ？　どちらにしても、なぜそんな手間暇をかけるの？　そんなことをするのは……」ケンドラが振り向くと、ふたりの目が合った。「まさか……」

リンチはケンドラからタブレットを奪い、すばやく〈キンズリー・クロニクル〉のサイトに移動した。

「やられた」リンチは言い、タブレットをケンドラに向けた。ニュースサイトの見出しが表示されている。〝迷妄FBIコンサルタント、処刑された死刑囚が生きていると主張〟

ケンドラは怒りに顔を赤くした。「わたしをだましたのね。信じられない」

「ぼくには実に納得できる顛末《てんまつ》だ」リンチは言った。「まあ、ぼくは物の見方がずっと冷めているからね」そして、タブレットを自分に向けなおして記事を読み進めた。

「ひどい？」

「かなりひどいな」しばらく黙読する。「きみを変人扱いしている。警察筋からの陰湿なコメントもちりばめられているな。実名も匿名も取り混ぜて。おそらくきみに面目をつぶされたことのある連中だろう。〝迷妄〟というのはそのひとりが使った言葉だ。きみのコメントも引用されているが、なるべくヒステリックに聞こえる部分を選んで抜き出してある。なぜインタビューに応じたんだ？」

「応じるつもりはなかったわ」ケンドラはタブレットを引ったくり、すばやく記事を読んだ。悪意に満ちた偏見や、真っ赤な嘘《うそ》が並べられている。「あのシェイラ・ハンターという記者はわたしを手玉にとったのよ。ほかの状況だったら話をしたりしなかった。弱点を突かれたのよ」

リンチはうなずいた。「ほとんど味方がいない状況で、その記者は味方を演じてみせた。さらに、きみが探し求めていた証拠を持っているように見せかけた」肩をすくめる。「軽蔑はしているが、戦略については賞賛せざるをえないな」

「人心操作の達人ならではの感想ね。〝人形使い〟の異名は伊達《だて》じゃない」

「その呼び名は好きじゃないと言ったことがあったかな？」

「隠しておきたい本性を暴かれるからでしょう。それに、いまはあなたがどう思うかは関係ないのよ、人形使いさん」ケンドラはノートの山をつかんで革のバッグに入れた。

「どうするんだ？」

「シェイラ・ハンターに話をしに行く」

「威勢がいいな」

「止めてみれば」

「そのつもりだ」リンチはそばをすり抜けようとしたケンドラの手首をつかんだ。「行かないほうがいい。勝ち目はないよ」

「抗議もせずに縮こまってろというの？」

「そんなことは言っていない。だが、続報のネタをわざわざ与えたくはないだろう？　きみはすでにしゃべりすぎている」

「これからわたしが言いに行くことは、どのニュースメディアも掲載できっこないわ」

「賭けるか？　ヒステリックに食ってかかったら、また都合のいい部分だけ引用される。録音もされるだろう。きのうもそうしていたにちがいない。逆上した話し方をすれば、午後にはその音声がネットで拡散される」

「そんなことはさせない」

「せめてぼくもいっしょに行かせてくれ」

「だめよ、これはわたしと彼女の問題なの」

「数十万の読者の問題でもある。きみはメディアへの対処に慣れていない」

「いつもはただ無視してきたから」

「すばらしい対処法だ。いまもまさしくその手法をとるべきだよ」

ケンドラはしばらく考えた。おそらくリンチが正しいのだろう。あらゆる分別がそうささやいていた。けれども、そうしたら正義はどうなるのか。

ケンドラはドアへと向かった。「ごめんなさい。それはできない。ひとりで話をしてくる。帰るときは施錠していってね。あなたに鍵はいらないでしょうから」

ケンドラはスタジオをあとにした。

「ちょっと、シェイラ・ハンター！」

インペリアル・アヴェニューにある〈ホバート・ニュース〉本社前の広場を、ケンドラは走って横切った。〈ホバート・ニュース〉は〈キンズリー・クロニクル〉を所有するメディア複合企業だ。車から二度電話をかけてシェイラの居場所を聞き出し、そのビルからたったいま当の本人が飛び出してきた。

シェイラは声が聞こえていないふりをしたが、ケンドラは行く手をさえぎった。「あれは全部大嘘だったのね」鋭い口調で言った。「きのう見せられた写真のことよ」

「ドクター・マイケルズ、わたしはこれからミーティングがあるので――」

「おあいにくさま。あなたはわたしとここでミーティングをするのよ、いますぐに」

シェイラは携帯電話を取り出し、画面をタップした。「いいですか、わたしはもう遅刻しているんです。何か言いたいことがあるのなら――」

ケンドラはシェイラの手をつかみ、携帯電話の画面を自分に向けさせた。録音アプリが起動していて、テープのリールのマークがふたつ回転している。ケンドラはアプリの赤い停止ボタンを押した。「会話を録音する許可は出していないわ。きのうもだけど」

「わたしは自分の記事に誇りを持っています」

「誇りがあろうがなかろうが、どうでもいいの。あなたの記事の核は事実よ。わたしはエリック・コルビーが生きていると信じている。でも、あの記事が出るまで、コルビーはわたしがそう思っていることを知らなかった。わたしが彼を捜していることを知らなかったの。それがこちらの大きな強みだったのよ。でも、いまは知ってしまった可能性が高い」

シェイラの唇が弧を描き、信じられないと言うような笑みを浮かべた。「ドクター・マイケルズ、あなた以外の全員が、コルビーは死んでいることを知っています。わたしはこの目で死ぬところを見たんです」

「にもかかわらず写真を捏造して、それとは逆の証拠をわたしに差し出したのね」

シェイラは肩をすくめた。「あなたのインタビューをとるにはそれしかないと思ったんです。わたしの記事にはそれだけが欠けていた」

「どうやってあの写真を撮ったの？」

「不動産業者の友人が、あの建物にある同じ間取りの部屋に入れてくれました」

「ほとんど同じ部屋、よ」ケンドラは言った。

「じゅうぶん似ていました。画像修正ソフトにも少し助けてもらいましたけど」

「だからコピーを渡さなかったのね。じっくり見られたくなかったから」

「ええ、用は足りました」

「あの〝記事〟はニュースとは言えない。くだらないゴシップよ」

「そうでしょうか。わが国でも指折りの極悪連続殺人犯をつかまえた女性が、死刑が実際には行われていなかったと今度は主張しているんですよ。これがニュースでなくてなんなんです？」

「ニュースになるのはコルビーが見つかったときよ。そして、あなたの半端な記事がその妨げになる。わたしの話を聞き出すためにあなたが嘘をついて証拠を捏造したことを、上の人間は知っているの？」

「そんなこと、〈キンズリー・クロニクル〉は知りたがりませんよ。記者が記事をものにするために何をしているか、上層部が気にすると思っているんですか？　今回はネタを渡されて、どういう方向づけを望んでいるかを指示されました。上層部が求めているのは注目、ページアクセス数、そして広告料です。順番はこのとおりである必要はありませんが。あなたの記事はそのすべてをもたらしてくれる」

「わたしの記事？　あなたには想像力というものが――」ケンドラはそこで口ごもり、しばらくして言った。「信じられない。わたしの言っていることが正しくて、わたしがコルビーを見つける前にまた殺人が起こったらどうするつもりなの。人々はどう感じるかしらね？　あなたはどう感じる？」

「記事を読まなかったんですか？　わたしがインタビューしたどの捜査機関の人間も、エリック・コルビーはまちがいなく処刑されたと言っています」

「読んだわ」ケンドラは一歩前に出て、シェイラを正面から見据えた。「あなたはわたしに、もっと規模が大きな、もっと恐ろしいことを自分が書こうとしているのだと思いこませた。真実であってほしくないとわたしが願っていることを書こうとしているのだと。そしてわたしは、あなたがわたしと手を組んで、人々の命を救おうとしているのだと思いこんだ」

シェイラはささやくような小声で言った。「でも、あなたはご自分の考えが真実ならいいと思っているんでしょう、ケンドラ。わたしもほかのみんなもごまかされない。ご自分の主張が真実で、ほかのみんながまちがっていることが証明されればいいとあなたは思っているのよ。そのために誰かが死ぬとしても」

強烈な悪意にケンドラは凍りついた。「ちがうわ。あなたはまちがっている」

「そうかしら？　まあ、どうでもいいことです。わたしが気にすると思いますか？　わたしにはメディアの力がある。どうせみんなわたしを信じるわ」

シェイラは体の向きを変え、歩き去った。

〝そのために誰かが死ぬとしても〟

コンドミニアムへと車を走らせるあいだも、その言葉がケンドラの脳裏にこだましていた。事実ではないけれども、捜査員たちがそう考えていることをケンドラは知っていた。

彼らは、わたしが自分の正しさを証明したがっているだけだと思っている。リンチの言うとおりだった。シェイラと話をしたのはまちがいだった。けれども、わたしは何度でも同じことをするだろう。もう忘れなくては。あの記者が何を書こうと、何を言おうと状況は変わらない。ああ、ほんとうに彼女が言うとおりだったら、どんなにいいか。

駐車場に車を入れたとき、ベスからメールが届いた。〝オリヴィアの部屋でパーティー中〟

メッセージを読んでケンドラは微笑《ほほえ》んだ。ベスが友達を作っている。長いあいだ監禁同様の生活を余儀なくされていたけれども、その能力は奪われていなかったということだ。

二階におりると、廊下の突き当たりの部屋からビートの利いた音楽が聞こえてきた。ケンドラはドアをノックし、なかに入った。ベスとオリヴィア・ブラントがダイニングテーブルにいて、ふたりの前には十個近くのショットグラスが並んでいる。

ケンドラは言った。「まさしくパーティーね」

ベスはケンドラに向かってグラスを持ちあげた。「あなたの親友がこんなにすてきな人だってこと、どうして教えておいてくれなかったの？」

「じきにわかると思っていたから」

オリヴィアが微笑んだ。「調子はどう？　ケンドラ」

ふたりとも記事のことを知っているのだ、とケンドラは思った。オリヴィアのオリーブ色の美しい顔を見ればすぐにわかる。オリヴィアとは子どものころ、オーシャンサイドのウッドワード特別支援学校にいっしょに通っていたころからの付き合いだ。出会ったその日から仲よくなり、ケンドラが奇跡的に視力を回復したあとも、オリヴィアはずっと親友として支えてくれている。けれども、オリヴィアが心の奥底ではいつか自分も視力を取り戻したいと願っていることをケンドラは知っていた。残念ながら、ケンドラに有効だった幹細胞の技術はオリヴィアには効果が見込めない。

「〈キンズリー・クロニクル〉の記事のこと、知ってるんでしょう」ケンドラは言った。「知らないふりをしなくていいのよ」

オリヴィアはベスのほうを向いた。「言ったでしょう、ケンドラにはお見通しだって。ケンドラ・マイケルズと友達付き合いをする唯一の欠点はそこよ。秘密を作れないの」

ベスはうなずいた。「勝手にiPadに記事が飛び出してきたのよ。信じられなかった。オリヴィアが止めなければ、車で乗りつけてあの女を歩道に投げつけてやったのに」

オリヴィアは肩をすくめた。「いい考えには思えなかったから」

「そのとおり」ケンドラは言った。「暴行で逮捕されるのは週に一回でじゅうぶんよ」

「でも、わたしも気持ちはいっしょだったから、マグネット式のダーツボードを引っ張り出して、ベスとふたりでぴったりの標的をセットしたの」オリヴィアは居間の壁を手で示した。「やってみる?」

ケンドラはそちらに目を向け、吹き出した。シェイラ・ハンターのウェブサイトからダウンロードした写真が引き伸ばされて、ダーツボードを覆っている。目が不自由でも楽しめるよう、ボードからは位置を知らせる電子音が鳴っていた。的には羽根つきのダーツがいくつも刺さり、そのほとんどが微笑みを浮かべた嘘つきの唇に集中している。「ふたりとも思いきりやっていたみたいね。これ、気に入ったわ」

「鬱憤を晴らしたくて」ベスが言った。「オリヴィアはわたしよりずっと上手なのよ。マグネット式のダーツの扱いを知りつくしてるの。あなたもやる?」

「ありがとう。でもいいわ、わたしは直接ぶちまけてきたから」

「あの記者が言ったことは全部でたらめだったのね?」ベスは尋ねた。「インタビューをとりたかっただけで」

「そういうこと」ケンドラはリンチやシェイラ・ハンターとの会話を話して聞かせた。

ベスは拳を握りしめた。「今度こそほんとうに歩道に投げつけてやりたくなったわ」

「そんなことをする価値もない相手よ。もう必要以上にかかわってしまったし」

オリヴィアはうなずいた。「ひどい目に遭ったわね、ケンドラ。いまいちばん避けたかったことでしょうに」

「わたしのミスよ。期待しすぎたの。彼女を信用してしまった」

「実は去年、〈キンズリー・クロニクル〉の親会社がわたしのサイトを買いとろうとしたのよ。かなりの金額で」

ケンドラは眉を持ちあげた。「ほんとうに？」

オリヴィアのブログ〈視界の外側〉は、テキスト読みあげソフトを使ってウェブサイトを楽しむ、目の不自由な人々のあいだで瞬く間に人気になった。製品レビューやインタビュー、ニュース記事などが載っていて、ほとんどをオリヴィア自身が執筆している。二年ほどのあいだに、趣味ではじめたものが生業にまで成長した。

「ええ、でも断った。売ってそのあと、わたしに何をしろっていうの？　隠居？　とにかく、あなたを傷つけたと知った以上、あんな会社には絶対に売らないわ」

「記事に書かれていたのは、警察やＦＢＩがわたしに対してずっと言ってきたことだというのはわかっているの。彼らには好きなことを言う権利があるし。でも、あの記者にも言ってやったけれど、捜査に悪影響が出るのは困る。それに……」ケンドラは口ごもった。「コルビーの被害者の遺族のことを考えてしまうの。ようやくなんらかの区切りがついたと思っていたはずなのに、今回のことで傷口をつつかれることになる」

ベスは肩をすくめた。「ねえ、その心配は無用よ。どんな区切りをつけたにせよ、痛みはいまも続いてる。記事を読んだ人はみな、あなたの頭がおかしいと思うはずだから」

「それはどうもありがとう」

「どういたしまして」

オリヴィアはダイニングテーブルの椅子を示した。「座って、ケンドラ。ベスがカクテルを作ってくれたの。飲めばいやなことはすっかり忘れられる。たぶん自分の名前まで」

ケンドラはくすくすと笑った。「その状態でダーツが命中したのは驚きね」

「敵討ちだから。あの女は親友を傷つけたのよ」

ケンドラは胸を打たれた。ふたりのやさしさと気遣いにふれて怒りが静まり、自分の傷を客観的に見られるようになった。「そそられるけど、やめておくわ。自分の部屋に戻って書類仕事の遅れを取り戻さないと」

「だめよ」オリヴィアが首を振った。「サンディエゴの名所を案内するって、ベスに約束したの。あなたもいっしょに来るのよ」

「今夜でなくてもいいでしょう？」

ケンドラは反論されるものと思っていたが、オリヴィアはしばらく黙っていたあと、言った。「いいわ、三人で出かけたら今夜は街がめちゃくちゃになりそうだし。ときどきメールを送りつけてこちらの様子を知らせるだけにする」

「そうして」ケンドラは微笑んだ。オリヴィアは目は不自由だがよく気がつき、まわりの人間が望んでいることをいつでも理解している。ケンドラはベスのほうを向いて言った。

「それでいい？」

「やってみる。オリヴィアについていけるかわからないけど、がんばるわ」

「絶対だいじょうぶ」ケンドラは玄関に向かい、通路へ出た。

すぐにベスが追いかけてきた。「ケンドラ……ちょっと待って」

ケンドラは足を止めた。「何？」

「ねえ、わたしの世話をしたり街を案内したりするには間が悪くなってしまったでしょう。なんならわたしはまた旅に出て、邪魔をしないように――」

「だめ」

「本気で言ってる？」

「本気よ、ベス。あなたがここに来てくれたことが、この一週間で唯一のうれしい出来事なの。ここにいて」ケンドラはにっこりとした。「お願い」

「わかった」ベスはそこで声を落とした。「オリヴィアのことだけど……オリヴィアはほんとうにすてきな人だけど、わたし、あまり付き合ったことがなくて。その……」

「目の不自由な相手と？」

「そう。何か知っておくべきことはある？」

「そうね、車の運転はさせないほうがいいかも。それ以外はいまの調子でいいわ」

ベスは微笑んだ。「了解。わかったわ。ありがとう」

「どういたしまして」

「開けてくれ！」

ドン、ドン、ドン。

「ケンドラ！」

はっとケンドラは目を覚ました。いったい何？　時計を見ると――午後十時四十分だ。居間のソファで横になっていたところだった。二時間ほどきょうのセッションの記録をつけ、そのあと少しだけ眠ろうと体を丸めたのだ。

ドン、ドン、ドン、ドン。

「ケンドラ！」

リンチの声だ。

まだぼんやりとしたまま、玄関まで行ってドアを開けた。「少なくとも今回はドアをこじ開けなかったのね。でも、建物の入り口はどうやって通り抜けたの？」

リンチはケンドラを押しのけて部屋に入った。「きょうシェイラ・ハンターに会いに行ったな」

「ええ、知ってるでしょう。それで来たの？　わざわざ蒸し返しに？」

「蒸し返しに来たわけじゃない。ホバートビルの前できみたちが言い争っているのを見た者がいる」

「いい噂はすぐに広まるのね」

リンチは部屋を見まわし、ダイニングの椅子の背からジャケットをとった。「さあ、着るんだ。マリーナへ行く」

「きょうはひどい一日だったのよ、リンチ。出かけるなんて――」

リンチは口もとをこわばらせた。「行くぞ」

いつもなら、リンチの押しの強さに腹を立てるところだ。だが、いまはちがった。リンチは我を通そうとしているわけではない。単に我を通そうとしているときと心配しているときのちがいはわかる。

そして、リンチが心配しているという事実にケンドラは胸騒ぎを覚えた。

「どうしたの?」ケンドラは尋ねた。「マリーナに何があるの?」

「シェイラ・ハンターの死体だ。殺されたんだよ」

5

　ケンドラはリンチのフェラーリの助手席でシートベルトを締めながら、驚きに頭を振った。「信じられない。ほんの数時間前に会ったばかりなのよ」リンチを見て言う。「詳しいことはまだわからないの？」

「ああ。ＦＢＩ支局の情報源から一報を受けて、すぐにここへ来た」

「ＦＢＩはわたしに手伝いをさせたがっているの？」

「ちがう。きみが呼ばれているわけじゃない」

「あら、うれしいこと」

「ぼくの知るかぎり、この件はまだサンディエゴ市警の担当だ。だが、タイミングがなんとも気に入らない。きみの連続殺人犯の記事を書いた数時間後に殺されるとは」

「いつからあの男が〝わたしの連続殺人犯〟になったの」

「きみがコルビーとの闘いをはじめて、あの男の生存を信じる唯一の人間になったときからだ。とはいえ、やつがほんとうの意味できみのものになったのは、きみがあの男を刑務所に送りこんだ日だと思うが。コルビーがきみに囚《とら》われているのは明らかだ」

ケンドラはうつむき、サン・クエンティン刑務所のコルビーの独房で感じた寒気を思い出した。独房には壁じゅういたるところにケンドラの写真が貼り出されていた。どうすればケンドラの心に取り憑《つ》けるかを、あの男は知っていた。

そして、いまも取り憑いている。

カーステレオが警察無線に合わせてあり、雑音とともに警官たちへ向けた殺人現場への出動要請が流れた。リンチは音量をさげた。「とにかく、捜査の招待状が来るのを待っていたら、きみの状況が手遅れになるかもしれない」

「おとなしくしていろ、とこのあいだまで言っていたのに」

「今回ばかりは現場へ行くべきだと思う」

「そうね。ありがとう、リンチ。ぜひとも現場を見たいわ」ケンドラは厳しい目をリンチに向けた。「でも、あなたが言いたいのは別のことのようね」

「この件に早く片をつけなくてはならない。シェイラ・ハンターにキャリアをつぶされるのを恐れて、きみが殺したと警察が考える前に」

ケンドラは目を見開いた。「なんですって？」

「ひとつの可能性ということだ。あの記事できみは頭のおかしい女として描かれているし、シェイラは高潔なジャーナリストだと思われている」

「大まちがいよ」

「外からはそう見える」

「少しでも裏側を知れば変わるわ」ケンドラは携帯電話を取り出してリンチに渡した。

「最新の録音を聞いてみて」

　リンチはボタンを押した。

　シェイラ・ハンターの声がいきなり車内に響いた。

　しばらく耳を傾けたあと、リンチは再生を止めた。「二度めに会ったときの会話を録音したのか。確かに、シェイラは下劣な記者のようだ。きみをだましてインタビューをとり、誰を傷つけようと意に介していない」リンチはそこで間を置いた。「ぼくには話してくれなかったな」

「シェイラがまた録音しようとしたから、やめさせたの。わたしがひどく怒っていたから、こちらに録音するだけの冷静さが残っているとは思わなかったみたい。あなたも同じだったようね。わたしだって、自分を守る切り札がなければ直接対決はしない」

「悪かった」リンチは頭を振った。「それくらいわかっているべきだった」

「純粋な直感だったのよ。腹が立って感情的になっていたけれど、また罠《わな》にかかるわけにはいかなかった。だから、これ以上わたしについて記事を書けないように、いくつかのことを口にするよう仕向けたの」

「対決のあとで話してくれればよかったのに」

「あまりに気が立っていたから、早く忘れてしまいたかったの」ケンドラは携帯電話を見おろした。「でも、シェイラのほうが優位にいたと考える人がいるとは思えない。相手のキャリアを脅かす立場にいたのは、シェイラよりもむしろわたしのほうよ。わたしが殺人犯をつかまえる強迫観念に囚われているように見えるとしたら、シェイラのほうは無慈悲な悪徳記者に見える。わたしが恐怖や焦りから彼女を殺すなんてありえない」

「きみの録音データをもらってサンディエゴ市警に聞かせたほうがよさそうだ。厄介事を未然に防げるかもしれない」

「とにかく、今回の殺害現場を見る妨げにならないことを願うわ」

数分後、車は空港を通りすぎ、ハーバー・ヴィレッジ・ドライブをマリーナ・コルテスへ向かった。波立つ湾が街明かりにきらめき、作業灯や警察車両のランプの光が現場の位置を浮かびあがらせている。マリーナの端に係留されているハウスボートだ。

車が近づいていくと、現実とは思えないほどショッキングな現場が見えて、ケンドラは目を険しくした。「なんてことなの。あなたは知っていたの?」

リンチはブレーキを踏みこみ、陰惨な光景をじっと見つめた。「いや、知らなかった」

作業灯がハウスボートの背の高いマストのてっぺんを照らしていた。ロープを首に巻きつけられたシェイラ・ハンターがマストからぶらさがっている。喉から血が滴り、衣服と足もとのデッキを染めていた。

栈橋沿いに消防車が一台停《と》まっていて、繰り出し梯子《ばしご》がマストの上部へと延びていた。その上で写真係が死体を撮影している。

リンチは低く口笛を吹いた。「あの仕事は遠慮したいな」

「あそこへ行きたいわ」

「冗談はよせ」

「本気で言っているのよ」

リンチはケンドラに目を向けた。「もちろんそうだろうな。すまない、自分が誰と話しているか忘れていたよ」

「行くしかないわ」ケンドラはよく知っている寒気をまたも感じた。「あの目を見て」

リンチはうなずいた。「見開いている」

「不自然にね。まるで……」

「まぶたが糊《のり》づけされているかのように」リンチはあとを引きとって言った。「コルビーの被害者たちと同じだ。だが、コルビーはさらに、殺した人間の首を切断した」

「コルビーの仕業ではないのかも」ケンドラは車のドアを開けた。「近くで見ないと」

すばやく車を降りて、消防車へと急ぐ。

リンチがあとを追ってきた。「現実的になれ。あとで写真を見ればいい」

「写真ではすべてはわからない。写真でじゅうぶんなら、そもそもここに来なかったわ」

リンチは写真係を手で示した。「いちおう言っておくと、梯子は使用中だ。あの止まり木を分け合うつもりか?」

ケンドラは消防車の後部の歩み板に飛び乗った。「まさか。おりてきたら交代する」

「だめだ」車の反対側から声が聞こえた。

振り向くと、マーティン・ストークスが立っていた。四十八時間ほど前に家庭内殺人の現場で会った刑事だ。「ドクター・マイケルズ、消防車からおりてくれ」

「あなたもなの」ケンドラは長い息をついた。「いいわ、何があっても訴えないって約束する。梯子から落ちるのを心配しているなら――」

「心配しているのはそのことじゃない。速やかにここから離れてくれ」

「わかっていないようね。わたしはあの女性にきょうも会ったのよ、ストークス。それがこんなことになるなんて――」

「きみが想像しているよりもずっとよくわかっている」ストークスは携帯電話を持ちあげた。〈キンズリー・クロニクル〉の記事が表示されている。「興味深い読み物だったよ。これを書いた人物が数時間前にきみをこきおろし、いまハウスボートで死体になっていることを考えると」

ケンドラはストークスを見つめた。「わたしが関与していると本気で考えているの?」

「現時点では、何も考えていない」

「ええ、そのようね」

ストークスは当てこすりを無視した。「オーケー、きみがこの女を殺したとは思っていない。自分の直感には信頼を置いている。長く刑事をやってきたから、悪人どもを見極めるのには自信がある。できるものなら、きみが上へ行くのを許可するよ。先日の夜に助けてもらったからね。きみのおかげで事件を解決できた」

「手柄をひとりじめにしたようね」

ストークスは肩をすくめた。「いくつか報告書から省いた事実があったかもしれないな」

「別にどうでもいいのよ。この梯子さえのぼらせてくれれば」

ストークスは首を振った。「だめだ。上司はきみを容疑者と見るだろう。きみと故人の緊迫した関係を考慮すれば、現場を汚染しかねない行為を許可することはできない。だが、事情聴取をする必要はある」

「いま？」

「いまは少々忙しい。おとなしくして、おれたちに仕事をさせてくれ」

ストークスがハウスボートへと歩いていくのを見送りながら、ケンドラは理解できないとばかりに首を振った。

リンチがケンドラの腕をとった。「行こう。何本か電話をかける。あの刑事に道理をわからせよう」

ケンドラの目はまだハウスボートのマストに向けられていた。「少し待って」

「何かわかったのか」

「まだ何も。ただ……」

犯罪現場の恐ろしい光景のせいで、観察しているものをじゅうぶんに理解できない。あの顔に刻まれた恐怖と苦痛を見てはだめ。

引きずられてはいけない。集中して。

ケンドラはハウスボートに視線を走らせた。いまだ血を流している死体。桟橋。その周辺……。

「何か見つけたか」リンチが尋ねた。

「あのハウスボートでシェイラは暮らしていた。ゆうべは帰ってきていないし、おそらくその前の夜も帰ってきていない。車は向こうに停まっているボルボよ。駐車場から歩いてくる途中で殺された」

リンチは駐車場に目を向けた。「確かなのか」

「ええ。実際の殺害現場には誰も注意さえ向けていない。何人かの刑事がすでに踏み荒らしてしまっている。朝になって日が昇ってから気づくでしょう」

「なぜわかったのか教えてくれないか」

「ハウスボートの入り口のそばの窓に、小さな意匠が貼りつけてある。同じものが、あの白いボルボのリアウィンドウの左下にもある」

リンチはハウスボートの窓に貼られた三文字の意匠を見た。「ＯＮＡ？」

「かつてのリトアニア公女、オナのファンという可能性もあるけれど、わたしが思うに、デジタル・ジャーナリズム団体〈オンライン・ニュース・アソシエーション〉の熱心な会員だったんじゃないかしら」

「なるほど」

ケンドラはリンチに向きなおった。「あなたは前に一度、わたしにいたずらをしたわよね。初めて会ったときにわたしの携帯電話をハッキングして、ポケットに入れたままの電話機から情報を抜きとった」

「訂正させてもらうと——ポケットに入れたままの電話機に情報を送りこんだんだ。ぼくの名前と住所、電話番号を」

「そうだったわね。まったく見事な手際だった」

「まだぼくの情報は登録されているんだろう？」

「実を言うと、削除したわ」

「嘘《うそ》だろう」

「あとで自分で登録しなおしたの。あなたが作った連絡先を見るたびに妙な気分になったから。蹂躙《じゅうりん》された気がして」

「ワイヤレスデバイスの欠かせない世界では、多少の侵害は避けられない」

「シェイラ・ハンターの携帯電話はたぶんまだこの近くにあるはずよ。アドレスや直近の通話記録を取り出せない？」

リンチは携帯電話を持ちあげた。「取得ずみだ」

ケンドラは目を見開いた。「ふざけないで」

「きみがストークスとやり合っているときにすませておいた。ストークスの協力は得られそうになかったから、先手を打ったんだ。ここに入っている」

「ハッキングした電話機がシェイラのものだとなぜわかるの？」

「電話番号を入手しておいたからだ……きみの携帯の通話記録から」

ケンドラはむっとした。「またわたしの携帯をハッキングしたの？」

「きのうときょう、シェイラに電話しただろう」

「信じられない……」

「いや、よく理解しているはずだ。これがきみの望んだことだろう？　ぼくは期待に応える人間なのでね。ところで、三一〇の市外局番から何度もかけてきている相手は誰だ？　ぼくが嫉妬すべき相手かな」

「スーパーモデルの恋人を持つ人がそんなことを言っていいの？」

「スーパーモデルとは言っていない。少なくともいまはまだちがう」

「この携帯はすっかりきれいにしてもらったほうがよさそうね」

「ぼくたちが生きているのはこういう世界なんだ。ぼくがちょっといじってセキュリティを強化してやることも——」

「けっこうよ。裏口を作られそうだから。自分の携帯のセキュリティ対策は自分でやる」

「これまでのところ、きみの対策は万全だからね」

「あなたの明らかなプライバシー侵害について話し合うのは今度にしましょう」ケンドラは声を落とした。「シェイラの車を見に行きたいわ」

　ふたりは五十メートルほど離れた駐車場へ向かった。シェイラ・ハンターのボルボが停まっている。ケンドラは歩きながら携帯電話の懐中電灯機能をオンにした。

「ここに来たのはぼくたちが最初のようだ」リンチが言った。「警察はシェイラの車両登録情報をまだ引き出していない」

「わたしたちがここにいるのを見つけたらすぐにやってくるはずよ。急いで調べないと」

ケンドラは携帯電話で運転席の窓から車内を照らした。「運転席はシェイラの身長に合わせた位置に調整されている。助手席はいちばん後ろまでさげてあるから、たぶん背の高い男が乗っていたのね」そして光を内装に向けた。「シェイラは非喫煙者だった。最初に会ったときに気づいていたけれど」

「ずいぶんきれいにしてあるな」リンチが言った。

「そうね。というか……」ケンドラは急に一歩後ろにさがった。

「どうした?」

顔をあげ、ケンドラはストークスと制服警官二名が近づいてくるのを見守った。「たぶん……シェイラ・ハンターを殺した犯人はこの車に乗っていた」

ストークスが一メートルほど離れた場所で足を止め、ケンドラを見た。「いま聞こえたことはほんとうか?」

「あなたが何を聞いたかによるわね。わたしは自分の考えを隠すつもりはないわ」

「それはどうかな。おれがここに来たのは、きみがもうひとつの現場を汚染するのを止めるためだ」

「あらそう。どうぞ止めてちょうだい」

「もう少し待てる。なぜ犯人がここにいたと思うんだ?」

ケンドラはふたたび車内を照らした。「自分で見てみたら?」

ストークスは車内に目をやった。「どうせおれを小ばかにしようとしているんだろうが、特に何も見えないぞ」

「わたしにも見えないわ」ケンドラは言った。

「それはそれは、ほっとしたよ。それで、何が言いたい?」

「きれいすぎるのよ。鑑識が調べても指紋ひとつ出てこないと思う。ダッシュボードにも、コンソールにも、ドアハンドルにも、タッチパネルにも、あのつややかなマホガニーのハンドルにさえもね。極端な潔癖症で、目的地に着くたびに車内を拭き清めていたのなら別だけれど、わたしなら犯人が車に乗っていて、すべてを拭きとったと見る。とにかく、シェイラはここで拉致されたのよ。そしてハウスボートまでのどこかで殺された」

ストークスはうなずいた。「すばらしい推測だ。だが、鑑識もここを調べたら同じことを言うだろう。鑑識への指示はおれが出す。きみは引っこんで邪魔をしないでくれ」

ケンドラは両手を持ちあげて後ろにさがった。「感謝の言葉、痛み入るわ」

「悪いな、仕事をしているだけだ」

「もういいか？」リンチがケンドラに尋ねた。

「ちょっと待って」協力的とは言えないものの、ストークスはこちらを完全に締め出してはいない。ケンドラはストークスが鑑識に電話するのを横目で眺めながら、ハウスボートに視線を向けた。ストークスが電話を終えると、ケンドラは桟橋を頭で示した。「一介の記者にはずいぶん豪勢な住まいね」

「どうやらひとりで住んでいたようだが、本人のものじゃない。マリーナに登録されているのは別の名前だ」

「誰？」

ストークスは答えなかった。

「ねえ、ストークス、わたしが殺害に関与していると本気で思っているわけではないんでしょう? わたしには死体をマストに吊《つ》るすことなんてできない。確かにシェイラ・ハンターのことは好きではなかった。嘘をつかれて、攻撃されたから。でも、あなたたちはわたしと働いたことがあるんだから、気に入らないというだけで誰かを殺すほど、わたしが愚かな人間ではないとわかっているはずよ。わたしは事件を解決したいだけ。力を貸して」

ストークスはためらったあと、手帳に視線を落とした。「どうせ調べればわかることだ。登録されている名前はケヴィン・バーネット」

「恋人か?」リンチが尋ねた。

「いま調べている。数分前に把握したばかりなんだ」

まだストークスは態度を決めかねている。完全にシャッターがおりてしまう前に質問をたたみかけよう。ケンドラは増えつつある野次馬に目を向けた。「死体の発見者は?」

「定時巡回をしていた警備員だ。ほかには誰も見かけなかったと言っている。聞きこみをしているが、付近のボートに住んでいる者はほとんどいない。いまは客が少ないんだ」

「犯人は最適な場所を選んだわけね」

ストークスはケンドラに一歩近づいた。「これでいくらか役に立っただろう、ドクター・マイケルズ。今度はそちらが力を貸してくれ。ここからでは見えないだろうが、被害者は特別なポーズをとらされている。拳を握らされ、糊づけされている。まぶたに使われているのと同じ糊だろう。手首が曲がっていて、肘も軽く曲げられている」

「見えるわ」ケンドラは言った。「あれも軍の手信号よ」

「意味はわかるか」

「ええ。〝さらなるメッセージを待て〟」

「脅しか？」

「約束でしょうね」

ストークスはマストの死体に目を戻した。消防士ふたりと鑑識員とで、ようやく梯子のほうへ引きよせにかかっている。「きみが何を考えているかはわかる。きみがおれたちの現場に現れるのはコルビーを捜しているからだというのは周知の事実だ。きみのことをいかれてると言う者もいるし、それは正しいのかもしれない。だがおれは、得られる手助けはすべて利用する」そして、ケンドラに向きなおった。「とはいえ、この件はただの模倣犯の犯行だ。きみや、きみの説に刺激された人間の」

ケンドラは力なく首を振った。「捜査機関以外にはわたしの考えを漏らさないようにしてきたのに、あの記者がそれを広めてしまったのよ」話しながら顔をあげた瞬間、シェイラの見開かれた恐ろしい目と視線がぶつかった。

はっとして凍りつく。

「ケンドラ？」リンチが静かに声をかけた。

「なんでもないわ」ケンドラはようやく視線をもぎ離した。「ここを出ましょう」

しばらく無言で車を走らせたあと、リンチが口を開いた。「やつだと思うか」

ケンドラは助手席の窓から目をあげた。「わからない。コルビーの影響は見られたけれど、ストークスの言うとおり、誰かがコルビーの犯行を真似《まね》たのかもしれない」

「DNAが見つかるのを待つしかないな」

「きっと残っていないわ。少なくとも、コルビーの犯行なら。あれだけの犯行を重ねながら、コルビーが現場にDNAを残していったことは一度もない」

「信じがたい話だな」

「テクノロジーの発達した現代ではほとんど聞かないわね。この数年で証拠採集技術は進歩したけれど、コルビーが手がかりを残していたとしたら驚きだわ」

「車内に何かあるかもしれない。指紋をぬぐおうとして皮膚片を落とすことはままある」

「コルビーはそんなへまはしない。でも、別の人間だったら……」ケンドラは肩をすくめた。「なんとも言えないわね」

「つまり、犯人がコルビーなら証拠は出てこないということか。その論理でいくと、コルビーが生きていると刑事たちに納得させるのは簡単じゃないな」

「もし生きているのなら、納得させる必要はない。ただ待っていればいいのよ。うぬぼれの強いコルビーは姿を現さずにはいられない。そういう性分なの。これはその最初のきざしにすぎないのかもしれない」

沈黙が落ち、ケンドラ、しばらくケンドラはハーバー・ドライブの街灯を眺めた。しばらくしてリンチが言った。「ケンドラ、しばらくぼくの家に来てほしい」

「あなたの言いそうなお誘いね」

「あいにく、性的な欲望は関係ない。ぼくは家にいないから」

「え？」

「今夜、ルクセンブルクに発《た》つ」

ケンドラは通りすぎる街灯の明かりのなかで、リンチの表情を読もうとした。「冗談でしょう」

「いや、冗談ならいいんだが。小技の必要な案件でね。あとまわしにできればよかったが、いま佳境を迎えている」

「捜査のさなかにわたしを置いていくのが、いやな習慣になりつつあるわね」

「わかっている」リンチはふいに鋭い口調で言った。「ぼくが喜んでいると思うか？」

「わたしたちは最高のパートナーになると断言したのはあなたなのに」

「実際、最高のパートナーだ」リンチはまっすぐにケンドラの目を見た。「想像しうるあらゆる意味で」

最後の言葉から立ちのぼった熱に、ケンドラはとっさに体を引いた。「でも、あなたには面倒を見るべきクライアントと対処すべき案件がある」ケンドラは茶化した。「わたしはそれで問題ないわ」

「問題は大ありだ」

「ねえ、わたしに負い目を感じる必要はないのよ」ケンドラは唇を湿らせた。「罪悪感を抱いてほしいわけじゃない。ただ驚いただけ。お互いわかっているでしょう、わたしたちの関係はそういうものじゃないって。前回そばにいてくれたことは感謝してる。あなたはコルビーが生きていると言ってもわたしを変人扱いしなかった、数少ない人だから。それだけでじゅうぶんよ」

「じゅうぶんじゃない。留守中、きみがぼくの家にいてくれたら、いまよりずっと安心できる」

「その話は前にしたでしょう。それに、いま街の外から遊びに来ている友達がいるのよ」

「その友達もいっしょに来ればいい。オリヴィアやきみのお母さんも、誰でも好きなだけ呼んでパーティーをすればいい。部屋はじゅうぶんある。あの家のセキュリティについても、きみはもう詳しいだろう」

「ええ。金庫に住んでいるようなものよね」

「居心地のいい金庫だ。いまのきみにとって、あそこほど安全な場所はない」

すてきな家だった、とケンドラは思い返した。コルビーが生きているかもしれないと疑いはじめた当初の恐ろしい数週間は、あの家にいたからこそ、なんとか眠ることができた。リンチがあの家を建てたのは、諜報《ちようほう》の仕事をするなかでたくさんの敵を作ったからだ。リンチは常に警戒を怠らない。心からリラックスできるのはあの家のなかだけなのだ。それがどんな気分か、あの日々に理解した。家のまわりにはモーションセンサーや監視カメラが備えつけられ、格納式の鋼鉄の窓が外界の脅威から住人を守ってくれる。けれども、外の世界から隔離されている時間が長くなればなるほど、恐怖と不安は増していった。永遠にそうして暮らすわけにはいかないことを悟るのに時間はかからなかった。

「いま壁のなかに隠れるわけにはいかないのよ、リンチ。わたしは外にいなくては」

「それでいい。眠るときは壁のなかに入れ」

「いまはだめ」

「いつならいいんだ？」

「わたしが必要だと思ったとき。念のため言っておくけど、眠っているあいだの安全もしっかり確保してあるのよ。わたしに気づかれずに近づくことは誰にもできない」

リンチは手を伸ばして、ケンドラの頬にふれた。「きみがぼくの家にいるとわかっていれば安心できる」

頬のふれられている部分から、何度も味わったことのある熱が広がるのを感じた。リンチは性的な化学反応を利用してこちらを動揺させ、思いどおりに動かすことに長《た》けている。ケンドラは頭を動かして指先から逃れた。「わたしの最重要課題は、ヨーロッパをうろつくあなたを安心させることじゃないの」

リンチは手をおろし、苛立《いらだ》ったように息をついた。「わかった。カスタマイズしたアプリをメールで送る。ぼくの家の電子錠は六秒ごとにキーを変更するんだ。きみの携帯電話の指紋リーダーにきみの親指をスワイプしたときだけ解錠されるようにする」

「あら、アップグレードしたの。絶対安全だわ――誰かが携帯電話を盗んで、わたしの親指を切り落とさないかぎりは」

リンチは顔をしかめた。「そんなことは言うのもやめてくれ。それに、その方法は意味がない。指に血流がないと錠は――」

ケンドラはさえぎって言った。「冗談よ。切りとられた親指なんて想像もしたくない。アプリを送ってちょうだい。使うかどうかはわからないけれど、気持ちには感謝する」

「もうきみの携帯電話にインストールしてあるよ」

ケンドラは頭を振った。「まったく。そう言うんじゃないかと思ってたわ」

「ちょっと、ケンドラ」オリヴィアのコンドミニアムのソファからベスが立ちあがった。

「あの記者を殺さずにはいられなかったの？」

「この数カ月でブラックユーモアのセンスを身につけたのね」ケンドラはジャケットを脱いだ。「笑えなくてごめんなさい」

「シェイラ・ハンターが殺されたってニュースがさっきネットに流れたのよ」オリヴィアがキッチンから出てきた。「電話してもあなたは出なかったから、現場にいたんだと思ってたんだけど」

「いたわ。ひどいありさまだった」

ベスは眉根を寄せた。「あなたの言うとおりね。少しも笑えない。あの記者のしたことが許せなくて、つい冷たい言い方をしちゃったけど」

「ねえ……あの男なの？」オリヴィアが尋ねた。

「まだわからない。コルビーの手口と似た部分はあるけれど、断定はできないの。刑事たちに訊《き》いたら、ちがうと言うでしょうね」

「でも、どちらにしても、捜査の手伝いに呼ばれたんでしょう」

「呼ばれてはいない。むしろ、できるだけ遠くに追い払いたがっているようよ。現場にはリンチが連れていってくれたの」

ベスは怪訝《けげん》な顔をした。「じゃあ、警察は捜査のあいだ、あなたに脇で指をくわえさせておこうとしてるの？」

「まあ、そんなところね」

「それで、あなたはどうするつもりなの」

「もしコルビーがかかわっているなら捜査をするわ。サンディエゴ市警が協力してくれなくても。リンチは街を離れることになっているから、数少ない味方のひとりもいまは頼れない」ケンドラはベスを見た。「あなたにはさんざんなことになってしまってごめんなさい」

「どうして謝るの。動物園やシーワールドに連れていけないのを悔いてるとか？　やめてよね」

「もっといっしょに過ごしたかったのよ」

「これからそうすればいいじゃない」ベスは肩をすくめた。「あなたにはわたしが必要なようだから」

「え？」

「だって、これからは一匹狼《いっぴきおおかみ》になるんでしょう？　わたしは一匹狼には詳しいのよ」

「一匹狼ってわたしが？　孤高のヒーローみたいな言い方ね」

「そんなものでしょう」ベスは首を傾《かし》げた。「ちがう？」

「ちがうわ、わたしは……」ケンドラはオリヴィアを見て言った。「ねえ、助けてよ」

オリヴィアはうなずいた。「まさしく孤高のヒーローよ」

「うれしいお言葉ね」

「皮肉じゃないのよ」ベスは言った。「その反対。とにかく、ひとりで捜査するのはよくないと思う。警察やＦＢＩの援護を受けるのに慣れてるんでしょう？」

ケンドラは唇を尖《とが》らせた。「だから今回はあなたが援護してくれるの？」

「用心棒役をやれるわ」

「ねえ、コルビーのような人間を追うのはチェスみたいなもので、ボクシングの試合とはちがうのよ」

「いいじゃない。あなたはチェスをすればいい。友達があなたのコーナーにいても困ることはないでしょう」

「またボクシングのたとえを使ってるわよ」

「ボクシングはやったことがないから、習おうかな」

「あなたが病院送りにしたあの男が聞いたらなんて言うかしらね」

「確かに。わたしは味方につけるのに最高の人材だって証明よ」

ケンドラは口もとをゆるめた。ベスは、世間に出てきたばかりのよるべない女性だった数カ月前とはすっかり変わった。でも、中身はやはり同じだ。意志の強さは、希望の見えない苦境にいたときから変わらない。「あなたを捜査に引きこんだと知られたら、イヴに殺されるわ」

「イヴのことはわたしに任せて。それに、今回はイヴもわかってくれる気がする」

「自分自身のことならともかく、大切な人のこととなるとイヴはひどく過保護だから。わたしがあなたを危険にさらしていると考えたら一生許してくれない」

ベスはにやりと笑った。「だいじょうぶ、あなたがわたしに手を引かせようとしたことはいま記録されたわ。オリヴィア、あなたが証人よ」

オリヴィアは両手をあげた。「わたしを巻きこまないで。これはゲームでも試合でもないのよ、ケンドラ。もしあなたの言うとおりコルビーがかかわっているのなら、ほかの事件とは話がちがう。あなたに刑務所に送られた日から、コルビーはあなたを狙ってる」

「だからつかまえなくちゃならないのよ」

オリヴィアは首を振った。「あなたがやる必要はない」

「ただ座って見ているわけにはいかないわ。誰かが止めるまでコルビーは殺しをやめない」ケンドラは苦々しく付け加えた。「そして、コルビーが野放しになっていると信じているのはわたしだけなのよ」

オリヴィアはあきらめたようにため息をついた。「わかった」そして、隣の居間へと向かった。居間にはほぼ一日じゅう仕事で使っている、大きなL字型の机がある。「説得しようとしても無駄のようだから、お願いがあるの」

「何？」ケンドラは用心深く尋ねた。

オリヴィアが箱をひとつとってケンドラに手渡した。「これを持っていって。銃が好きじゃないのは知ってるけど、このなかのどれかが役に立つかもしれない」

ケンドラは箱をのぞきこんだ。「なんなの？」

「ウェブサイト用に護身グッズをいくつかレビューしたの。使えるものがあるかも」

ベスが手を入れて、金属の筒状の物体を取り出した。「護身グッズ……武器みたいな？」

「そうよ。テーザー銃とか、ペッパースプレーとか、肌色のメリケンサックとか。でも、銀色の筒にだけはさわらないでね」

ベスは凍りついた。

「冗談よ」オリヴィアはくすくすと笑った。「ペッパースプレーのリフィルが入ってるだけ。あなたが持ちあげたときに、転がった音が聞こえたから」

「あとでお返しさせてもらうわよ」ベスは筒を箱に戻した。「まったく、おもしろいったらありゃしない」

「でしょう？　ところで知ってた？　オハイオ州で、目の不自由な人の銃所持が認められたんですって」

「それも冗談？」ベスが尋ねた。

「そうならいいんだけど。ウェブサイトの記事を書いてるときに知ったの。目の不自由な人にも平等な権利を与えることには賛成だけど、これだけはカリフォルニアでは認められてほしくないわね」

「同感よ」ケンドラは箱を持ちあげた。「ありがとう、オリヴィア。でもこれは必要ないと思う」

「持っていって。役に立つものがあるかもしれないから」

「そこまで言うなら」ケンドラはおそるおそる、先端にふたつ出っ張りのついた、黒いグリップ状のものを手にとった。「Q課からガジェットを受けとるジェームズ・ボンドになった気分」

「ジェームズ・ボンドは不死身だけど、あなたはちがう。いい機会だからしばらくここを離れたら？　わたしは来週からハワイ島の〈ホット・スプリングス・リゾート&スパ〉に行くんだけど、ふたりもいっしょにどう？　さわやかでかぐわしい風が楽しめるわよ」

「また今度ね」ケンドラは言った。「約束する」

「ベスは？　あなたにはまだ正気に戻るチャンスが残ってるわよ」

ベスは笑った。「わたしがこの何年か精神科病院にいたことを知ってるのね」

「もうそこの一員じゃないことを証明する絶好の機会よ」

「たいていの人はその話題を避けて通るのに、あなたはちがうのね」

ケンドラは玄関へと向かった。「そんな期待をしちゃだめよ。オリヴィアほどずばりとものを言う人はほかにいないわ」

「ええ、わたしにもわかりかけてきた」ベスはオリヴィアを抱きしめた。「うれしいわ。そのスパの休日は、また今度誘ってくれる？」

「どうかしら」オリヴィアはかすかな笑みを浮かべた。「いっしょに行ってくれる、もっとまともな友達が見つかるかどうかによるわね」

玄関のドアが閉まり、ケンドラとベスは通路を歩き出した。ベスがちらりと後ろを振り返った。「すばらしい人ね」

「いつもわたしがオリヴィアに使う言葉よ」

「生まれつき目が不自由なの？」

「いいえ、子どものころに交通事故で視力を失ったの。オリヴィアとは八歳のときから親友なのよ。つらいときにはいつも助けになってくれた」

「あなたもオリヴィアを助けたんでしょう」

「そうかもね。オリヴィアのほうがいつも強かったと思うけど」

「あなたは完全に視力を取り戻したのよね……オリヴィアには何か方法はないの？」

「いまのところは見つかっていない。わたしは胎児のときに角膜変性症で目が見えなくなったの。だから幹細胞治療で角膜を再生できた。オリヴィアの場合は原因がちがっていて、まだ治療法がないの。でもオリヴィアは希望を捨てていない。わたしたちみんなも」

「不満を漏らしたことはないの？」

ケンドラは微笑《ほほえ》んだ。「一度もないわ。ただの一度も。オリヴィアは、わたしが色も空も人の顔も見たことがないのを知っていたから、わたしがそれを見られるようになってほんとうに喜んでくれた。問題があったのはわたしのほう。オリヴィアを暗闇のなかに残してきてしまったことに罪の意識を感じていたのよ。オリヴィアはそれを感じとって、しばらくわたしから距離を置いていた。わたしにはひとりで考える時間が必要だとわかっていたのね。実際そうだったんだと思う。そしてわたしのやんちゃ時代がはじまったの。でもいまは昔以上に仲がいいのよ」

「うらやましいわ」ベスはしばらく黙りこんだ。「わたしはまだ昔の友達に連絡をとってないの。でも、連絡してみるわ。あの病院に送られたとき、わたしはまだ十七歳で、友情や思い出を作りはじめたばかりだった。幼なじみはもうみんな大人になっていて、わたしのことなんて忘れていそうだけど」

「そんなことはないと思うわ。あなたから連絡が来るのを待っている人がきっといる」

「あのころのことがとても遠くに感じるの。現実だと思えるのは、シーヘヴンを出てから知り合った人たちだけ。過去にはたくさんの苦しみととまどいが詰まってる。まだそれに向かい合う覚悟ができてないの」

ケンドラはうなずいた。「わかるわ。ただ、あなたを待っているかもしれない人たちから目をそらさないでほしい。重荷には感じないでね。いまはひとりで過ごすのもいいことだと思うから」

ふたりは階段の前で立ち止まった。

「さてと、これで打ち解けられたし、当面の個人的な問題も解決したから、仕事の話をしましょう」ベスはにやりと笑った。「あなたの捜査はどこからはじめる？」

「本気なのね」

「もちろんよ」

ケンドラは頭を振った。「忘れてくれればいいと思っていたのに。それがひ、と、り、で過ごす、あなたなりの方法なの？」

「そういうこと。ねえ、あなたがわたしをコルビーに近づける気がないことはわかってる。あなたは自由を尊重してくれるけど、イヴに負けないくらい過保護だもの。でも、氷が割れないようあなたに見張ってもらいながら端っこでスケートをするくらいかまわないでしょう？　邪魔になるようなら、言ってくれればすぐに消えるから。でも、非公式の捜査をしているあいだなら手伝ってもかまわないはずよ」

「ああもう、どう答えたらいいのかしら」

「だったら、答えは探さないで。どこからはじめましょうか」

「わたしはシェイラ・ハンターの通話記録と携帯電話の連絡先一覧から調査をはじめるつ

もり」

「データを持ってるの?」

「ええ。なぜ持っているのかは訊かないで。とにかく、それを調べれば次の手がかりが見つかるはずよ」

ベスはうなずいた。「わたしはホテルに戻って少し眠ることにする。あしたの朝七時半にここに来るわね」

これはまちがった判断かもしれない、とケンドラは思った。けれども、追い払ったところでベスがまた玄関前に舞い戻ってこないともかぎらない。ベスは頑固だ。そしてベスの言うとおり、わたしは絶対にベスを危険にさらすつもりはない。

だったら、危険のない場所でスケートをしていてもらったほうがいい。

それくらいなら許してもだいじょうぶだろう。近づけすぎなければ。

ケンドラはしばらく顔をそむけた。まったく、もう。「いいわ。あした来て」

「了解」ベスはケンドラがこれまで見たことがないほど明るい笑みを浮かべた。

そして体の向きを変え、文字どおり階段を飛ぶようにおりていった。

6

コンドミニアムに戻ったケンドラは、四十五分かけてシェイラ・ハンターの直近の受信通話記録を調べた。仮リストを作り、発信者が明らかなもの、不明のものをよりわける。大半はオフィスからの電話で、次に多いのはロバート・シュルツという男性からのものだった。通話の長さと時間帯が遅いことを考えると、おそらく恋人だろう。ほかにもいくつか調査の必要な通話があったが、それは朝になってからでいい。

机の椅子に身を預けた。リンチの非合法のIT技術がとうとう役に立った。犯行現場で見ることが許された何よりも、ずっと役に立っているのは確かだ。

リンチ。これまで何度もしてきたように、疾風のようにわたしの人生に入りこみ、あらゆるものを引っかきまわして、姿を消してしまった。次にいつ現れるのかもわからない。数日後？　数週間後？　一年後？

なぜ気になるのだろう。リンチといると、世界がいつもより色鮮やかに感じられるのは確かだ。リンチとは考え方が似ていて、ひとりで生きると決めた世界にいても、彼の力強さに寄りかかることができる……望みさえすれば。

望むことはないけれど。

リンチがいなくなると、人生に少しだけ空洞ができたような気がするだけだ。何かを思いついたときや、情報がほしいときにすぐ連絡できないのは、どこか変な感じがする。

まあ、別に問題はない。リンチの助けがなくてもひとりですべて対処できる。リンチがいなくてもやることはたくさん——

〝もう降参か？〟

パソコンの画面に文字が現れた。開いていた文書ファイルの真ん中に。

これはいったい……。

カーソルが次の行に移った。またしても、透明人間がタイプしているかのように、文字がひとつずつ表示される。〝もちろん降参などしないだろう、ケンドラ〟

当然よ。

ケンドラは勢いよくキーを叩《たた》いた。〝笑えないわ。やりすぎよ、リンチ〟

すぐに返事が表示された。またも、書きかけのワード文書のただなかに。〝おれはあんたが思っている相手じゃない〟

ケンドラは凍りつき、しばらくして文字をタイプした。〝誰なの？〟

〝あんたをずっと見張っている者だ〟

ケンドラは画面の文字を見つめ、タイプした。〝見張っているって、どこで?〟

〝あらゆる場所で。ずっと前からあんたを見ている〟

いまこの瞬間も見られている気がして、ケンドラはとっさに周囲を見まわした。〝誰なの?〟

〝そのうちわかる〟

ケンドラは必死に考えをめぐらせた。シェイラ・ハンターの記事がきょうオンラインに載った。どこかの変質者がそれを読んで、このパソコンをハッキングしたのだろうか。

返事を打とうとしたとき、さらに文字が表示された。〝今夜マリーナであんたを見た〟

ケンドラは身をこわばらせた。〝なぜあそこにいたの?〟

〝知っているだろう〟

ケンドラはタイプした。〝教えて〟

〝シェイラ・ハンターのためだ。喜べ、いまいましいあの女は震えあがっていたよ〟

ケンドラは震える指でキーを打った。〝あなたが殺したのね〟

〝あんたへの贈り物だ。ごまかさなくていい。喜んでくれたのはわかっている〟

ケンドラは信じられない思いで、画面上に展開される会話を見つめた。〝嘘《うそ》を言わないで。いったい誰なの?〟

〝知っているだろう。おれから離れることはできないぞ、ケンドラ〟

息ができなくなった。

おれから離れることはできないぞ、ケンドラ。

処刑の数日前に、コルビーが最後に言った言葉だ。

〝これでわかっただろう〟

ケンドラは人差し指でキーをひとつずつ押した。〝コルビー〟

十秒、そして十五秒がたった。

〝あんたは信念を曲げなかった。言葉にできないほど感動したよ〟

あの男だ。

長いあいだ疑念を抱き、背後を警戒しつづけたあとで……とうとう戻ってきた。

ケンドラは震える指をキーボードに置いた。落ち着くのよ。

引きずられてはいけない。集中して。

〝なぜシェイラ・ハンターを？〟

すぐに返事が表示された。〝当然の報いだろう？〟

ケンドラは答えた。〝いいえ、殺されていい人なんていない〟

コルビーをのぞいては。

〝おれをのぞいては。そう思っているんだろう？　あんたのことはよくわかっている、ケンドラ。わかりすぎるくらいに〟

確かによくわかっている、とケンドラは思った。刑務所にいたあいだ、コルビーはケンドラを研究し、狂った計画を立てたのだ。胃の奥がまた波立つのを感じた。

落ち着きなさい。

キーを叩いた。〝それなら、あなたが戻ってくるとわたしが予想していたことも知っているでしょう〟

すばやく文字が表示された。〝もちろんだ。そう踏んでいた〟

事実だろう。コルビーはわたしを知りつくしている。

〝あんたは期待を裏切らない、ケンドラ〟

ケンドラは震える手をキーボードの上に広げ、次の一手を思案した。動揺を感じさせない、きっぱりとした返答でなければコルビーには効かないが、そこまでする覚悟が自分にあるだろうか？　考えた末、こう打った。〝あなたの狙いはわたしでしょう。かかってくればいい。ほかの人には手を出さないで〟

長い間が空いた。動揺させることができたのだろうか。ついに返事が表示された。〝すでに闘いは仕掛けてある。あんたが気づいていないだけで〟

〝ほんとうに？〟

たちまち文字が表示された。〝もちろんだ。シェイラ・ハンターのハウスボートにプレゼントを置いてきた〟

ケンドラはじっと考えた。エリック・コルビーのプレゼントがどんなものか、想像がつかない。なんとか返事をタイプした。〝ほんとうにあそこにいたのなら、わたしがハウスボートに近づけなかったのを知っているはずよ〟

〝見ていた。もっとがんばることだ、ケンドラ。やれると信じている〟

ケンドラが返事をする前に、コルビーがすばやく締めくくった。〝ここまでだ。あんたにはやるべきことがある。いい夢を、ケンドラ。おれがどれだけ夢を楽しんでいるか、言葉では伝えきれない〟

文書が白紙に変わった。そして画面が暗くなり、冷却ファンの音が止まった。

ケンドラは震えを抑えられないまま立ちあがり、パソコンの前から離れた。

あの男が戻ってきた。

とっさにパソコンをふたたび立ちあげたくなったが、考えなおした。このままいじらずに専門家に見せたほうがいい。そして、エリック・コルビーがどうやって侵入したのかを突き止めてもらうのだ。

でも、誰に？

リンチの手をわずらわせるつもりはなかったし、ＦＢＩのコンピューター専門家に連絡をとれば、パソコンを梱包《こんぽう》してワシントンへ送ることになる。国家安全保障の問題でもないかぎり調査は順番待ちになるし、コルビーの将来の犠牲者たちに時間の余裕はない。

ケンドラはパソコンを見つめた。ＦＢＩの専門家よりもコンピューターに詳しい人を知っている。サンフランシスコを拠点にしているが、彼の才能を求めて世界じゅうの顧客から依頼が舞いこむ。国防総省でさえ彼の動向から目を離さない。省のサイトを国外の脅威から守るうえで貴重な人材だからだ。とはいえ、彼が国内にいたとしても、こちらの用件に割く時間があるとはかぎらない。

それを確かめる方法はただひとつ。

ケンドラは電話をつかんで番号を押した。数秒後、大音量のラップ音楽と喧騒《けんそう》が耳を襲った。

「ケンドラ！」

電話に向かって叫ぶ声が聞こえ、すぐにサム・ザコフだとわかって少しだけ体の緊張がほぐれた。外には幸せで心配事のない世界があると思い出せてほっとした。突然ケンドラに突きつけられた陰鬱な現実とは無縁の世界がそこにある。

「サム、いったいどこにいるの。ダンスクラブ？」

「いいや、もっといいところだよ。ビデオゲームの見本市に来ていて、そこのある企業がいかしたパーティーをやってるんだ。酒が飲み放題で、新作ゲームのキャラクターに扮《ふん》した裸同然の美女がたくさんいる。天国みたいに最高だ」

「そうでしょうね」

「自分の目で見てみればいい。いつでも歓迎だよ」

「実を言うと、そのことを話したかったの。そこはどこなの?」

「E3コンピューターゲーム見本市だよ」

「さっぱりわからないんだけど」

「悪い、悪い。いつも付き合ってるマニアどもとはちがうのを忘れてたよ。E3見本市はいつもロサンジェルスで行われるんだ。ダウンタウンのコンベンションセンターにいる」

「きょう聞いたなかでいちばんいいニュースだわ。あなたに会う必要があるの」

「騒がしくてよく聞こえない。おれが必要だって?」

「会う必要があると言ったのよ」

「オーケー、聞こえたよ。きみは全身全霊でおれを求めてるんだな。わかった」

「もう、好きに言ってなさい」

「ごめん、一瞬電波が途切れたみたいだ。いまおれを好きって言ったか?」

「はいはい」

「おれの手を借りたいにしては真摯さが足りないな。何があった?」

「さっきパソコンをハッキングされたの。どうやったのかがわからないのよ。ワードのファイルを編集していたら、誰かがファイル内に文字を入力しはじめたの。わたしのタイプした内容が見えているようだった」

「お茶の子さいさい、そんなことは子どもでもできるよ。パソコンにリモートアクセスできるフリーソフトがあちこちに転がってる。技術サポートの連中はそういうのを使って、顧客のパソコンの設定をやるんだ」

「それでも、わたしのパソコンに何かインストールしないといけないわけでしょう」

「そっちも簡単だ。そのパソコンがインターネットにつながれていれば、セキュリティもプライバシーもあったもんじゃない」

「まったくもって、元気づけられる話ね。サム、あなたに連絡したのは緊急事態だからなの。わたしが以前につかまえた殺人犯が関係してるのよ。パソコンを調べて、犯人を見つける手がかりを探してもらいたいの。やってもらえる?」

「いいとも。あした会うかい?」

「今夜がいい。いまからそちらへ行くわ。この時間帯ならロスまで二時間もかからない」

「ワオ。そのころには酔っていい気分になってる予定だったんだが」

「わたしなら、しらふそのものの誰よりも、酔っているサム・ザコフのほうを選ぶわ」

「そうやっていつも自分のために男を働かせてるんだな」

「どこで会う?」

サムはしばらく考えた。「コンベンションセンターから二ブロックのところに終夜営業のダイナーがある。〈リフの店〉、フィゲロア・ストリートだ。そこで変人みたいにコーヒーをがぶ飲みしてるよ」

「ありがとう、サム」

「いいってことだ。長い付き合いじゃないか。きみとやりとりする唯一の方法がときどき頼まれ事を聞いてやることなんだとしたら、いつでも力を貸すよ。感謝の念がふくらんで、いつ別のものに変わるかわからないだろ？　じゃあ、あとで」


州間高速道路五号線を走る一時間四十五分で、ケンドラは何度か助手席の床に置いたパソコンに目をやった。コルビー自身がそこにいて、自分を見つめ、あざけり、次の一手を練っているように感じた。

カーステレオの音量つまみをまわそうとして、コルビーと会話して以来、手の震えが一度も止まっていないことに気づいた。

もううんざりだ。

かつて一度倒したのだから、また倒せばいい。わたしを知りつくしているとコルビーは豪語したが、わたしもコルビーを知りつくしている。向こうの過信や驕《おご》りを利用するのだ。負けるのはあなたよ、コルビー。

ケンドラは車を停《と》め、狭いダイナーに入った。北東部にある、食堂車を使ったダイナーを模して造られているのは明らかで、長いカウンターがひとつあり、ほかにいくつかブースが並んでいる。ざっと見たかぎり、客はふたり——ピンク色の手術着姿でチリを食べている医療関係者と、端のブースでうつぶせに寝ているホームレスだけだ。

いや、ホームレスではない。乱れた茶色の髪と茶色のボンバージャケットを見て気づいた。あのジャケットはラムスキンの高級品だ。

「起きて、サム」

「もう起きてるよ」サムは顔をあげようともケンドラを見ようともしなかった。「いま意志をかき集めてるんだ。あと二時間早く電話してくれればよかったのに」

「気にしないで。無理を言わなければよかったわね。FBIにも専門家はいるし」

サムはようやく顔をあげ、唇をゆがめた。「からかってるな。ほんとうにそう思ってるなら、わざわざ真夜中にここまで運転してこないだろう」

「あなたは最高よ、サム。これはからかってるんじゃないから」

「わかってる。おれのあらゆる能力にしかるべき賞賛をくれるのはきみだけだ」

サムはふたたび大きく唇の片側を持ちあげた。サムは三十歳、やせていて、いつでもあらゆる方向に突っ立っている量の多い髪が、マッドサイエンティストめいた雰囲気を醸し出している。

ケンドラはやんちゃ時代にサムと付き合ったことがあったが、自分たちに恋愛関係は似合わないと早々に気づいた。とはいえ、そのあともずっと、サムはほかの恋人にはできなかった方法でケンドラを支えてくれた。何にも代えがたい友人だ。

サムはテーブルのコーヒーポットを持ちあげ、中身をカップに空けた。そして空のポットをちょうど厨房《ちゅうぼう》から出てきたウエイトレスに向かって振った。「コーヒーを切らさないようにしてくれ。この友達がとんでもない額のチップをくれるから」

ケンドラはウエイトレスを見て言った。「ほんとうよ。彼が望むものはなんでも持ってきて」そしてサムの向かいに座り、パソコンを取り出してテーブルに置いた。「これよ。何ができるのかわからないけれど、犯人につながる手がかりが見つかるとうれしい。ソフトウェアのメーカーとか、IPアドレスとか……」

パソコンが気つけ薬になったかのように、サムがしゃんとした。コーヒーよりもずっと効果があったらしい。「腕利きのハッカーでも痕跡隠しに頓着しないことは多い。何が見つかるか見てみよう」サムはパソコンを持ちあげ、そこで動きを止めた。「電源を切ったと言ったな？」

「いいえ、電源を入れなおさなかったと言ったのよ。コルビーとの会話が終わったあと、自動的に電源が切れたの」

サムは眉を持ちあげてケンドラを見た。「いや、それはちがう」

「どういうこと？　この目で見たのよ」

「画面とインジケーターランプが消えるのを見て、ファンが止まるのを聞いただけだろう」サムはパソコンの裏側に指を走らせた。「まだ温かい。二時間たっているのに温かいのは変だ。電源が切れたと見せかけて、実は切れていなかったんだよ。おれたちの会話をパソコンのマイクで拾って送信していたにちがいない」

「そんな。どうすればいいの」

サムはパソコンのバッテリーを手早くはずし、テーブルに置いた。「これでいい」

ケンドラはパソコンを見つめ、車で味わったのと同じ恐怖がこみあげるのを感じた。

「なぜコルビーはそんなことを？」

「わからないが、突き止められるかもしれない」サムは隣のシートに置いてあった、くたびれた革の鞄《かばん》に手を伸ばし、ドライバーを取り出した。それを使ってパソコンの裏蓋を開け、ハードドライブを取りはずす。そして鞄から自分のパソコンを出して、ハードドライブをケーブルでつないだ。

サムが自分のパソコンを開くと、蓋に緻密なイラストが彫られているのが見えた。サム自身の姿に、炎のようなフォントで書かれた〝ワルでいこう〟というモットーも添えられている。

「なんなの、それは」

サムは肩をすくめた。「顧客が感謝のしるしにくれたんだ。とても才能のあるやつでね。

蓋をはずしてオークションサイトに出品したら何千ドルも手に入る」そしてパソコンの電源を入れた。「さあ、きみの悪友がどんなマルウェアを仕込んだのか見てみよう」

「あなたのパソコンが汚染される心配はないの？」

サムは笑って首を振った。「ないない。こいつは防弾仕様だからね。前に外国の政府機関がこのシステムに侵入しようとしたことがあるが、跳ね返されて尻もちをついてたよ」

以前はサムのこうした物言いを大ぼらだと聞き流していたけれども、いまはケンドラも考えを改めている。サムは自分の功績を自慢げにひけらかすが、話していないことのほうがずっと多いのだ。セキュリティを重んじる顧客の案件については胸にしまっている。

パソコンが立ちあがるのを見ながらサムは言った。「おれが自分用に作ったファイアウォールは誰にも売っていないし、ライセンスも与えていない。だから侵入方法を知っている人間はいないってわけだ。だいじょうぶ、このパソコンは心配ないよ」

「いまは何をしているの」

「きみのハードドライブに保存されているアプリケーションの一覧を作る。おれに見られたくないものが保存されてないといいんだが」

「わたしのヌード写真とか？」

「それはもう見たことがある。目新しくはないな」サムは肩をすくめた。「きみの人生に現れた、新しい男のあられもない写真とか？」

「そんな人いないわ」

「誰かといっしょに住んでると聞いたぞ。まあ、話したくないなら別に……」

「話すことがないだけよ。あれは安全のために身を寄せていただけ。それだけのこと」

「ふうん。でも、ほかの場所ではだめだったんだろう?」

「そういうことじゃないのよ。あそこは要塞みたいなところなの」

「きみはたくさんのイカレ野郎と角を突き合わせてきたが、以前はけっして逃げ出そうとはしなかった。そうするのが賢明なときでさえ。きっとその男にはきみを安心させる何かがあったんだな。守られていると感じる何かが」

「彼の家が安心をくれたの、そう言ったでしょう。ハードドライブのほうはどう?」

「まだスキャン中だ」サムはちらりとケンドラを見た。「ときどき誰かに頼るのは、弱さを見せることとはちがう。実のところ、きみの行動を誇りに思うよ。もっと人を頼ればいいと思う。きみは自分ひとりでやっていけることを示そうとするあまり、まわりが差し出している命綱を無視する傾向がある」

「ねえ、いまはもっと差し迫った課題があると思うんだけど」

「マルチタスクで進めてるんだよ、スキャンが終わるまで、天気の話をしてもいい。でなきゃ、おれのせいできみがほかの男と付き合えなくなったことについて話すとか」

「それは事実かもしれないけれど、あなたが思っているような理由ではないわ」

「わかった。天気の話にしよう」サムはパソコン画面に目を戻した。「おっと、よし、終わった。きみのパソコンはリモートコントロールソフトウェアの一種に感染していたようだ。インターネットにつながっているあいだは、きみのやっていることがまる見えになる。返事もこれで打ちこんだんだろう」

「そのソフトウェアの出所は特定できるの？」

「わからない。こういうものはハッカーが集まるウェブサイト上で自由に取り引きされている。だが、犯人は痕跡を隠そうとしていないという読みは当たっていた。これはまるで……」

「どうしたの？」

サムは頭を振った。「まるで、自分のやっていることを誇示してるみたいだ。プログラミングコードが全部見えてる。実のところ……」テーブルのナプキンを一枚とり、ポケットからペンを取り出す。画面の文字をすばやく書き留めはじめた。「くそっ」

「なんなの？」

サムはナプキンをケンドラのほうに向けた。「これはプログラミングコードじゃない。メッセージだ」

「誰に向けた？」

サムはナプキンを指で叩いた。「きみだ」

ケンドラは視線を落とした。

〝時間の無駄だ、ケンドラ。答えはロサンジェルスにはない〟

身震いがした。「いったいこれは……」

「まだある」サムはすでに二枚めのナプキンにペンを走らせていた。それもケンドラに向ける。

〝あんたみたいないいお嬢さんが、夜中にうらぶれたダイナーで何をしている？〟

ケンドラは通りに面した窓をすばやく見まわした。「見られているの？」

「そうは思わない」

「なぜ？」

「わからないが、電話でのきみの会話を聞いていた可能性のほうが高い。パソコンに内蔵されているウェブカメラできみを見ていたのかもしれない。それに、ＧＰＳは搭載されていないが、ここに来るまでのあいだにＷｉ‐Ｆｉの電波で位置情報をかなり正確につかめただろう。バッテリーを抜くまで、起動中のパソコンがやつの支配下にあったのを忘れないでくれ」

ケンドラは吐き気に襲われた。「あの男に見られていたなんて、考えるのも……」

「わかるよ」サムはもう一枚ナプキンをとり、文字を書きはじめた。「もうひとつある。これは意味がよくわからない」ナプキンを向ける。

〝どこを探せばいいかは教えただろう。ハウスボートだ、ケンドラ。時間を無駄にするな〟

ケンドラはナプキンを押しやった。

「こいつはきみのことをよくわかってるな。きみがパソコンを分析させると読んで、先まわりしてコードのなかにメッセージを残しておいたんだ」

「そのようね」ケンドラは息を吐き、全身を締めつける緊張をゆるめようとした。「コルビーはコンピューターに詳しくない。協力者がいるはずよ」

サムはうなずいた。「まちがいなく、腕に覚えのある人間だな。おれならそこから調べてみる。高度な技術力を持つコンピューターの専門家を当たるんだ」

「刑務所で文通をしていた相手かもしれない。世界じゅうからファンレターを受けとっていたから」

サムはいやな顔をした。「ファンレター?」

「ぞっとするわよね。死刑囚監房にいる異常者なのに、結婚の申しこみまで来ていた」

「いまでも結婚したいと思っているかどうかはあやしいね」

「あら、まだ思っていかねないわよ。最初に調べないといけないのは、文通相手にコンピューターの専門家がいなかったかどうかかね。刑務所時代は、孤独で病んだ、たくさんの人たちからアプローチがあったはず」

サムは頭で画面を示した。「こいつにとっては、きみがハウスボートを訪ねることが重要らしいな」

「犯行現場なのよ。ゆうべ女性がひとり殺された」ケンドラは先ほど押しやったナプキンに書かれた文字を見つめた。「わたしを国じゅうの笑い物にした女性よ。警察はわたしが脇に引っこんでいるのを望んでいる」

「こいつはちがうようだ」

「なおさら逆の方向に全力疾走したくなるわね」

「よく言うよ。そっちに行きたくてたまらないくせに」

ケンドラは否定しようとしたが、思い留《とど》まった。サムの言うとおりだ。コルビーは自分のしていることをよくわかったうえで、わたしの前に人参《にんじん》をぶらさげた。

サムはハードドライブを指さした。「ここにとっておきたいものがないといいんだが」

「もちろんないわ。全部クラウドにバックアップをとってある」

「よし」サムはケンドラにペンを渡し、ナプキンを一枚滑らせて差し出した。「クラウドストレージのアカウント情報とパスワードを書いてくれ」

「本気で言っているの?」

「ああ。きみのファイルを残らずスキャンして、ウイルスが潜んでいないことを確認する。そうしたらこのハードディスクとはお別れだ。これから一セクターずつじっくり分析する。

そしてマルウェアが見つかったら、追跡する手立てがないか検討する」

ケンドラは情報を書き留めてサムに渡した。

「次は、携帯電話を貸してくれ」

ケンドラは携帯電話を手渡した。「これにも同じことをしたかもしれないと思っているの？」

「わからないが、調べてみる」携帯電話をパソコンにつなぎ、チェックする。「異常なしだ」電話機を返した。「だが、これからもときどきチェックさせてくれ。何も改変されていないことを確かめたい」

「いつでもどうぞ。ぜひお願いするわ」ケンドラは電話機をポケットにしまった。「ありがとう、サム。あなたなら頼りになると思っていたわ」

「おれ以外では無理だったろうな。当面はコルビーを手伝った専門家を探すのが最善の策だと思う。刑務所の文通や通話の記録、面会名簿、すべてを調べるんだ」

「わかったわ。コルビーは刑務所で電話も受けられるように手立てを講じていたから、そこからはじめるのがよさそう」

「よし。それと、もっと重要なことがある」

「何？」

サムは真剣なまなざしでケンドラを見た。「背後に気をつけろ。きみが相手にしてるのはただのハッカーじゃない。ハッキングは手段でしかないんだ。こいつはきみの頭のなかに入りこもうとしてる。つまり、おれが言いたいのは……命綱をつかむのを躊躇《ちゅうちょ》するな」

夜明けの少し前に、ケンドラはコンドミニアムの駐車場に車を停めた。

しばらくそのまま座りこむ。全身に疲れがまとわりついていた。最初はアドレナリンが駆けめぐっていたが、そのあと恐怖に襲われた。コルビーがどこまで自分のまわりに入りこんでいたのか、知るのが怖かった。

蹂躙《じゅうりん》された気がした。

それでも、確かめなくてはならない。コルビーが切れ者で、天才とさえ言えることはわかっていた。あの暗く邪悪な頭脳と向き合い、生き残らなくてはならない。うつむいて、サムに会いに行くときにパソコンを置いていた場所を見つめた。

どうかしている。まだパソコンがそこにあって、聞き耳を立てているように感じるなんて。

しっかりしなさい。これではコルビーの思うつぼよ。

ケンドラは勢いよく運転席のドアを開け、車から降りた。

五分後、コンドミニアムの玄関のドアを開け、その五分後にはベッドに潜りこんで明かりを消した。

〝いい夢を、ケンドラ。おれがどれだけ夢を楽しんでいるか、言葉では伝えきれない〟

体がこわばった。コルビーが綴《つづ》った最後の言葉にじっくりと思いを馳《は》せるのは、これが初めてだった。ほかのメッセージに気をとられ、それどころではなかったのだ。

これまで考えずにすんだのは幸いだったのかもしれない。新たな恐怖が湧きおこり、コルビーに主導権を握られていたときの記憶がよみがえった。

血。

月明かりに光るナイフ。

何もできないという恐怖。

コルビーが知っているはずがない。想像しているだけだ。

けれども、コルビーはわたしを熟知している。わたしがあの夜を忘れられずにいることを察しているだろう――あの恐ろしい出来事が、何度も襲いかかってくることを。

部屋に戻ってひとりになったとき、ようやくあの一文を思い返すことまで見越していたのかもしれない。

考えてはだめ。体を休め、計画を練り、眠って、あしたからの数日を乗りきれるように力を蓄えなくては。あと数時間でベスがやってきてドアを叩く。

眠りなさい。

ケンドラはきつく目を閉じた。

〝いい夢を……〟

あなたに耳は貸さないわ、コルビー。

「ひどい顔」ベスが心配そうにケンドラを見た。「ドアベルを押してもなかなか出てこなかったし。だいじょうぶ？」

「シャワーを浴びればだいじょうぶよ。ゆうべは寝るのが遅かったの」ケンドラは脇にどき、ベスを部屋に通した。「二十分ちょうだい。コーヒーでも飲んでいて」

「あの通話記録が役に立ったの？」

「そう言えるわね。あなたが思っているような意味でではないけれど」ケンドラはバスルームへと向かった。「コーヒーを飲みながら説明するわ」

温かい湯を浴びて、まとわりついた夢の名残を洗い流す。

〝いい夢を〟

考えてはいけない。不安と悪夢のせいでよく眠れなかったけれども、それはしかたがない。寝ているあいだの無意識はコントロールできないのだから。起きているあいだは、闘志を掻《か》き立てるのに役立てよう。しっかりと目覚めてコルビーを追っているあいだは、コルビーのことを考えておじけづいてはいけない。

それよりも、ベスにどう説明するか、ベスの反応にどう対処するかを考えよう。

ああ、いろいろなことに対処するのに疲れてきた。何を話すかについては選択の余地はない。真実だけを話す。ベスは子どもではないし、長いあいだ抑圧に苦しんできた。ベスが手伝いたいと思っているのなら、真実を知らせず闇に閉じこめておくことはすまい。

ケンドラは、そうした闇の危険さを知っていた。

「やだ、ケンドラ、気持ち悪い。ぞっとする」ゆうべの出来事をケンドラが説明するのにじっと耳を傾けていたベスは、コーヒーカップを口もとへ運んだ。「でも、すごいわね。サム・ザコフに会ってみたい。前に話してくれたけど、あなたとイヴがわたしを病院から連れ出したときに手を貸してくれた人なんでしょう？　まだお礼を言えてないし、コンピューターがそんなにおもしろいものだってことも知らなかった。まあ、あのハイテク機器が進化を遂げるあいだ、わたしは病院にいたわけだけど」

「機械がこんなにおもしろく進化してなければよかったのに」ケンドラは乾いた声で言った。「あれはほんとうに気味の悪い経験だった」

「わかるわ」ベスはテーブル越しに腕を伸ばし、ケンドラの手を握った。「ごめんなさい。そういう使い方ができるってことがおもしろかったんだけど、あなたには恐ろしかったわよね。目の前にいきなり怪物からのメッセージが現れたらどんな気持ちか、想像できる」そして、やさしく付け加えた。「でも、これであなたが正しかったことがわかったじゃない。コルビーはいまも生きている。うれしくはないだろうけど、汚名は返上できた」

「空《むな》しい勝利よ」

「一歩前進ではある。わたしは何でも前向きに考えることにしてるの」ベスはコーヒーを飲み干した。「じゃあ、ハウスボートに何があるのか見に行きましょう」

ケンドラは眉を持ちあげた。「許可を得るのは難しそうだと言ったはずよ」

「なんとかできるでしょう」

「FBIへ行って、グリフィンの力で入れてもらえないか頼んでみるつもり」

「ほら、なんとかなるじゃない」

「でもコルビーに関するお使いにあなたを連れていくべきか、まだ迷っているのよ」

「なぜだめなの？」ベスはケンドラをまっすぐに見つめた。「コルビーがあなたとわたしを結びつけるのを恐れてるとか？　それならもう手遅れよ。あのパソコンでずっと見張られていたのなら、わたしたちの関係についてもとっくに知られているはず」

ケンドラはうなずいた。「そのとおりね。でも、なるべく目立たせないようにはできるわ」

ベスは首を振った。「隠そうとしたら、かえって重要な存在だとわからせるだけよ」

「池のまわりでスケートをするのはここまでよ、ベス。残念だけど」

「わたしはやめないわよ。このコルビーってやつがほんとうに憎くなってきた」ベスは唇を引き結んだ。「あのパソコンの嫌がらせはどうにもぞっとする」

「殺人のほうがずっとおぞましいわ」

「でもあなたはわたしよりずっと暴力や残虐行為には耐性があるでしょう。そのあなたを、あのパソコンのメッセージでおびえさせて操ろうとしたのよ。わたしは操られるのはきらい。あの病院に入れられてからずっと操られてきたから。あなたに同じことをしようとする人は、誰であっても許さない」

ベスの感じていることがケンドラにはよくわかった。ベスは病院時代の記憶を振り払えず、同じことがふたたび起こらないよう闘いつづけている。護身術を習ったり鍛錬を欠かさなかったりするのも、人生を自分でコントロールするための闘いの一部だ。「同感よ。でも、あなたをこの件からなるべく遠ざけておきたいという気持ちは変わらない」

「そんな期待はしてないわ。あなたはそういう人だもの。ただ、わたしを地下室に隠そうとしても無駄だってわかってもらいたいだけ」

ケンドラは唇をゆがめた。「うちに地下室はないわ」

ベスは手を振った。「ほらね、不毛な議論でしょう。お互い了解できたところで、わたしが役に立てる手伝いはないか教えて」

「シェイラ・ハンターのハウスボートの費用を払っている取締役を調べてみて」ケンドラは名前を伝えた。「それから、職場の同僚たちから情報を集めてほしい。どんなことでもいいわ」

「了解。ほかには？」

「コルビーが刑務所にいるときに連絡をとったコンピューターの専門家がいるはずなの。その人物が鍵を握っている。探すのを手伝って」

「それで、ハウスボートには連れていってもらえるの？」

ケンドラはためらった。

ベスは頭を振った。「地下室はなしよ、ケンドラ」やんわりと思い出させる。

ケンドラはため息をついた。「わかった」

「よかった」ベスは立ちあがった。「じゃあ、あのいまいましいコルビーを手玉にとれるかどうかやってみましょう」

ケンドラは椅子を後ろに押しやった。「焦らないで。まずはグリフィンを手玉にとれるかやってみないと」皮肉っぽく言う。「簡単ではなさそうだけど」

7

「だめだ」グリフィンはにべもなく言った。「地元警察の捜査に干渉するつもりはない。それでなくとも協調関係を保つのに苦労しているんだ」

ケンドラは必死に苛立《いらだ》ちを抑えた。この十分間、説得を試みているもののまったく埒《らち》が明かない。「コルビーからのメッセージを見せたでしょう。シェイラ・ハンターを殺して、次の犯行も目論《もくろ》んでいるのよ」

「それを担当の刑事に見せて、証拠に加えてもらえ。これはあちらの事件であって、われわれの事件ではない」グリフィンは肩をすくめた。「それに、そのメッセージがコルビーのものだという証拠はない。模倣犯かもしれないだろう」

「模倣犯なんかじゃない。刑務所でわたしに言ったのと同じ言いまわしを使ったのよ」

「ほう？　だとすれば、その類似性にはなんらかの説明がつくはずだ。サンディエゴ市警が解明するだろう」

「ねえグリフィン、現場を荒らしたりはしないわ。そんなことをする人間ではないとわかっているでしょう。現場に行かせて。あの男がわたしに見せたがっているものがなんなのか、確かめさせて」

グリフィンは黙ってケンドラを見つめた。

だが、その表情は妙に満足げで、こちらをオフィスから追い出そうともしていない。この状況を楽しんでいるのだろうか？　ありうる。これまでの関係は良好とは言えないし、グリフィンはケンドラを部下のように動かせないことを快く思っていない。

「土下座はしないわよ、グリフィン。そうしたらあなたは喜ぶでしょうけれど、そんなことはしない」ケンドラはグリフィンのデスクに両手をついた。「何が望みなの」

「おや、どういう意味かな。われわれはプロで、単に見解の相違があるだけだ」

「何が望みなの」ケンドラは繰り返した。

グリフィンは黙りこみ、やがてうなずいた。「洗練されたプロが望むことだよ。歩みよりだ。わたしが力を貸したら、きみも力を貸してほしい」

「どんなこと？」ケンドラは用心深く尋ねた。

グリフィンはにやりとした。「まだ決めていない」

「え？」

「万一のときのために、貸しはとっておきたいと思ってね」

「近い将来に備えて、わたしの頭上にそれを振りかざしておこうというの？」

「そんなところだ」グリフィンは椅子の背にもたれかかった。「別に、違法なことをさせようというわけじゃない。わたしの立場を考えれば言うまでもないと思うが」

「そうかしら？　何をさせるつもりなのか見当もつかないわ」

「そうだろうな。気が気でないだろうが、きみがいまわたしに味わわせている苦渋といい勝負だ。まったく頭が痛いよ。これから一本電話をかけて、口利きをしなくてはならないんだから」グリフィンは腕時計を見た。「これから人と会う約束があるが、代わりにハンターの事件を担当する本部長に電話する。それでいいか？」

ケンドラはためらった。約束してしまえば守らざるをえなくなる。グリフィンに借りは作りたくない。

石を投げつけたい気分だった。

ケンドラはドアへと向かいながら言った。「電話して」

午前の日差しがサンディエゴ湾にきらめくなか、ケンドラとベスはゆっくりとマリーナ・コルテスへ車を走らせた。グリフィンと話したあと、ケンドラはベスと合流して〈スターバックス〉に寄り、コーヒーを飲んだ。グリフィンに準備を整える時間を与えたかったからだ。別のときなら気持ちのいいドライブだっただろうが、いまは、ゆうべ見た陰惨な光景が脳裏から離れなかった。

けさの現場はだいぶ落ち着いていた。テレビ局のバンが一台だけ近くに停《と》まり、地元のスペイン語チャンネルのレポーターが桟橋で中継をしている。ハウスボートにはまだ黄色の規制テープが張られていて、ワイシャツ姿の男四人がそばに立っていた。

ケンドラを待っているのだ。

「知ってる人たち？」ベスが尋ねた。

「ええ。三人は刑事で、もうひとりはＦＢＩ捜査官のマイケル・グリフィンよ。さっきＦＢＩ支局で会った人。きょうここに来られたのはグリフィンのおかげ」

「わざわざ来てくれるなんて親切ね」ベスは言った。「驚いた。話し合いから帰ってきたときのあなたは、苦虫を噛《か》みつぶしたような顔をしてたから」

「苦虫を噛みつぶしたような気分だったのよ」

「でも、ちゃんとここに来て手をまわしてくれたみたいじゃない」

「そう見えるでしょう？　でも、わたしが刑事たちに行儀よくしているか、監視しに来た可能性のほうが高い。わたしのために危険を冒しているから、わたしが特権を振りかざさないよう牽制《けんせい》するつもりなのよ」

「うまくいくのかしら？」

「じきにわかるわ」

ふたりは車を停め、狭い桟橋をハウスボートへと歩いていった。ケンドラはストークスに手を差し出した。「今回のこと、感謝するわ」

ストークスは握手をした。「礼なら上司に言ってくれ。あるいは、上司の上司に」そして顔をしかめた。「さもなければ、きみの強引なFBIのお仲間に」

「強引？」グリフィンがにやりとして言った。「法執行機関は協力体制にあるというのに。わたしはただ要請をしただけだ」

ストークスはほかのふたりを手で示した。「ケッチャムとスターガーにはもう会っているな。ゆうべの犯行のあと、このふたりが付近をしらみつぶしに調べた。何を探しているのか教えてくれたら、喜んで――」

「探しているものがなんなのかはわからないの」ケンドラは言った。

刑事たちは目を見交わした。「まったく？」

「ええ」

「そうか」ストークスの声が苦々しくなった。「法執行機関の協力体制はここまでだ」

ケンドラはグリフィンに目をやった。グリフィンがどこまで話したのかわからなかったし、あやしげな陰謀説に聞こえかねない説明をするのは気が進まなかった。

「いいか」グリフィンが言った。「ドクター・マイケルズは、シェイラ・ハンターのハウスボートで気づいたことがあればすべてそちらにも伝えると約束した。それがきみらの上司との取り決めだ。約束は守る。フェアな取り決めだろう？」

ストークスはベスを手で示した。「彼女は？」

「ベス・アヴェリー。記録係として連れてきたの」ケンドラは言った。

ストークスはグリフィンを見て言った。「彼女も取り決めの一部だと？」

「そういうことになったようだ」

ストークスはケンドラ、ベス、グリフィンにラテックスの手袋を渡した。「何かにさわりたいときにはおれたちを呼んでくれ。立ち会う」

ケンドラは音をたてて手袋をはめた。「問題ないと思うわ。あなたがたはわたしのそばを離れないでしょうから」

「そのつもりだ。この現場はいまもサンディエゴ市警の管理下にある」

グリフィンがうなずいた。「そのことは片時も忘れさせてもらえなさそうだ」

「必要がなければ何も言わない。そちらしだいということだ」ストークスはにやりとした。

「準備はいいか」

ケンドラはうなずいた。「ええ」

一行は桟橋を渡り、平屋のハウスボートの玄関部分へ向かった。なかに入るなり、船とは思えない内装の豪華さにケンドラは驚いた。床にはビバリーヒルズの豪邸に使われていそうな、精緻な柄のタイルが敷きつめられている。照明がやわらかな光を投げかけ、天井にいくつか取りつけられた小型のスポットライトが、ヨーロッパのスキーリゾートを描いたアールデコ調ポスターを浮かびあがらせている。

ベスは茶色い革張りのソファをまわりこんだ。「すてきな家ね。一介のオンライン新聞の記者がこんな家に住めるはずがないと考えたのもうなずけるわ、ケンドラ」

「前にも言ったように、この家の所有者はシェイラが勤めているメディア企業の取締役なのよ」ケンドラは周囲に目を走らせた。「変ね」

「何が?」ベスが尋ねた。

「表面をきれいにぬぐわれているものがいくつかあるのよ。それも最近、この一日二日で」ケンドラはストークスのほうを向いた。「鑑識はそんなことをしない。あなたがたもしていないでしょう?」

ストークスはうなずいた。「きみがどう聞いているのか知らないが、殺人課では被害者のメイドサービスはやっていない」

ケンドラは隅のラックに立てかけられたギターを指さした。「あのギターはまちがいなく表面をぬぐわれている。艶のある仕上げだから指紋や埃《ほこり》がついているはずなのに、まったくない」そして居間とキチネットを隔てるカウンターにあった、セラミックのライターを示した。「あのライターも同じよ」

「ライター?」ベスは刑事たちのほうを見た。「シェイラは喫煙者だったの?」

「いいえ」ケンドラが先に答えた。「喫煙者ならにおいに気づいたはずよ。でも、誰かがここでときどき葉巻を吸っていたようね。それにガラスのテーブルトップや椅子の背もたれには指紋が残っている。あそこをきれいにする気はなかったようね」

スターガーが初めて口を開いた。「テーブルトップやほかの場所から指紋を大量に採取した」

「そう」ケンドラは言った。「あのギターにどんな来歴があるのか知りたいわ。シェイラは弾かなかったようだから、なおさら」

「なぜわかる？」グリフィンが尋ねた。

「アコースティックギターを頻繁に弾く人は指にたこができるのよ。わたしにもある。うまく弾くのに必要なの。シェイラ・ハンターの指先はなめらかだったし、爪を伸ばしてきれいにマニキュアをしていた」

「恋人のものとか？」ベスが言った。

「そうかもしれない」ケンドラはストークスを見た。「付き合っている相手はいたの？」

「いまのところははっきりしていない。調査中だ」

ケンドラはキチネットをざっと見まわした。「ここには特におかしなものはないわね」

「シンクにグラスがふたつ置いてあった」ストークスが言った。「両方にシェイラ・ハンターの指紋がついていて、ほかの指紋は出なかった」

ケンドラはうなずき、居間を振り返った。「どこかにラグはなかった？」

「ラグ?」

「縦一・八メートル、横二・五メートルくらいの、メダルの模様がついた、赤とクリーム色のラグ。居間の真ん中、ソファとコーヒーテーブルの下に敷いてあったはずなの」

スターガーとケッチャムが目を見交わしてからケンドラを見た。「ここにラグはなかった」ケッチャムが言った。

「いいえ、あったのよ。問題は、どかされたのが殺害の前かあとか」

ストークスが腕を組んで言った。「なぜ知っているんだ」

「見たからよ」

「前に来たことがあるのか?」

ああもう。またわたしを疑いはじめている。「いいえ、一度もない」

「それならどうして――」

「あなたも見ているわ」ケンドラは辛抱強く言った。「あなたがた全員が。注意を払っていなかっただけ」ケンドラは玄関のほうへ歩き出した。壁じゅうに額入りの写真が飾られている。居間でシェイラと友人たちを写した一枚をケンドラは示した。だぶだぶのフットボールのユニフォーム姿で、ラグに座ったりそのまわりに立ったりしている。「これよ」

みながついてきて、写真を見つめた。「気づかなかった」ストークスが言った。「だが、このラグが敷かれていたのがいつだかは――」

「たぶん六日前よ」ケンドラはさえぎって言った。「後ろのテレビに映っているのは、このあいだのスーパーボウルの試合だから。どちらが勝ったかは知らないけれど、対戦したのはこの二チームのはず。そうでしょう?」

ストークスは写真をふたたび観察した。「ああ、当たりだ」

額のガラスの反射で、グリフィンが小さく笑っているのが見えた。ケンドラの手腕と、それによって刑事たちがいつもの自分以上にやりこめられているのを見て楽しんでいるらしい。ケンドラはむっとした。ここへ来る許可と引き換えに、ささやかとは言いがたい要求をのまされたことを考えると、グリフィンがこの状況を楽しむのはおもしろくない。

ケンドラはストークスに温かい笑みを向けた。「まあ、あなたがたが写真に気づかなかったのも無理はないわ。グリフィン捜査官のチームがいつもどれだけのことを見落とすか、聞いたらきっと驚くわよ。高価な機器をあれだけふんだんに使えるっていうのにね。あなたがたはじゅうぶんいい働きをしたと思うわ」

ストークスはうなずいた。「ありがとう」そして表情をゆるめた。「認めてもらえてうれしいよ。ほかに見たいものはあるか?」

「ええ」ケンドラは奥にあるドアのほうへ近づいていった。グリフィンのそばを通りすぎたとき、グリフィンはもう笑っていなかった。「ここは寝室?」

「ひとり用の寝室とバスルームだ」

一行はケンドラのあとについて寝室に入った。ほかの部屋と同じように、趣味よく整えられている。壁際にクイーンサイズのベッド、左側にクローゼットと桜材のチェストが据えつけてある。隅に小ぶりの机があり、パソコンとプリンター兼スキャナー、ホワイトボードをそろえたホームオフィスが設《しつら》えられていた。ケンドラはホワイトボードの内容をiPadで撮影するよう、ベスに合図した。

ベスは机の脇にしゃがみこみ、ホワイトボードにカメラを向けた。「どうやらいくつかの記事の取材をしていたようね」

「職場のブースを見に行って、同僚からも話を聞いた」スターガーが言った。「広場できみとやり合っているのを見た者もいたよ。かなりの見ものだったとか」

「それなら、わたしについての記事も読んだんでしょう」

「読んだ。あれはでたらめだと言うつもりか？」

「いいえ。わたしが問題にしているのは、わたしのインタビューをとって酷評記事を書くために、シェイラが嘘《うそ》をついて違法と思われる手段を使ったことよ」

「ああ。それを示す確かな証拠を受けとったと上司から聞いている」

リンチだ。警察に証拠を渡すと言っていたけれども、もうすませていたとは意外だった。

グリフィンが肩をすくめた。「記者が偽の証拠で情報源の協力を取りつけるのはめずらしいことじゃない」

「あの女はくずだった」ベスがずけずけと言った。「わたしは一部始終をすぐそばで見てたのよ。嘘つきの性悪女」

「落ち着いて、ベス。彼女の行動がすべてを物語っている。あなたの上司もそれを保証してくれるわ、スターガー」ケンドラは言った。「そのことは置いておきましょう」

「それでかまわない」ストークスが言った。「だがやはり、署に来てもらってもう少し詳しく話を聞きたい」

ケンドラはストークスを見つめ、声の調子を読み解こうとした。これは脅しだろうか、それとも単に完璧を期したいだけだろうか。あるいは、またわたしの能力を利用して、手柄を立てようとしているのかもしれない。最後の可能性が高そうだ、とケンドラは思った。最初に出会ったときの犯行現場でもストークスはそうしていた。こちらが必要とされているかぎりは、情報を引き出すチャンスがある。協力しておくのは悪くない。コルビーがシエイラを殺したと証明されるまで、こちらの疑いは晴れないだろう。慎重に事を進める必要がある。

「いつでもどうぞ」ケンドラはそう言うと、バスルームのドア口を抜け、足を止めた。シャワー室のガラスドアが黄色い規制テープで塞がれている。「これは?」

スターガーが狭いバスルームに入ってきた。「鑑識チームがもう一度見に来るかもしれないとのことだ」

ね」

「なぜ?」ケンドラはシャワー室の壁の白いタイルを観察した。「ここをもう一度調べに来るとしたら、それは……」はっとする。「犯人がここで血を洗い流したと考えているのね」

スターガーはうなずいた。

ケンドラはシャワーのそばにひざまずき、壁のタイルについた小さな染みに顔を近づけた。「これは血?」

「そうだ」スターガーは言った。

「もう少し詳しく、誰の血か説明してもらえる?」ケンドラは尋ねた。「わたしたちの美しき協力体制を鑑みて」

スターガーはケンドラだけでなくグリフィンにも目を向けて言った。「その血はシェイラ・ハンターのものだ。だが、ほかにも検体を採取した。いまラボで検査中だ」

「検体って?」

「シャワー室の排水口からハンターのものではない毛髪を発見した」

ケンドラは洗面台の上の棚に並べられた化粧品類を調べた。「変わったものはないわね。二日前に会ったときと同じシャンプーと石鹸《せっけん》とコロンだわ」

体の向きを変え、寝室に戻った。コルビーは何を見つけさせようとしているのだろう?

いい、い、い、い、い、い、い、

もっとがんばることだ、ケンドラ……。

黙りなさい、コルビー。

どこを探せばいいかは教えただろう……。

確かに聞いたわ。

時間を無駄にするな。

引きずられてはいけない。集中して。

コルビーはここにはいない。

いまは。

しっかりするのよ。ケンドラは自分に言い聞かせた。エリック・コルビーにいつまでも翻弄されていてはいけない。

ケンドラは周囲に目を走らせた。「抽斗《ひきだし》やクローゼットを全部調べる必要があるわ。何か見落としているものがあるはず」

「それなら、おれたちも見落としているんだろうよ」ストークスが言った。「ここは広い場所じゃない。それに、しらみつぶしに調べたとさっき言ったのはほんとうだ」

「お願い、あと何分かちょうだい」

ベスにそばで動画を撮ってもらいながら、ケンドラはクローゼットの服や抽斗を調べた。二十一足あった靴はひとつひとつ持ちあげて裏返し、ソールも確認した。キチネットと居間に移動して、そこでも抽斗やキャビネットを調べた。

何も見つからなかった。

何も。

「満足したか」ストークスが尋ねた。

ケンドラは首を振った。「いいえ。何かを見落としているのよ」

「これ以上はだめだ」ストークスは玄関ドアを手で示した。「もういいだろう、ドクター・マイケルズ」

いいはずなどなかった。ここに残って、コルビーが自分をここに送りこんだ理由を突き止めたかった。

ケンドラは踵《きびす》を返し、ハウスボートをあとにした。ベスが追ってきた。外へ出て栈橋を渡り、駐車場へ向かう。振り返ると、グリフィンが刑事たちと握手をしていた。すこぶる親しげで、感じがいい、とケンドラは思った。グリフィンはまさしく頼んだとおりのことをしてくれた。そして、自分は結果を出せなかった。

「よくやったわよ、ケンドラ」ベスが静かに言った。「いろんなことを発見したじゃない。ほかの誰も気づかなかったことを」

「でも、じゅうぶんじゃない」

刑事たちがそれぞれの車に戻っていき。グリフィンが近づいてきた。「残念だったな。思ったとおりにはいかなかったんだろう」

「もっとほかに何かあるはずなのよ」

「きみが想定していない可能性があるのかもしれない」

「たとえばどんな？」

「深夜のハッカーはコルビーとはまったく関係がないとか」

「あれはコルビーだった」

グリフィンは肩をすくめた。「考えてみろ。シェイラ・ハンターの記事がオンラインに流れて、その数時間後に彼女が殺された。この件は大きなニュースになった。ネットの世界に変人がたくさんいることは、わざわざ言うまでもないだろう。きみの記事のようなものは、悪《あ》しき行動の呼び水になりうる。あの記事できみは頭のおかしい人間として描かれていたから、きみをもてあそんでやろうと思いついた者がいたのかもしれない」

ケンドラは歯を食いしばりながら言った。「何度も言っているでしょう、あれはコルビーだった」

「なぜ言いきれる？」

「だから、以前と同じ言いまわしが使われていたのよ。ネットの世界の変わり者が知っているはずがない」

「確かなのか？　そのことはさっきから考えていた。近ごろの世の中に、真の秘密などほぼ存在しない」

「コルビーしか絶対に知らないことよ。それに、わたしにはあの男の考え方がわかる。どんなふうに自分を誇示するかがわかるのよ。あの会話の相手はコルビーだった」

「きみがそう確信しているのはわかっている」

グリフィンはなだめにかかっている。「でも、あなたはちがうのね」

「実際的な人間なのでね。ほんとうに、きみを信じたいと思っているんだよ。ただ、それができない性分なんだ」グリフィンはにやりとした。「きみがいま感じている苛立ちは、証拠さえ見つければ魔法のように消え失《う》せる」ハウスポートを頭で示す。「そして、その証拠はあそこでは見つからなかった」

「見つけたのに、それに気づいていないだけかもしれない」

グリフィンは眉を持ちあげた。「頑固だな。自覚しているか?」

「もちろんよ。ほんとうにいやになる」ケンドラはグリフィンの目を見つめた。「そういえば、もうひとつ頼みがあるの」

「そうだと思ったよ」

「今回ほど面倒はないと思うわ」ケンドラは唇を尖《とが》らせた。「だから見返りはなし」

「聞こう」

「あなたのオフィスにはまだコルビーの刑務所の記録が残っているわよね……面会者や通話の記録が。それに、独房に残した私物も」

「ああ。処刑のあとに、保存するための裁判所命令をとった。われわれがまだ把握していない被害者がほかにもいるかもしれないと思ったから、念のために」

「コルビーがコンピューターの専門家と連絡をとっていたかどうかを知りたいの。記録の分析をしたんでしょう？」

「いくらかは」

「接触した相手の身元調査は？」

「それもいくらかはやった。最優先課題ではなかったからな」

「それはわかっているわ。でも、その情報をもらえたらすごく助かる」

グリフィンは肩を軽くすくめた。「検討してみよう。確かにたいした面倒はなさそうだが、かなりの貸しが残っていることを忘れるな」そして、自分の車のほうへと歩き去った。

「取り引きするには難しい相手のようね」ベスがつぶやいた。「やってくれるかしら」

「たぶんね」

ベスはケンドラに顔を向けた。「次はどうするの」

「家に戻りましょう。撮ってもらった動画を見たいから」

ふたりはケンドラの車に乗りこみ、ハーバー・ヴィレッジ・ドライブを引き返しはじめた。ところが一キロも行かないうちに、ストークスの覆面パトカーが現れ、ランプを点灯させて二車線道路の一方を塞ぐように停車した。スターガーとケッチャムが道路に立って、封鎖地点で車の誘導をしている。

ケンドラは車を停めた。「何をしているの？」

ストークスが近づいてきた。「悪いが、きみに用があるんだ、ドクター・マイケルズ。話を聞きたいので、ブロードウェイ・ストリートにある警察署まで来てもらいたい」

「え？」ケンドラは封鎖された道路にとまどいの目を向けた。「なぜ？」

「向こうで話そう」

「いま話して。別れてからの五分間にいったい何があったの？」

「詳しいことは署に着いてから――」

「いま話して。さもなければどこにも行かない」

ストークスは、ケンドラの車の後ろで長くなる車列を見やった。「いいだろう」厳しい口調で言う。「シェイラ・ハンターのシャワーの排水口から見つかった毛髪の検査結果が出た。DNAを採取して統合DNAインデックスシステムと照合したところ、合致するデータが見つかった」

「いい知らせね。誰のDNAだったの？」

「きみだよ、ドクター・マイケルズ」

耳にしたことが信じられず、ケンドラはストークスをじっと見た。後方の車の列からけたたましいクラクションが鳴り響いた。「それはつまり――」

「きみのDNAだ。きみの髪が、一度も行ったことはないと言った場所から見つかった」

ケンドラは顔をそむけ、突然こみあげた吐き気を必死に抑えた。

すでに闘いは仕掛けてある。あんたが気づいていないだけで。

「ドクター・マイケルズ？」

ケンドラはなんとか顔をあげた。「聞いているわ」

「すぐに事情聴取をする必要がある。いっしょに来てくれ」

「逮捕するつもり？」

「話をするだけだ」ストークスは口もとをこわばらせた。「調書をとらなくては」

「ケンドラ」ベスが呆然《ぼうぜん》とした顔で言った。「いったいどういうこと？」

「だいじょうぶよ、ベス」

「いまの言葉を聞いたでしょう、応じる義務はないのよ」

「それでも行くわ。状況をはっきりさせないと」ケンドラはシフトレバーをパーキングに入れた。「車を運転していって。わたしは向こうの車で行く。終わったら電話するわ」

「いやよ。いっしょに行く」

動揺していて、ベスをなだめたり説き伏せたりする余裕がケンドラにはなかった。とにかくこの件をすませてしまいたい。「いい考えとは思えないわ」じりじりしながら言った。

「わたしもついていく」

「なぜ？　弁護士役をしてくれるの？　あなたに弁護士の資格なんて――」

「ないわ」ベスは静かに言った。「だから、友達として行くのよ」

きつい物言いをしたことをケンドラはたちまち後悔した。「ごめんなさい、ベス。あなたは最高の友達だわ。でも信じて、わたしだけで話をしてくるのがいちばんいいのよ」車のドアを開け、外へ出た。「すんだら電話するわ」

ケンドラはストークスの車に無言で乗りこみ、ブロードウェイ・ストリートとフォース・アヴェニューの角にある警察署へ向かった。事件についてはふれないまま、三階にある狭い取調室に入る。部屋にはすでにスターガーとケッチャムがいた。

ストークスは水のペットボトルをケンドラの前のテーブルに置いた。「ほかにほしいものはあるか」

ケンドラは首を振った。

「この会話は録画されている。この部屋で行われる会話はすべてそうだが」ストークスは部屋の隅で赤いランプを光らせているビデオカメラを指さした。

小さな木のテーブルをはさんで向かい合う。テーブルにボールペンで〝くそデカめ〟と彫ってあるのが見えた。

「ご足労に感謝します、ドクター・マイケルズ」スターガーが口火を切った。「今回の進展に照らして、シェイラ・ハンター殺害の数日前までさかのぼり、被害者について知っていること、被害者と会ったときのことを録音のうえで話してもらいたいと思います」

ケンドラはスターガーの膝の上にあるファイルに目を向けた。開いていて、シャワー室の排水口の写真が見えている。濡《ぬ》れた髪の塊がごみ受けに絡まっていた。

わたしの髪。

ケンドラはうなずいた。「いいわ。なんでも訊《き》いて」

「では、シェイラ・ハンターのハウスボートの住まいに初めて入ったのはいつですか」

「けさの十時半よ」

「まちがいない？」

「けさは事実だったし、いまも事実よ」

「けっこうです。では、ミス・ハンターに初めて会ったのは？」

「金曜日の夕方。それまでは名前も知らなかった。執筆中の記事のことで連絡してきたの」

「そのときのことを話してもらえますか」

ケンドラはWホテルのバーで会ったこと、翌日に出たオンライン新聞の記事のこと、広場で口論したことを話した。

「次に会ったのはいつですか」

「死んだ彼女がハウスボートのマストからぶらさがって、血を流しているときよ」

ストークスがうなずいた。「きみはおれたちが到着してから数分とたたずにやってきた。どうやって殺害のことを知ったんだ」

「アダム・リンチがわたしのコンドミニアムに来て教えてくれたの。車で現場まで連れていってくれたのよ」

「リンチはどうやって知った？」ケッチャムが尋ねた。

「法執行機関のあちこちに友人がいるのよ。リンチが知らないことはないくらい。でも、本人に直接訊いてみて」

「無論、そうする」ケッチャムの口調は苦々しかった。

スターガーが見せた丁重さはかけらもない、とケンドラは思った。

いい刑事と悪い刑事。

そういう役割分担らしい。

ケンドラは苛立ちを抑えこみ、彼らのやりたいようにやらせることにした。いまは旗色がいいとは言えず、おとなしくしていればいるほど、早くこの状況を抜け出せる。

少なくとも、悪影響をやわらげられる。

「では、究極の質問だ」ストークスが言い、排水口の写真を示した。「なぜきみの毛髪がシャワー室にあった？」

「誰かが置いたのよ。当然の帰結でしょう」

刑事たちは目を見交わした。「オーケー」ストークスが言った。「誰が置いたんだ？」

「エリック・コルビー」

「そりゃそうだ」ケッチャムが皮肉った。「だが、もう少し現実的になろうじゃないか」

挑発に乗ってはいけない。

「コルビーはまちがいなく現実の存在よ」

「わかりました」スターガーが言った。「その点についてはあとで。シェイラ・ハンターのことに戻って、最初に会ったときのことをもう一度話してください」

「どうしてまた同じことを――」

我慢しなくては。

ケンドラはもう一度話した。

そしてもう一度。

細かなことまで根掘り葉掘り訊かれ、またはじめから繰り返す。

何時間も、同じ質問が繰り返された。ケンドラの答えはどんどん短く、ぶっきらぼうになっていったが、首尾一貫していた。

ケッチャムが顔を近づけて言った。「正直になったらどうだ？　全部でたらめなのはお見通しなんだ」

ケンドラはかっとなった。「何もわかっていないくせに。わたしを疲れさせて、供述にほころびが生じるのを期待しているんでしょう。これまで我慢してきたけれど、そんな口を利くなら尋問はここまでよ」

ケッチャムは首を振った。「終わりを決めるのはこちらの仕事だ」

「いいえ、ちがう。逮捕状はとっていないんでしょう？　逮捕状があるなら、あなたたちはこのお粗末な男に厳しい尋問をさせたりしないはず。この取り調べはわたしの協力で成り立っているのよ。時間を犠牲にして善意で付き合ってあげているの。本来なら、また殺人を犯すかもしれない人間を捜しているはずの時間を」ケンドラはケッチャムの目をまっすぐに見た。「それに、奥さんを裏切っている男に嘘つき呼ばわりされるのは心外だわ」

ケッチャムはぎょっとした顔をした。「なんだと。いったい何を――」そしてスターガーとストークスを見て、まくしたてはじめた。「ばかな……この女は頭がどうかしてる。もうこんなところで座らせていないで――」

「言ったでしょう、これ以上あなたとは話さないわ、ケッチャム」ケンドラは言った。「続きは隣の部屋か、カメラの映像が流れる場所で見ていればいい。三十秒以内にこの部屋から出ていかないなら、わたしが出ていく」

ケッチャムは信じられないという顔でケンドラを見た。「ふざけるな。おれたちが殺人事件の容疑者に捜査の指図を受けるとでも――」

「取り調べを続けたいなら」ケンドラは椅子の背にかけてあったカーディガンをつかんだ。

「残りはあと二十五秒よ。そちらが選んで」

しばらく沈黙が続いたあと、ストークスが頭でドアを示した。「ケッチャム、休憩してこい。ここは少し空気が張りつめてる」

ケッチャムは正気かというように同僚たちを見た。そして立ちあがり、部屋を出ていった。

大きな音をたててドアが閉まると、スターガーが身を乗り出した。「単なる好奇心から訊くんだが、なぜあいつが浮気していると――」

「いまはやめておこう」ストークスがさえぎり、カメラに気遣わしげな目を向けた。「あと少しだけ訊きたいことがある、ドクター・マイケルズ」

「彼女から聞き出せることはすべて聞き出したと思うがね」グリフィンが取調室に入ってきた。「そろそろ切りあげる時間だ」

「それを決めるのはわれわれだ」ストークスが言った。「あなたを呼んだ覚えはないが」

「だから、この一時間邪魔をしないようにしていたんだ。実に興味深かったよ、きみたちの尋問テクニックを見物するのは」グリフィンはケッチャムが出ていったドアに目をやった。「いや、尋問テクニックの欠如を、かな。だが、ドクター・マイケルズは苛立ちはじめているようだ。それで、介入して歩み寄りを図ることにした」

「ええ、そうね、グリフィンは歩み寄りが得意なの」ケンドラは皮肉たっぷりに言った。

グリフィンはそれを無視した。「ドクター・マイケルズは正しい。きみたちは逮捕状を用意していないし、自白が得られないこともうわかっているだろう。ドクター・マイケルズが殺人にかかわっていると本気で考えているとも思えない。ほかに糸口がないだけなんじゃないのか？　そのやり方はあまり有能そうには見えない」

「排水口の毛髪は――」

「ドクター・マイケルズに疑いを向ける絶好の根拠になる。わたしでも同じように考えるだろう。だが、故意にＤＮＡを現場に持ちこむことができるのは周知の事実だ。それに、ドクター・マイケルズのような能力を持つ人物なら、予防策を講じて排水口から髪を取りのぞいておくだろう。ＦＢＩでは、毛髪は故意に持ちこまれたものだとみなしている」

「サンディエゴ市警はそこまで確信を持てない」ストークスが言った。

「そこに歩み寄りの余地がある」グリフィンは言った。「その毛髪をわれわれに渡してくれないか。こちらのラボに急ぎでＤＮＡの分析をさせよう。ほかの証拠品についても、提供してくれれば分析する」

「毛髪の持ち主はすでに特定できている。なぜこれ以上の分析が必要なんだ？」

「きみたちがさらなる調査をしなければ、ドクター・マイケルズが地元警察の犠牲になったヒロインのように見える事実をわれわれが掘り出したときに、きみたちが外道に見えるからだ」グリフィンは穏やかに付け加えた。「われわれは優秀だ。きみたちが事件を解決するのを手伝わせてくれ」

　ストークスは目つきを険しくしてグリフィンをにらんだ。「なぜこんなことをする？　ドクター・マイケルズは部下でもなんでもないだろう」

「正義のため。協力体制のため。どう言ってもいい」

　ストークスはためらった。「捜査の主導権がおれたちにあるのは変わらないんだな？」

「もちろんだ」

　ストークスはゆっくりとうなずいた。「歩みよるのはいいことだ。特に、自分が上に立てるときには」そして、椅子を後ろに押しやった。「いずれにせよ、そろそろ終わりにするつもりだった。いつでもまた呼べるからな」グリフィンににやりと笑う。「取り引き成立だ。殺人課のみなも喜ぶだろう。ＦＢＩを顎で使える機会なんてそうそうあるものじゃない」

「ぜひ満喫するといい」グリフィンはケンドラの腕をとり、ドアへと押しやった。「めったにないお楽しみになるだろう」

　部屋から出るのを待って、ケンドラはグリフィンに向きなおった。「なぜこんなことを？」

「疑わしそうだな」グリフィンは言った。「ちょっとしたサービスをしようとしただけなんだが」しばらく考えてから続ける。「いや、ちょっとではないな。特大ではないが、かなりのサービスだ」

「なぜなの?」ケンドラは繰り返した。「なぜここに来たの?」

「きみが困ったことになっていると聞いたから、舞台に出ていく必要があるか確かめようと思ってね」グリフィンはエレベーターへと向かった。「攻勢に出ると決めるまでの冷静な対応は見事だった。だが、ケッチャムの浮気を持ち出す必要があったのか?」

「ケッチャムをあの部屋から追い出したかったのよ。刑事たちはあのカメラをとても気にしていた。少なくともストークスはわたしの能力を知っている。カメラがまわっている前でほかの刑事の醜聞を暴かれるのは望まないだろうと思ったの」ケンドラはエレベーターに乗りこんだ。「なぜここに来たの? これよりずっとささいな頼み事でもわたしに懇願させようとしたくせに、わざわざ助けにやってきて、賄賂まで差し出すなんて」

「われわれ双方に利益がある取り引きだというだけだ」

「だから、その理由を教えて」

「自分で考えるんだな。実のところ、きみに好意を抱いているからかもしれない」エレベーターのドアが閉まりはじめ、グリフィンは唇をゆがめた。「あるいは、きみが牢屋《ろうや》に入ってしまったら、見返りの約束を果たしてもらえなくなるからかもしれない」

8

「ずいぶん長くかかったのね」警察署を出たケンドラを、ベスが車のそばで待っていた。「電話がかかってきたとき、保釈と弁護士の準備が必要かと考えはじめてたんだから」

「それに近い状況だったかも」ケンドラは言った。「参考人から容疑者予備軍に変わったの」助手席に乗りこむ。「グリフィンが加勢に来て、ＦＢＩの設備を捜査に提供すると申し出てくれなかったら、弁護士を雇うはめになったかもしれない」

ベスは車を出した。「グリフィンが助けに来たの？」

ケンドラはうなずいた。「バットマンみたいに。わたしも驚いたわ」街灯が通りすぎていくのを車窓から眺める。「ＤＮＡは故意に持ちこまれたもので、わたしのような経験と能力を持つ人間なら重要証拠を残していくようなミスはしないだろうと言ってくれた」

「それで、誰でもミスはするものだと警察は主張したんでしょうね」ベスは言った。「強硬手段に出てこなくてよかった」

「ほんとうにね」ケンドラは座席にもたれて目を閉じた。「でもコルビーは喜んでいないはず。手間をかけて罠《わな》を仕掛けたんだから」

「コルビーの仕事だと思ってるのね」

「ほかに誰がいるの？　コルビーは自分のほうが上手《うわて》だと見せつけたいのよ。わたしを思いどおりに操れるのだと」

「ケンドラ」ベスが静かな声で言った。「コルビーはあなたの髪をどこで手に入れたの」

「それがわかればいいんだけど」ケンドラは目を開けた。「論理的に考えれば、わたしのヘアブラシでしょうね。いちばんぞっとする方法でもある。わたしの家に侵入して髪を手に入れる手段を見つけたのかしら」

「可能性はあるわね。セキュリティはどうなってるの？」

「かなり厳しく対策してる。完璧かと言われたら、たぶんちがうでしょうけど」ケンドラは頭を振った。「ほかにも方法は考えられる。五週間に一度髪を切りに行くし」

「そのやり方でもぞっとすることには変わりないわね。しばらくあなたを見張って、どこへ行けば髪が手に入るか調べたということだから」

〝あんたをずっと見張っている〟

「ええ。でもいつから見張っていたのかしら」

「一分でも長すぎるわね」ベスは顔をしかめた。「今度のことはほんとうに頭に来る。自分が留置場に入れられてもどうってことはなかったけど、コルビーがあなたに濡《ぬ》れ衣《ぎぬ》を着せようとしたなんてぞっとする。自分の無力さを思い知ったわ。あなたに会わせてさえもらえなかったのよ」

「会えても、できることは何もなかったわ」

「何かできたはずよ。考えれば何か見つかったはず。あなたはわたしを留置場から出してババから守ってくれたんだから、お返しをしないわけにはいかないでしょう」

「コルビーとババはちがうわ」

「でもどちらも邪悪で、世界を自分の思いどおりに動かしたがってる」ベスはコンドミニアムの前に車を停《と》めた。「あいつらには報いを受けさせなくちゃ」そしてドアを開けた。

「まあ、それはきょうでなくてもいいわ。今夜はよく休んで、あしたからコルビーを追いましょう。玄関まで送ってからわたしはホテルに戻る」ベスはコンドミニアムの入り口へと歩きながら言った。「泊まったほうがよければそうするけど」

「いいえ。それに、玄関まで送ってもらう必要もないわ」とはいえ、ベスの気持ちはうれしかった。「保釈を頼むことはあるかもしれないけれど、ボディガードは必要ないわ、ベス」

「いいえ、必要よ」ベスはにやりとし、ケンドラが建物に入るのを見守った。「何度も言ってるけど、わたしはあなたの用心棒なの」車へと戻りはじめる。「またあしたね」

ケンドラは頭を振り、ベスが車に乗って走り去るのを見送った。ベスとの関係はどんどん複雑になってきている。どちらがどちらを守っているのだろう？

　でも、どちらでも大きなちがいはない。いま生きているのは危険な世界で、大事なのは生き延びること。

　そして、コルビーを生き延びさせないことだ。

　とはいえ、ベスの言うとおり、いまは休んであしたの英気を養う必要がある。

　シャワーを浴びて、お茶でも飲もう。ハウスボートで見たものを整理して、手がかりを見つけよう。そしてベッドに入って眠るのだ。

　あの峡谷。

　〝いい夢を〟

　悪夢よ、来るなら来ればいい。わたしはコルビーにおびえたりしない。

　シャワーを浴びて紅茶をいれていたとき、携帯電話が鳴った。

　ベスが様子を気にしてかけてきたのだろうか。

　ちがう。ベスではない。

「なんの用、リンチ。暇なの？　いまは疲れていて、おもてなしはできないんだけど」

「もてなしてもらったことなどこれまであったかな？　まあ、きみは忙しくて退屈している暇はなかったようだが」リンチは不機嫌な声で言った。「きみがまだ携帯電話を持っていたことに驚いたよ。つまり警察は、きみを逮捕するほどばかではなかったということか」

「あら、あなたのスパイがまた仕事をしたのね」ケンドラは椅子に座り、カップを持ちあげた。「というか、スパイはグリフィン？」

「そうとも言える。きみが取り調べを受けていると連絡を受けて、グリフィンに電話して詳しいことを調べてもらった。グリフィンは渋々引き受けてくれたが、きみが窮地に陥っているのにぼくが何もできない状況を楽しんでいるようだったよ」

「グリフィンらしいわね」

リンチは深く息をついた。「なぜコルビーが接触してきたことを話さなかった？」

「あなたはヨーロッパへ向かう飛行機のなかだった。知らせてもしかたないでしょう」

「それはわからないだろう？　だが、きみは選択肢すらくれなかった」

「どちらにせよ、あれがコルビーだとは誰も信じていない。グリフィンでさえ模倣犯だと言ったわ」

「だが、きみは確信しているんだろう」

「そうだとしてもなんのちがいがあるの？　わたしがコルビーに心奪われていることはみんな知っているわ」

「茶化すな。コルビーだったのか、ケンドラ」

しばらくケンドラは黙った。「あれはコルビーよ。まちがいない」

リンチは悪態をついた。「きみの説がまちがっていればいいと思っていたんだが」

「わたしもよ。でもいつも希望が叶《かな》うとはかぎらない。とにかく、ほかの人たちのように頭から否定しないでくれてありがとう」

「ほかの連中は、ぼくのようにはきみのことを知らない」

「知っていたら、わたしは評判倒れだと考えるでしょうね。あなたはわたしのみっともないところも見ているもの、リンチ」

「そして、驚嘆すべきところもだ」リンチはそこで言葉を切った。「DNAの件はどういうことなんだ？」

「コルビーがわたしを窮地に追いこんで、とどめを刺す前に打撃を与えようとしたのよ」

「とどめか」リンチは繰り返した。「他人事のような言い方だな」

「そんなことは起こらないからよ。コルビーの好きにさせるつもりはない。負けるのはコルビーよ」ケンドラはさらに言った。「こんな話をしていてもしかたがないわ。心配してくれてありがとう、でも何も――」

「心配？　確かにぼくは心配している。こちらに来て一日もたっていないのに、きみは早くも連続殺人犯から接触を受けたうえ、あやうく逮捕されかかった」

「あなたがここでわたしを見張っていたら、そんなことは起こらなかったというの？」

「そうかもしれない。ぼくは有能な見張りだからね」

ケンドラはしばらく黙りこんだ。「ええ、そうね。でも、あなたにそんなことをしてもらうわけにはいかないわ。わたしにそんな権利はない」

「権利は交渉しだいで手に入る。取り引きしよう」

「グリフィンみたいなことを言うのね。グリフィンはわたしをハウスポートに連れていく代わりに見返りを約束させたのよ」

「そうなのか？　それは危険だな。グリフィンは借りを作りたい相手じゃない」

「ほかに道がなかったのよ」

「ぼくについては選択の余地がある」リンチは静かに言った。「受けとれ。ぼくが与えられるものを受けとるんだ。後悔はさせない」

ふいに体に熱が広がった。リンチの姿を、たくましさを、力を、激しさをすぐそばで感じているような気がした。いまの言葉はいろいろな意味にとれる。でも、その声音は……。

「ケンドラ？」

「何を言ってるの？」ケンドラはそっけなく言った。「わたしたちは何カ月もいっしょに働いてきたじゃない。あなたにはたくさん助けてもらっているわ。ただ、限度があるということよ」

「そうかな？　同意はできない。限度のない関係という考えに興味を引かれる。いまのきみは厳しく統制された世界にいる。垣根をくぐり抜けるすばらしさを忘れているんだ。そこに交渉の余地があるかもしれない」リンチは話題を変えた。「こちらの案件はできるだけ早く片をつけるつもりだ。ぼくが目を配らなくてはならない厄介な点がいくつかあるから、一日か二日は身動きがとれないかもしれないが」

「いちいちわたしに話さなくていいのよ。自分の仕事は自分のやりたいようにやって」

「きみにこういう話をするのは、人質事件でさえなければすぐにでも飛行機に飛び乗っているとわかってもらいたいからだ」

「人質？　そんなことは言っていなかったじゃない」

「事態がどう転ぶかわからないが、潜入捜査をすることになるかもしれない。その場合は偽名を使うことになるから、自分の電話には出られない」リンチは言葉を切った。「だが、きみの状況が悪化したら、誰かに代役を押しつける。すぐにぼくに知らせると約束してくれ」

「何かあったとしても、あなたのところに逃げこむつもりは――」

「約束してくれ」

その声の調子は聞いたことがあった。引く気はないのだ。「自分の手に負えないと思ったときには知らせるわ」

リンチは低く毒づいた。「その時は来ないということだな。いいだろう。コルビーはきみだけでなく、きみのまわりの人々も狙っていることを忘れるな。きみ自身は手助けを望まないとしても、まわりのための応援まで拒む権利はあるのか？」

ベス。オリヴィア。母。

リンチが〝人形使い〟と呼ばれているのは伊達《だて》ではない。こちらには反論できない論理を使ってくる。「心に留《と》めておくわ」

「そろそろぼくの家に移る頃合いじゃないか」

「いいえ。それは忘れて、リンチ」

リンチはそれ以上押さなかった。いちばん大きな闘いですでに勝利を収めたことを理解しているのだ。「わかった。だが、選択肢のひとつとして覚えておいてくれ」

「忘れるはずがないでしょう。おやすみなさい、リンチ」ケンドラは電話を切った。

座ったまま、電話機を見つめた。リンチとの会話はむっとしたし、腹が立ったけれども……安心できた。驚くことではない。リンチはどんな相手にも思いのままにさまざまな顔を見せる。

今夜はその心地よかった部分だけ覚えておこう。大変な一日だったから、安心をくれる言葉、何もかもうまくいくという約束がほしかった。

リンチはそういうものはくれなかったけれども、わたしのために見張り役をしたいと言ってくれた。それだけでじゅうぶんだった。

紅茶を飲みおえ、カップをキッチンに運んだ。ハウスボートの動画を見て状況を整理しようと思っていたが、今夜はやめて、もう寝よう。朝になればすべてがもっとはっきりするかもしれない。

寝室に戻り、明かりを消そうとした。

そのとき、手が止まった。

まだだ。悪夢を見る危険を冒す前に、もうひとつやることがある。

バスルームへ行き、化粧品類を入れている抽斗《ひきだし》を開けた。

このまえのクリスマスにオリヴィアからもらったシルバーのブラシが、洗面台の明かりを反射している。

しばらくそれを見おろしたあと、抽斗から取り出した。持つと軽く感じた。ブラシに髪が何本か絡まっている。

この髪を梳《す》きとるのは簡単だ。

コルビーはここに来て、この鏡をのぞきこみ、ブラシを手にとったのだろうか。

身震いがした。コルビーが背後に立って笑っている気がした。

いや！

ブラシを抽斗に放り出し、勢いよく閉めた。くるりと体の向きを変え、明かりを消して、急いで寝室に戻る。

知らないことを想像するのはやめよう。おびえていたらコルビーの思うつぼだ。

ケンドラはベッドに潜りこみ、目を閉じた。

峡谷のことを考えてはいけない。

ヘアブラシのことを考えてはいけない。

リンチのことを考えるのよ。リンチが引き出した気持ちを追い払ってはいけない。あの気持ちが今夜のわたしをコルビーから遠ざけてくれる。

〝受けとれ。ぼくが与えられるものを受けとるんだ。後悔はさせない〟

受けとるわ、リンチ。今夜は、あなたを選ぶ。

翌朝、ベスがコンドミニアムにやってきたとき、ケンドラはソファの端に腰かけて、テレビの画面に視線をそそいでいた。

「あら」ベスは言った。「そんなに真剣に見ているなんて、〈リアル・ハウスワイヴス〉の最新回？　それとも〈ダック・ダイナスティ〉？」

「早く目が覚めたから、シェイラ・ハンターのハウスボートであなたが撮った動画を見ていたの」

「それならもっとおもしろいでしょう。わたしも何回か見てきた。何か発見はあった？」

ケンドラは動画を止めた。「ええ、たぶん。とにかく、きょうは多国籍メディア企業の

ＣＥＯに会って、例のハウスボートの話を聞くつもり。いいでしょう？」

「ロバート・シュルツのことね。携帯電話の履歴に載っていた人」

ケンドラはうなずいた。「シェイラ・ハンターは彼と、昼夜を問わず頻繁に連絡を取り合っていた」

「ふたりのあいだに何かあると思ってるのね」

「何かがね。きのう刑事たちと話しているときに思いついたの。刑事のひとりが、わたしに不倫を告発されてひどく動揺していたのよ」

ベスは笑った。「刑事の不貞を糾弾したの？」

「意地の悪い行動だったかもね。もう我慢の限界だったのよ。とにかく、そのとき思ったの。ハウスボートのものが拭かれていたのは、殺人ではなく不倫の証拠を隠すためだったんじゃないかって」

「え？」

「コルビーがわたしをハウスボートに行かせようとした主な目的は、ＤＮＡを仕込んだ自分の賢さを見せつけることだった。でも、ほかにも何かあって、わたしには見つけられなかったのかもしれない。あそこにあったものはきれいにぬぐわれていた。わたしに何か見せたかったのなら、コルビーはそんなことはしなかったんじゃないかしら。だからほかの誰かがやったのかもしれないと思いはじめたの」

「誰かが不倫と殺人の両方の証拠を消したのかもよ」

「殺人犯がコルビーだと確信していなかったら、わたしもそう考えたかもしれない。すぐにシュルツと話をする必要がある」

「あなたを疑うわけじゃないけど、企業の重役はちょっとばかり忙しいものよ。どうやって会うつもり？」

「もう約束を取りつけてある。アミーチ・パークで三十分後に待ち合わせよ」

「冗談でしょう」

「いいえ。わたしはプライベートの携帯電話番号を知っている。それと、人には言いにくい事実も。この組み合わせは最強よ」


二十五分後、ケンドラとベスはダウンタウンにあるアミーチ・パークの外周を歩いていた。この小さな公園はリトル・イタリーにあり、平日には隣接する小学校の校庭として使われている。街なかでは貴重な、犬の散歩にぴったりの緑地だ。

すでに待ち合わせ場所には、仕立てのいいスーツに身を包んだ細身の男がいた。ハンサムな五十代で、茶色の髪がわずかに薄くなりはじめている。フェンスに寄りかかり、携帯電話でメールを見ているようだ。ケンドラは男に近づいていった。「ロバート・シュルツ？」

「そうだ、ミス・マイケルズ」男は携帯電話をしまった。「この場所を提案したときには、学校がある日には使えないと気づいていなかった。場所を変えよう」

「ここでかまいません。長くはかかりませんから」

「そう願いたいな」シュルツはベスを見た。「そちらは？」

「わたしを手伝ってくれています」ケンドラは答えた。「ベス・アヴェリーです」

シュルツはうなずいた。「つまり、同類というわけか」ケンドラのほうを向き、冷ややかに言う。「きみのようなアプローチをしてきた人間は、普段なら無視することにしている。脅しはいただけない」

「普段は殺人の捜査に巻きこまれることもないのではありませんか」

「わたしはシェイラ・ハンターに起こったこととは関係ない」

「その点については信じています」

シュルツはケンドラをじっと見た。「それなら、なぜ呼び出した？」

「もうご存じだと思いますが。だからここに来たのでは？　あなたがシェイラ・ハンターと不倫をしていたことは知っています。あなたがたはあのハウスボートで多くの時間を過ごした。費用はあなたが出していたんでしょう？　支払いはあなたの部下名義で行われていましたが、費用を持っていたのはあなただった」

シュルツは目をそらした。「なぜきみに話す必要がある？」

「話してもらえないのなら、あなたが耳にしたくないであろう騒ぎを起こすことになります。あなたの不倫に興味はありません、ミスター・シュルツ。あなたの不倫を世間に広めることにも。でも、あなたの答えを引き出すために必要ならば躊躇《ちゅうちょ》はしません」

シュルツはケンドラに目を戻した。「わたしは結婚しているし、子どももいる。そして、シェイラはわたしの会社で働いていた。仕事上の立場を考えれば、最後の要素がいちばん厄介だ。わたしたちは慎重にならざるをえなかった」

ケンドラはうなずいた。「オフィスに近くて、でも出入りが人目につかない場所が必要だったんですね。ハーバー・ヴィレッジにはほとんど住人がいません。あなたがたには打ってつけの場所だったでしょう」

「天国だった」シュルツの目に初めて痛みが浮かんだ。「あの家。彼女。シェイラはわたしを理解してくれた。同じ価値観を持っていた。あの家はリラックスして羽を伸ばせる唯一の場所だった。帰るのがいつもつらくなったものだ」

「彼女が殺された夜……あなたはあそこにいましたね」

シュルツはすばやくケンドラに顔を向けた。「言っただろう、わたしは無関係だと」

「わたしも言いました、そのことは信じると。でも、あなたはあそこにいた」

シュルツは視線を落とし、うなずいた。「彼女を見つけた。恐ろしかったよ。信じられなかった」

「すでに死んでいたんですか」

シュルツはうなずいた。

ベスは眉根を寄せた。「それなのに、警察には通報しなかったんですね」

「できなかった。かかわり合いになるわけにはいかなかったんだ。だが、警察が家のなかを調べまわるのはわかっていた。だから指紋を拭きとり、わたしやわたしのクレジットカードの購入履歴と関連づけられそうな贈り物や小物をすべて集めた。ランドリーバッグに入れて持ち出したんだ」

「すべてですか?」ケンドラは繰り返した。「きれいすぎるほど片づいていましたね。急いでいたので、目に入ったもので足がつきそうな品を片っ端から集めた……そうですね?」

シュルツは肩をすくめた。「より分けたり吟味したりする余裕がなかったのは認める。取りこぼすより安全を優先した」

「個々の品物を覚えていますか」

シュルツは首を振った。「ぼんやりとしか覚えていない」

「ランドリーバッグはどこに置いてありますか」

シュルツは答えなかった。

「信じてください、あなたを殺人や不倫と結びつける証拠を探しているわけではありません。バッグの中身を調べて、シェイラを殺した犯人の手がかりが混じっていないか確かめたいだけです」

「そして、中身を警察に持っていくんだろう」シュルツは鋭い口調で言った。「そうしたらわたしはどんな立場に置かれると思う?」

「あなたを理解してくれた女性を殺した犯人を見つけるのに、力を貸せるかもしれません」

シュルツは黙りこんだ。「彼女はもう死んだ。わたしはまだ生きている」

「感動的だこと」ベスが言った。「歴史に残る不倫ね」

「わたしは現実主義なんだ」シュルツは嚙《か》みつくように言った。「わたしが人生を台なしにしても彼女は戻らない」

「わかりました。殺人犯につながる証拠が出てこないかぎり、警察にはバッグを渡さないと約束します。証拠が見つかった場合も、誰がハウスボートから持ち出したのかについてはいっさい話しません」

「きみを信じられると思うか?」

「信じてください。わたしは嘘《うそ》はつきません」ケンドラはそこで間を置いて続けた。「協力を得られないのなら、これから警察へ行って、あなたが彼女の恋人であり、あの夜に現場にいたことを伝えます。そうしたら警察は徹底的に嗅ぎまわるでしょう。バッグのありかを警察が訊《き》きに来るまでどれくらいかかると思いますか」ケンドラは相手の目を見据えた。「わたしに賭けたほうが賢明だと思いますよ」

シュルツは顔をしかめた。「どちらも気が進まない」

ケンドラは待った。

「わかった、きみの言うとおりだろう。警察につきまとわれるよりもきみに賭けたほうがよさそうだ」

「では、バッグはどこにあるんですか」

「いまは持っていない。あの夜に捨てた」

「どこに捨てたんです？」

「わたしは車に乗ってただ走りつづけた。動転していたんだ。マストからぶらさがる彼女とあの血が頭から離れなくて……」

「最終的にどこへ行ったんですか」

「郊外にあるミッション・トレイルズ・パークへ行った。昔はそこでときどきハイキングをしたんだ。バッグを埋めるか、重しをつけて湖に投げこもうと思った」

「〝思った〟ね」ベスが言った。「何があったんですか」

「公園のなかを車で走ったが、あたりは暗くて、道は昼間の見慣れた光景とかけ離れていた。停まれる場所を探していたら、五十メートルほど後ろに車が一台いるのに気づいた。

自動点灯《ランニングライト》はついていたが、ヘッドライトは消えていた」

「つけられていたんですか」ケンドラは尋ねた。

「そう見えた。速度をあげてもゆるめても、ずっと離れなかった」

「シェイラ・ハンターを殺した犯人だと思った?」ベスが尋ねた。

シュルツは老夫婦がそばを通りすぎるのを待ち、答えた。「その考えが頭に浮かんだ。犯人がシェイラにしたことしか考えられなくなった。怖くて震えあがったよ。だがそのうちに、ありえないと思えてきた。ダウンタウンからずっとつけられていたのなら、もっと早く気づいたはずだ」

「その車はヘッドライトを消したまま後ろを走りつづけていたんですね」

シュルツはうなずいた。「さっきも言ったとおり暗かったから、曲がりくねった道を走るのはヘッドライトをつけていても大変だった。しばらくして、あれはパークレンジャーか警察かもしれないと思いはじめた。車を停められて、殺された恋人の家から持ち出したバッグいっぱいの品を見られるのは絶対に避けたかった」

「それでどうしたんですか」

「カーブに差しかかるのを待って、窓からバッグを丘の斜面に投げ捨てた。そうすれば車を停められてもバッグは見つからない。投げるときはヘッドライトを消したから、バッグを捨てたのを見られてはいないはずだ」

「できるだけ急いでその場を離れた。公園を出るとすぐに後ろの車は見えなくなった。やはりレンジャーがパトロールしていたんだと思う。いったい何をしているのかとわたしの様子をうかがっていたんじゃないだろうか。こちらが車を停めていたら、向こうも降りてきたかもしれない。だが、わたしはそのまま公園を出たから何も声はかけられなかった」

「そのあとは?」

ケンドラはうなずいた。「そうかもしれません。バッグをとりに戻らなかったんですか」

「最初はとりに行こうと思っていた。だが行かなかった。あそこは人気《ひとけ》のない場所だし、よく知られたハイキングコースでもない。それに、発見されたとしても、シェイラやわたしに結びつくものはないと思った。わたしが何より懸念していたのは、あの品々がハウスボートで見つかることだったから」

ケンドラはシュルツのほうに身を乗り出した。「ハウスボートから持ち出したものをいくつかは覚えていますよね」

シュルツはしばらく考えた。「いっしょに行ったコンサートの半券が何枚かあった。彼女に渡したプレゼントも持ち出した。クレジットカードからわたしに結びつく可能性のある品だ。ネックレス一本とブレスレットふたつ。彼女に買ってやったオブジェ」

「どんな?」ベスが尋ねた。

「小さな置物だ。彼女は小さな陶器の靴が好きだった。わたしはよく海外へ行くので、見つけたものを買ってきた」またしばらく考えこむ。「あそこに置いていた自分の服も持ち出した。自分の日用品も」

ケンドラはうなずいた。「〈ゲラン・オム〉のデオドラントスプレー。〈クリード〉のグリーン・アイリッシュ・ツィードのコロン、〈ネロリ・ポルトフィーノ〉の石鹸《せっけん》」

シュルツは驚いた顔でケンドラを見た。「そうだ」

「持ち去っても、においが残っていました。きょうも同じデオドラントとコロンを使っていますね」

「驚いたな」

「そのコロンは特にいいですね。確かジョージ・クルーニーも使っています」

「それは知らなかった」

「それで、全部捨てたんですか」

「いや、服はまだ車に置いてある。日用品やほかのものは黒のランドリーバッグに入れた。どれがわたしからのプレゼントで、どれがもとから彼女が持っていたものか思い出せなくて、疑わしいものは全部集めた。さっき言ったようにあの夜は動転していたから」シュルツは手で切るようなしぐさをした。「以上だ。もう話せることはない。これで全部だ」

「まだです」ケンドラは言った。「もうひとつ訊きたいことがあります」

「もうじゅうぶんだと思うが。わたしの弁護士がいたら話しすぎだと言うだろう」

「弁護士なら、できるだけ警察にはかかわるなと言うでしょう。わたしのほうがずっと扱いやすいはずです」ケンドラはいったん言葉を切った。「でも、あなたにはバッグを探すのを手伝ってもらいます」

シュルツはすぐさま答えた。「ばかを言うな」

「シェイラを殺した犯人を探すためです」

「なぜバッグが必要なんだ？　犯人を見つけるのと、どう関係がある？」

「残念ですが、いまは話せません」

「わたしは洗いざらい話したというのに？」

「あなたは世界各国の新聞やテレビ局、大手ウェブサイトを所有する企業のＣＥＯです。そして、つい数日前にそのウェブサイトのひとつがわたしを貶《おとし》める記事を発表した。その記事を書いた女性は、あなたが同じ価値観を持っていると主張する人物です」ケンドラは頭を振った。「現在捜査中の殺人事件の機密情報を話せるほど信用できなくても、どうかご理解ください」

シュルツは何か言おうと口を開けたが、すぐにまた閉じた。そして薄い笑みを作った。

「一本とられたな」

「では、手伝ってもらえますか」

シュルツは腕時計を確かめた。「無理だ。二時間後にヒューストンに飛ぶ」

「出張は延期してください」

「できない」

「しないということですね」

「できないし、しない。もうじゅうぶん話したし、きみたちとあの丘をうろついているのを目撃される危険を冒したくない」シュルツはケンドラと目を合わせた。「だが、バッグを捨てた正確な場所を教えよう」

「どこです？」

「暗くなってから行くと約束してくれたら教える。そのほうが人目につきにくい」

「わかりました。こちらとしても邪魔は入らないほうが好都合です。どこですか」

「公園に着いたら、ミッション・ゴージュ・ロードを北に走る。六マイルの標識を過ぎたところの左にある斜面の下だ」

ケンドラは携帯電話を取り出して指示をメモした。「まちがいないですね？」

「ああ。とりに戻るかもしれないと思っていたから正確に覚えた。言っておくが、斜面をくだるのは楽じゃないぞ」

「斜面の下にバッグがあるのなら、そんなことはかまいません」ケンドラは体の向きを変え、車へ戻りはじめた。「もし見つからなかったら、また会うことになるでしょう」

9

サンディエゴ郡
ミッション・トレイルズ・パーク

街の東にある乾いた大地に、つい先ほど日が沈んだ。ミッション・トレイルズ・パークは五千エーカーを超える広さを誇り、ハイキングやキャンプを楽しむ人々のあいだで人気が高い。どうやらロバート・シュルツもそうしたファンのひとりらしい。

「あまりいい考えとは思えない」州間高速道路八号線をおりながらベスが言った。「暗くなってから土地勘のない森に分け入るなんて。バッグは何色だと言った？」

「黒よ」

「やっぱりそうよね」

「見えにくいならそのほうがうれしいわ」

「うれしい？」

「好奇心旺盛なハイキング客に見つからずに、まだそこにある可能性が高まるからよ」

「あのCEOがでたらめを言ってる可能性のほうは?」

「わたしは彼の言葉を信じるわ。わたしたちしだいで世間体がよろしくないことになるのをシュルツは知っている。醜聞を公にされるのを恐れたから、シュルツは話す決意をしたのよ」

ベスは道路の両脇に忽然《こつぜん》と現れた深い森に目をやった。「いまは、いくつかちがう決断をしてくれていたらよかったのにと思わずにはいられない」

「わたしとしては、バッグが見つかって、この苦労が報われる発見があることを祈ってるわ。自信がなくなってきてるのよ」

「コルビーからのプレゼント……いったいなんなのかしら」

「わからない。コルビーにとっては、わたしが直接ハウスボートのなかを見ることが重要だった。なんであれ、わたしが見ればわかると思っていたのよ。実際に行っても何も見つけられなかったとき、コルビーがわたしを買いかぶっていたんじゃないかと不安になった」

「ありえない。コルビーはあなたを見くびってるのよ。だから、そもそもあなたにつかまった」

ケンドラは渋い顔をした。「でも、何年もかけて復讐《ふくしゅう》の計画を練ってきたのよ」

「そんなこと関係ない」ベスは一瞬ためらってから続けた。「コルビーの事件や、どうやってあなたがコルビーをつかまえたかの記事を読んだの」

「眠る前の軽い読み物ってところね」

ベスは肩をすくめた。「わたしは読むだけですんだけど、あなたはあれを生き延びたのよね。被害者たちの遺体の下に隠れて、コルビーが通りすぎるのを待った。どれだけ恐ろしかったか想像もつかない。そして、コルビーの頭蓋骨を石で砕いた」

「そのとおりよ」

ベスはためらいがちに言った。「もう一度あのときに戻れたら……」声が途絶える。

「とどめを刺すかって？」

「ええ」

ケンドラはしばらく無言で運転を続けた。「やろうと思えば簡単にできたわ。きのうあなたも会ったFBIのグリフィンは、チャンスがあったのにコルビーの息の根を止めなかったことを、わたしが後悔していると思っている。だからコルビーに囚《とら》われているのだと。真実を言えば……あのとき知っていた事実をもとに判断するなら、わたしはまた同じことをする。コルビーがまた誰かを傷つけることはないと考える理由がいくつもあったから」

「でも、いま知っている事実をもとに判断したら？」

「いまは……わからない」ケンドラは考えこんだ。「あのときとどめを刺していたら、シェイラ・ハンターはきっとまだ生きていた。あと一回か二回石を振りおろしていたら、コルビーは死んでいたのに。四カ月前にサン・クエンティン刑務所でコルビーが処刑されたと思ったとき、ほっとしたことは否定できない。死刑制度には複雑な思いがあるけれど、エリック・コルビーがもうこの世にはいないと思うとうれしかった」

「すごくよくわかる」ベスは考えこみながら言った。「この世界には怪物たちがいて、なかにはわたしたちと世界を分かち合う権利のないやつらがいるのよ」

「ＦＢＩや警察に言わせれば、コルビーはとっくに地球上から消えているらしいわよ」ケンドラはベスをちらりと見た。「だから、あなたがわたしを信じてくれてうれしい。わたしが正しいという根拠は何も示せていないし、あなたが来てからわたしはいくつも失敗をしているのに、それでもここにいてくれる。ありがとう、ベス」

「病院から救い出してもらったあと、わたしが一度も失敗をしていないと思う？　わたしたちはただの人間よ。日々学んでいくの。前にあなたから、そんなことを言ってもらった気がするわ」

「わたしはあなたよりも経験を積んでいる。感情に流されずに理性の声を聞くべきだったのに、コルビーのこととなると調子が狂ってしまうのよ」

「コルビーを追うことに関しては上出来よ。わたしはあなたを信頼しているし、協力したいと思ってる」ベスはにやりとした。「もちろん、暗いなか丘をくだるときには文句を言うかもしれないけど」

ケンドラはバックミラーに目をやり、体をこわばらせた。「もっと切迫した問題がありそうよ。この車はつけられている」

「嘘《うそ》」ベスは反射的に後ろを振り向いた。「確かなの？」

「わからない」ケンドラは唇をなめた。「シュルツがつけられていたと聞いたから、想像力が先走っているのかもしれないと思って、さっきのカーブを曲がるまで様子を見ていたんだけど」ミラーに映るヘッドライトを頭で示す。「あれよ。茶色のシボレー。たぶんカプリスね」

「いつからついてきてるの？」

「よくわからない。誰であれ、運転している人は優秀ね」ケンドラはハンドルを握りしめた。「かなり前からだと思う。コンドミニアムを出たときからかも」

「じゃあ、シュルツが考えていたようなパークレンジャーの線はないわね」

「絶対にちがう」

ベスはまた後ろを見た。「コルビーかしら」低い声で言う。

それこそケンドラの考えていたことだった。「可能性はある」心臓が激しく打っていた。

「コルビーがわたしたちを見張っているかもしれないことはわかっている。次の段階に進むことにしたのかも」車間距離が縮まってきただろうか？「ああ、あなたを連れてこなければよかった」

「それを言うのはなしよ」ベスは言った。「安心安全なときだけわたしを連れていくつもりなの？　わたしはどっぷりかかわるつもりよ。きょうは月が出てるから、次のカーブを曲がったあとに減速してくれたら、運転席の様子を見てみる」

「ヘッドライトが逆光になって――」

「いいからやってみて」

ケンドラはアクセルを踏みこみ、次のカーブに突入した。曲がりきったところで減速する。ヘッドライトの光が見え、カプリスがカーブに入ってきた。

そして勢いよくカーブを曲がる。

追いつかれそうだ。

「行って！」ベスが叫んだ。

ケンドラはすでにタイヤをきしませ、カプリスを引き離していた。

「言ってたでしょう、ヘッドライトがまぶしくて何も見えないって」

「でも、見えたわよ」ベスは後ろを見ながら言った。「運転手の顔は見えなかったけど、でも人影は見えた。ふたりいたわ。あの車には少なくともふたり乗ってる。もっといるかも。後部座席の様子はわからなかったから」ケンドラに向きなおる。「コルビーは誰かと行動をともにするタイプ？」

ケンドラは首を振った。安堵《あんど》がこみあげる。「一匹狼《いっぴきおおかみ》よ」

「それなら、あれはコルビーじゃない」

「そうね」コルビーではなかった。対決の時はまだ先だ。バックミラーを確認した。「でも、速度をあげてきている。こちらを見失いたくないのね」

「レンジャーでもコルビーでもないなら、いったい――」

「いまは考えている暇はないわ」ケンドラは方策を検討した。相手がわからない以上、追っ手たちと対決するわけにはいかない。車もまばらなこの道路ではまくのも難しそうだ。ベスが前方の小さな標識に目を凝らした。「六マイルの標識よ」

ケンドラはアクセルを踏みこんだ。「誰であれ、バッグには近づけたくない。まく方法を見つけてから引き返してきましょう」

「何か手はあるの？」

「いま考えているところ」

ケンドラはまた加速し、追っ手とのあいだにカーブをはさんだ。カプリスは四百メートルほど後ろにいたが、車間をさらに広げる。前方を確認した。右側に、トレーラーハウスが立ち並ぶ一帯があり、その先には何もない。

「つかまって」ケンドラは言った。「ちょっと揺れるわよ」

すばやく右にハンドルを切り、一帯に飛びこんだ。さらにアクセルを踏み、土と小石を巻きあげながら奥へ突進する。そして、ブレーキを踏みこむや、ライトを消した。

静寂。

数秒後、カプリスがうなりをあげて通りすぎていった。

ケンドラは深く息をついて、ベスを振り向いた。「じきに気づいて戻ってくるわ」

「どうするの？」

「わたしには策があると思っているのね。とっさに動いているだけなのよ。道路から離れて、ここから斜面をおりましょう。何分か歩けば標識のところまで戻れるわ」

ふたりはドアを開け、その一帯の端まで走った。金網を乗り越えて、比較的平らな砂漠地帯まで急斜面をおりていく。

ケンドラはカーブした道路のほうを手で示した。「こっちよ」

低い木の枝に顔を引っかかれ、髪を引っ張られながら、ベスは悪態をついた。「そんなに早足で行かないで。月明かりはどこに行ったの？　真っ暗じゃない。顔の前にある手も見えない。あちこちぶつけて痛いったら」

「だいじょうぶ、わたしについてきて」

ケンドラは茂みや低木の木立に分け入りながら、ベスを先導して岩だらけの地面を進んだ。頭上に見える道路のカーブを過ぎる。

ベスはケンドラの腕につかまって体を支えた。「なんにも見えない。例の手術で夜目も利くようになったの？」

「いいえ」ケンドラも息を切らしていた。「あなたのほうがよく見えているはずよ」

「じゃあ、どうしてちゃんと歩けるの」

「勘よ。まわりにものがあると、手や顔にいつもとちがう感覚があるの。障害物が前にあると、何もないときとは音の聞こえ方もちがう。目の不自由な人に訊《き》いてみるといいわ。聴覚誘導と呼ばれているの。いまのわたしは、夜中に目が覚めて水を飲みに行くときくらいしか使わないけど」

「わたしはその直感が発達してないようね」ベスはまわりに目をやった。「でもだんだん目が慣れてきたみたい」

「よかった。視覚のほうがずっと役に立つわ」

「あとどれくらい？」

ケンドラは道路を見あげた。「あと百メートルくらい行ってから捜しはじめたほうがよさそうね。このあたりにはサボテンが生えてるみたいだから気をつけて」

ふたりはサボテンの茂みを大きく迂回《うかい》して、丘に沿って先へ進んだ。斜面の十五メートル上方に道路が走っている。

「まずいわね」ケンドラは丘の荒れた斜面を指さした。「言いにくいけれど、バッグは落ちてくる途中でどこに引っかかっていてもおかしくない」

「ねえ、名案がある。シュルツが街に戻ってくるのを待って、あそこをのぼらせるのよ」

「そんな時間の余裕はないわ。それに、探偵ごっこをしたがったのはあなたでしょう」

「それは言わないで。ああもう、いまごろカリフォルニアのバーでダーツをしていたはずなのに。ずっと快適で安全なところで」

「わたしもよ。これが終わったらいっしょに――」ケンドラはふいに足を止めた。

ベスも立ち止まった。「どうしたの？」

「かがんで」ケンドラはささやいた。

ふたりは大きな岩の影にしゃがみこんだ。ケンドラは上を見あげた。「見えた？」

「何も見えなかったけど」

「ほら」ケンドラが指さした先で、車のヘッドライトが滑るように動いていき、頭上の道路脇で停《と》まった。ライトをつけたままふたりの男が車から降りてきて、下をのぞいた。

ケンドラとベスは息を詰め、しばらく男たちを観察した。

「あれは誰？」ベスが小声で言った。

ケンドラは首を振った。男たちの姿はまだ影のようにしか見えない。「背の高いほうは双眼鏡をのぞいているみたい。暗視装置のライトは見えないから、たぶんこちらは見えていないと思う」

男たちの手に、ほとんど同時にまばゆい懐中電灯の明かりがともった。高出力のライトが丘の斜面を行き来し、ケンドラとベスが先ほどまでいた茂みの上を横切った。

ふたりは低木の茂みの後ろに移動し、懐中電灯が動きつづけるのを見守った。

ケンドラははっとした。「あったわ」

「え？」

暗闇に目を凝らした。「バッグが見えた気がする。懐中電灯の光が真上を通ったの」

「どこか教えて」

ケンドラは丘の麓を指さした。いまいる場所から二十メートルほど先だ。見るべき場所がわかると、黒いビニールに懐中電灯の光が反射しているのが見てとれた。「あそこよ」

「あなたを信じるしかないみたい」

そのとき、男たちが出し抜けに丘をくだりはじめた。

「まずいわ」ケンドラは言った。

「バッグをとってきて」ベスが言った。

「冗談でしょう」

ベスは男たちを頭で示した。滑り落ちるようにしながら急な斜面をおりてくる。「懐中電灯で足もとを照らしているから、いまがチャンスよ。車のところで落ち合いましょう」

「あの男たちはどうするの？　きっと阻止しに来るわ」

「バッグを拾って、すぐにここを離れるのよ。追いかけてはこないから」

「どうしてわかるの？」

「車のところで会いましょう」ベスは茂みのなかに消えた。

ケンドラが止める間もなく、ベスは丘へと駆け出していた。斜面をくだってくる男たちから数メートルしか離れていない。いったい何を考えているのだろう？

けれども、一瞥《いちべつ》しただけで、ベスの言葉は正しいとわかった。男たちは丘をくだるのに集中している。いまがチャンスだ。

ケンドラは先ほど懐中電灯がビニールの表面を照らしていた場所へと走った。だが、低木の茂みとサボテンしか見当たらない。あれは光のいたずらだったのだろうか。

ちがう。あった！

ケンドラは身をかがめ、すばやくバッグに近づいた。

上の方から男たちの罵り声と、丘を滑りおりる物音が聞こえる。

急がなくては。

バッグに手を伸ばした。光のいたずらではなかった。大きな黒いビニールバッグを持ちあげる。口紐《くちひも》が縛ってあり、側面にダウンタウンのクリーニング店のロゴが入っていた。

手に入れた。

何が入っているのかはわからないけれども。

「おい！」

ふたつの懐中電灯がこちらに向けられる。

ケンドラは急いで立ちあがって走り出した。バッグのせいでバランスが崩れ、膝をつく。

「つかまえろ。転んだぞ！」

聞き覚えのある声。

ストークスだ。

あろうことか、尾行していたのはサンディエゴ市警だったのだ。

ストークス、そして……もうひとりの姿は判然としなかったが、ケッチャムだろうか。

中身を調べるまではバッグを押収されるわけにはいかない。急いで立ちあがって走り出した。

また滑った。

六メートルほど転がり落ち、体を強打した。

サボテンの棘《とげ》が顔や首を刺す。

だが、ストークスも足を滑らせていた。少し離れたところで起きあがろうともがいている。

ケンドラは立ちあがり、さっき来た方向へと走った。

止まってはいけない。追いつかれてはいけない。

突然上の道路から、金属が岩にぶつかる轟音《ごうおん》が響いた。顔をあげないうちから、車のヘッドライトが下を向いているのがわかった。光のなかに、道路を見あげたストークスの驚愕《きょうがく》した表情が浮かびあがった。

「やめろ！」ストークスが叫び、丘を駆けあがりはじめたそのとき、カプリスが道路から転がり落ちた。

何が起こったのだろう？

〝追いかけてはこないから〟

ベスだ。

ストークスとケッチャムの怒号と悪態、そして車が岩や木の枝に何度も当たってひしゃげる音が重なった。最後に車はひっくり返り、残っていた金属やガラスもすべて大破した。

走りなさい、ケンドラ。

彼らが呆然《ぼうぜん》としているあいだに逃げるのよ。

ケンドラはバッグを胸に抱え、自分の車へと走った。今回は木の枝もサボテンの棘もほとんど避けられず、あちこちの皮膚に当たった。

かまってはいられない。走りつづけなさい。

あと少し。

丘をのぼり、金網を乗り越える。

「乗って！」

振り向くと、エンジンをかけ、助手席のドアを開けたケンドラの車が待っていた。ベスが運転席に座っている。ふたたび叫んだ。「乗って！」

ケンドラは車に跳び乗った。ドアを閉めるやいなや、車が発進した。

息が整うのを待って、ケンドラは口を開いた。「彼らの車をめちゃくちゃにしたってわかってる？」

「ええ、上出来でしょう？　もう追ってこられない。自業自得よ、エンジンをかけっぱなしで車を離れるのが悪い。悪人にしては詰めが甘いわね」

「刑事としても詰めが甘いと言えるわね」

「刑事？」

「ストークスとケッチャムよ」

「あらら。でもまあ、しかたないわよね。謎の襲撃者から身を守っただけだもの」

「ストークスはきっとすばらしい正当防衛だとほめてくれるわ」

「心配はあとでしましょう。とにかく、しばらくは追っ手は来ない」ベスはケンドラの膝に置かれたビニールバッグを横目で見た。「それなの？」

ケンドラはバッグを叩《たた》いた。「ええ。家に戻りましょう。中身を調べなくちゃ」

「ひどいあざができてるわよ、ケンドラ」一時間後、コンドミニアムに戻ったベスは言った。「わたしよりずっとひどい。座って。きれいにして手当てを——」

「だいじょうぶよ」ケンドラは言った。「あとでやる。いつストークスがやってきて今夜のことを問いつめるかわからないから」

「何ができるっていうの？　彼らが見たのはバッグだけで、中身は知らないでしょう」

「それはわたしたちも同じよ。今回の事件の証拠になると警察が考えるような何かが入っているはず。尾行中や丘をおりてきたとき、警察は身分を明かさないようにしていたけれど、バッグと車の件を考え合わせれば、わたしを連行してまた取り調べる可能性がある。だから急がないと」ケンドラは傷だらけの汚れた手を見おろした。「やっぱり、バッグの中身にさわる前に少しきれいにしてくる。なかのものを全部出して、コーヒーテーブルに並べてもらえる？　キャビネットに手袋が入っているから、忘れずにそれをはめてね」そしてバスルームへ向かった。「すぐに戻るわ」

ベスの言うとおりだ、とケンドラはバスルームの鏡に映った顔を見て思った。髪は乱れ、顔はあざだらけで、手はいばらを摘んでいたかのようだ。簡単に顔と手を洗い、髪に指を通した。

これでいい。

「いろいろ入ってたわよ」ベスが言い、居間に戻ったケンドラを見あげた。「安物も、高級品も、奇妙なものも」そして、コーヒーテーブルの隅を指さした。「これは全部シュルツの日用品。ほかのものとは別にしておいた。残りはほとんどが置物よ。ヘアバレッタとネックレスもあった」ベスは眉根を寄せた。「シェイラはバレッタを使うタイプには見えなかったけど」

「そうね。シェイラはもっとしゃれていて洗練されてる」ケンドラはべっこうと銀でできたバレッタを見つめた。「思い出の品なのかしら」

「感傷的な人にも見えなかった」

「人は見かけではわからないものよ」ケンドラは手袋をはめ、ソファに座ってテーブルの上の品々を調べた。「奇妙なものというのは？」

「ちょっとした形見かしらね」ベスは小さなセロファンの包みを押しやった。子どもの運動靴用の赤い靴紐に、リングがひとつ通してある。

「ケンドラ？」

「確かに奇妙ね。でも、どこかで――」ケンドラは体をこわばらせた。「まさか」

それには答えずに、ケンドラは一心不乱にテーブルの上の品を漁《あさ》り、いくつかを手前により分けた。

「ケンドラ、いったい何を……」

「行かなくちゃ」ケンドラは立ちあがった。クローゼットへ走り、グレーと白のビニール袋をとってくると、手前に集めた品々を袋に入れた。「グリフィンに会ってくる」

「こんな時間に？　もう真夜中よ」

「それでも、会わないと」ケンドラは携帯電話をつかんで番号を押した。「グリフィン、ケンドラ・マイケルズよ。会いたいの。三十分後にあなたのオフィスに来て」

「なぜ行かなければならないんだ?」グリフィンは不機嫌に言った。

口にするのは簡単ではなかった。誰に対しても、告げるのに勇気がいる。グリフィンが相手では拷問にも等しかった。「あなたが……必要なの」

沈黙が流れた。「すばらしい」

「オフィスに来て」ケンドラは電話を切り、玄関へ向かった。「あとで電話するわ」

「だめよ、どういうことなのか説明して」ベスは言った。「こんなふうにわたしを置いていかないで」

「ごめんなさい」ドアが背後で閉まる。ケンドラは繰り返した。「あとで電話する」


「驚いた」グリフィンはケンドラの頭の先から足もとまで目を走らせた。「崖から落ちたような有様だな」

「惜しいわね」ケンドラは来客用の椅子に腰かけた。「そうなっていたら、あなたは打ちのめされていたでしょうね。わたしへの貸しが返ってこなくなる」

「確かにそうだ」グリフィンはデスクの椅子に座った。「わたしの無情な面だけ見たいのならな。残念だよ、わたしは複雑で興味深い人間性を持っているんだが」

「複雑すぎるのよ。張りめぐらされた障壁にしか見えない」ケンドラはグレーのビニール袋をデスクに置いた。「ほんとうは持ってこようか迷ったの。でもあなたはプロだから、先入観に囚われたりはしないと信じることにした」

「ほう?」グリフィンは袋を見つめた。「何を持ってきたんだ、ケンドラ。だんだん興味が湧いてきた」

ケンドラはジャケットのポケットから手袋を出してデスクにほうった。「まずはめて」

グリフィンが手袋をはめると、ケンドラは袋をその前に置いた。

「自分で見てみて。コルビーのことを念頭に置いて」

ケンドラは椅子に寄りかかり、グリフィンが袋の中身をひとつひとつデスクに並べていくのを見守った。最初のうちは無造作だったが、しだいに緊張が見えはじめ、やがて動揺を隠しきれなくなった。「くそっ」低い声で言う。「これはわたしが考えているとおりのものなのか?」目をあげてケンドラを見る。「そうだと言ってくれ」

「もうわかっているでしょう」ケンドラは最初の品を指さした。金色のコンパクトで、中央にターコイズで作った蓮《はす》の花があしらわれている。「これはティファニー・デマルコのものだった。コルビーの三番めの被害者よ。彼女の祖母の形見。遺体が発見された夜、バッグからこれだけがなくなっていた」

ケンドラはタブレット端末のカバーを開け、コンパクトの写った、粒子の粗い黄ばんだ写真をグリフィンに見せた。「遺族からもらった写真よ。まったく同じでしょう」

　グリフィンは青いハチドリが描かれたヘアクリップを手にとった。「これはチュラビスタの少女の……」

　ケンドラはうなずいた。「ダナ・ロブレスよ。十九歳の誕生日に家を出たときには髪にふたつつけていた。六日後、カールスバッドの靴工場でほかの被害者たちといっしょに切断された首が見つかったとき、髪にはひとつしかついていなかった。これがもう片方よ」

「信じられない」

「これも特徴が一致している。写真は出さないけれど、さっき確認した」

　グリフィンは赤い靴紐を持ちあげた。金色のリング型のイヤリングが通してある。「これは？」

「それはふたりぶんよ。イヤリングは六番めの被害者、ラニー・リーディンガーのもの。十二歳遺体がもう片方を身につけていた。靴紐はスティーヴィー・ウォーラックのもの。十二歳になってすぐにコルビーに殺された。左の運動靴の靴紐はそのままだったけれども、右の靴紐は持ち去られていた。赤い靴紐が」ケンドラは椅子に身を預けた。「あと三つあるけれど、その被害者たちについての詳細は省くわ。品物を見れば自分で結びつけられるでしょう」

「ああ」グリフィンはデスクに肘をつき、品々を観察した。「できると思う」

「コルビーの戦利品よ。あの男が逮捕されて刑務所に送られたあとも見つからなかった戦利品」

「どこで見つけた？」

「シェイラ・ハンターのハウスボートよ。コルビーがあちこちに置いていったの。わたしにショックを与え、シェイラ・ハンター殺害にサインを残すために」

グリフィンは眉根を寄せた。「あそこでは見なかったが」

「彼女の恋人が震えあがって、目についたものを全部集めて持ち出したからよ。それを取り返してきたの」

グリフィンはケンドラの顔のあざを見た。「だいぶ犠牲を払ったようだな」

「そうね。これくらいですんで幸運だった」ケンドラはかすかに微笑《ほほえ》んだ。「斜面を転げ落ちたのよ。でも生き延びた」

グリフィンは目の前に置かれた品々に目を戻した。「本物なのか？」

「遺族に確認する必要があるけれど、コルビーががらくたで人をもてあそんでいるのだとは思わない。自分がまちがいなく生きていて主導権を握っていることを、わたしに見せつけようとしているのよ」

「だがやつは、これまでそれを知られないようにしてきた。だからきみは変人扱いされてきたんだ。なぜいまになって？」

「たぶん、時が来たと思っているのよ。コルビーはうぬぼれが強くて、何事も恐れない。これまで潜伏して計画を練っていたけれど、ようやく自分の賢さを見せつける準備が整ったんじゃないかしら。今回は手はじめにすぎない」

「だが、かなり強力なほのめかしだ」

「コルビーがもっとはっきりした証拠を見せないかぎり、まだ受け入れられない可能性がある」ケンドラは苦い顔をした。「これが本物の戦利品とは誰も信じない。あなたもさっき、本物かと訊いたでしょう。証明するまでにはいくらか時間がかかるし、証明されてもまだ懐疑的な人は残る」

「ちがう、最初に訊いたのはどこで見つけたのか、だ。わたしはまぎれもない本物だと思っている」

「それはあなたが捜査を担当していたからよ。品物を直接見たことがある。だからあなたのところに持ってきたの」

「それで、わたしに何をさせたいんだ」

「やるべきことをやってもらいたい。裏づけをとって、コルビーがまだ生きている可能性があることをサン・クエンティン刑務所に認めさせる手伝いをしてもらいたいの」

「これもまた要請か？」

「いいえ、これは義務よ、グリフィン」

「おやおや、退屈な義務だ」

「コルビーの殺害予定リストに載っている人は退屈とは思わないでしょうね」

「そのリストの先頭はきみだ。きみの言うように、コルビーが生きていることをみなに納得させるのに時間がかかるとしたら、きみの番には間に合わないかもしれない」

「自分の身は自分で守るわ。そのために会いに来たわけじゃない」

「わかっている」グリフィンは静かに言った。「その勇気にはいつも感心させられるよ、ケンドラ。きみにはいろいろ苛立《いらだ》たしい面があるが、そこだけは賞賛せざるをえない」

「あなたの賞賛はいらないわ。ほしいのはあなたの手助け。手伝ってもらえる？」

「わかっているだろうが、きみがもっと確かな証拠を見つけてくるまで、コルビー生存を正式に認めるつもりはない。世論の支持がなければリスクは冒せない」

「あなたの保身に興味はないわ。わたしが世論の支持を受けられるよう協力して」

「それはできるかもしれないが」グリフィンはテーブルの品を見おろし、ぶっきらぼうに言った。「サンディエゴ市警はこのいくつかを取り戻したがるだろう。彼らの事件現場から持ち出されたんだからな。わたしは対処に難儀することになる」

「そんなことはないでしょう。あなたはいつも、最終的には自分の思いどおりにする」ケンドラは立ちあがった。「あなたにこれを持ってきたのは、本物かどうか速やかに確認してもらうためと、手がかりが含まれていればそれも見つけてもらうためよ。警察には渡さないで。彼らがわたしをどう思っているかは知っているでしょう。これがごみ箱にうずもれるのは困る。わたしが頼んだことがわかるまで、手元に置いておいて」

グリフィンは肩をすくめた。「善処しよう。だが、きみからあのストークスという刑事に媚《こ》びておいてもらえたら助かる」

「媚びる？　わたしがそんなことをするなんて思う人はひとりもいない」

グリフィンは含み笑いをした。「確かにな。だが事情を話して、融通を利かせてもらえないか頼むことはできるだろう」そして笑みを消した。「きみしだいだ。それで時間が稼げる」

もちろんそうするつもりだった。けれども、グリフィンはそれがどれだけ難しいことかわかっていない。丘での出来事があったあとだ。あざを作ったのはこちらだけではない。

ケンドラはオフィスのドアへと向かった。「じゃあ仕事にかかってね、グリフィン。屈辱を味わったあげくに無駄骨折りでしたというのはお断りよ」

10

ベス。

ケンドラはエレベーターのボタンを押して、凍りついた。

ベスはきっとわたしを殺す気まんまんだ。

すばやく携帯電話を取り出し、番号を押した。「ベス、グリフィンのオフィスに行く途中で電話するつもりだったのよ。でもグリフィンにどう切り出そうか考えていたら――」

「落ち着いて、ケンドラ。言い訳には興味ない。知りたいのは事実だけ」ベスはいったん言葉を切った。「でも、ひどいことをしたと後悔してくれてるのは認める。今夜わたしたちはふたりで窮地を切り抜けたんだから、いっしょに事に当たるべきだったのよ」

「ほんとうに悪かったわ」ケンドラは言った。「でもわかった、言い訳はしない。説明だけするわね。コーヒーテーブルの上の品物を見たとき、動転してしまって、わたしの知っていることを同じように知っている人と話さずにはいられなくなったの。あなたは友達だけど、それとは別の問題で……靴紐《くつひも》を見たら、すべての記憶がよみがえってきたのよ」

「事実だけを言って」ベスは繰り返した。「それを聞いてから、許すかどうかを決める」

「オーケー」ケンドラはエレベーターに乗りこんだ。「靴紐を見て思い出したの。あなたはあれを奇妙だと言ったでしょう。そのとおりなのよ。コルビーはわたしの注意を引こうとしていて、あれがその役目を果たすと知っていた。靴紐が片方だけ、少年の靴から消えていたの。誰も発見できなかった……」

すべてを話しおえたころ、家に着いた。「それで、いまはグリフィンからストークスをなだめるよう頼まれているの。あなたも承知のとおり、かなり手こずりそうだけど」

「あら、どうかしら。ストークスはあなたのことを気に入ってると思う」

「わたしを殺人犯だと疑ったり、丘から転げ落ちさせたりしているのに？」

「少なくとも、能力には敬意を払っているでしょう？」

「それとこれとは話が別よ」ケンドラはコンドミニアムの錠を開け、ドアを開いた。ソファで丸まっていたベスが、ケンドラを見て電話を切った。「ストークスを説得してグリフィンの意向を叶《かな》えるうえでは関係ない」ケンドラはベスの向かいの椅子に座りこんだ。

「でも、とにかくやってみるわ」そしてベスの顔を見た。「それで、評決は出た？　あなたを置いていったこと、許してもらえる？」

「今回はね」ベスはかすかに笑った。「あなたはひどい緊張にさらされていた。でなければ許していないわ。あんな仕打ちをすべきじゃなかったのよ、ケンドラ」

「わかってる。昔はひとりで動いていたから、さっきはそのころに引き戻されていたの」

「リンチはいなかったの？」

「リンチは独立した人間よ。わたしと同じように。ときどき……協力し合うだけ」

「それは興味深い言いまわしね」ベスは立ちあがった。「でも、追及はしないでおく。もうホテルに戻って寝るわ」そしてテーブルの上の品々を手で示した。「全部写真に撮ってリストを作っておいた。見落としがないか、あとで確認したくなるかもしれないと思って」さらに、パソコンを示した。「シェイラ・ハンターの同僚の住所と電話番号をまとめたから、あした電話して、何か新しい情報を聞き出せないかやってみる。コルビーが刑務所で連絡をとっていた相手のリストをグリフィンから入手すると言っていたけど、もらえた？」

「まだよ。せっついておく」

「どうやら、グリフィンもせっついてキャリアを築いてきたみたいね」

「グリフィンにはおもしろくないことにね」ケンドラは付け加えた。「でも今回は別よ。グリフィンほどひねくれている人はほかにいないけれど、コルビーについてはわたしを信じてくれている気がする。グリフィンにとって、コルビーは悪夢だった。また頭痛の種になるのを未然に阻止したがっている。だから、警察に奪われる前にグリフィンに証拠を託したかったの。コルビーがまだ生きていることを示すかもしれない証拠を」

「人殺しもしているかもしれない証拠よ」

「そうね」ケンドラは言った。「あしたの昼までにファイルを渡せるようにするわ」

「よろしくね」ベスは手を振り、部屋を出ていった。

ベスの声にまだ冷たい響きが残っていることにケンドラは気づいていた。

だが、しかたがない。ベスは命をかけて行動をともにしてくれたのに、それを無視してグリフィンのもとに駆けつけたのだから。そんななかでもベスは協力しようとしてくれている。

埋め合わせをする方法を見つけなくては。でも、いまは疲れすぎて何も考えられない。

テーブルの上の品々を眺めた。ほかにコルビーが持ちこんだものはない。痛ましい戦利品は先ほどすべてより分けた。シェイラ・ハンターの遺品を慎重に黒いバッグに戻し、玄関ドアのそばに置いた。

シャワーを浴びてベッドへ行き、ストークスが電話をかけてくるかドアを叩《たた》くまでに、いくらか眠れることを祈った。どちらかが起こることは確信していた。こちらにとっては幸いなことに、おそらくこれまでは市が所有する車を失った弁明に追われていたのだろう。先手を打ち、ストークスに電話してバッグを渡すべきかもしれない。そうすれば協力的な姿勢を見せることができる。

けれども、いまは動く気になれなかった。戦利品を見たせいで、過去がまだ心にまとわりついていた。

それがコルビーの狙いだったのかもしれない。それでも戦利品を取り戻して、コルビーを喜ばせるしかなかった。

シュルツもコルビーも、地獄に堕《お》ちればいい。

そして、いまもコルビーの駒にされている哀れな被害者たちに、平穏が訪れますように。


電話ではなく、ドアだった。

翌朝、ケンドラがオレンジジュースを飲んでいたとき、階下のドアブザーが鳴った。

「おはよう、ドクター・マイケルズ」ストークスの冷ややかな声が言った。「来ることは予想していたと思うが」

「ええ。どうぞあがってきて」

数分後、玄関ドアがもどかしげに叩かれた。

「入って」ケンドラはドアを開け、脇にどいた。「あなたが取り調べに来ると思わなかったら、わたしは愚か者ということになる」目がストークスの顔へと向かう。引っかき傷だらけで、左目の下に紫色のあざができている。「少しばかりお疲れのようね」

「きみもな」ストークスは言った。「あの丘できみを見かけたが、気づいていたか？」

「ええ。否定すると思った？　わたしは獣のように狩られようとしていた。逃げるのは当然でしょう。あなたは身分を明かさなかったから、丘をおりてくるまで誰が尾行しているのかがわからなかった。いろいろな可能性が考えられたのよ」

「エリック・コルビーとか？」

「その可能性もあった」ケンドラは皮肉たっぷりに言った。

「きみが逃げなければ、こちらも――」

「監視されていることも聞いていなかった」

「監視は秘密裏にやるものだ」

「確かにそうね。監視されていると予想しておくべきだった。でも、そのあとの手際はいまひとつだったわね」

ストークスは顔をしかめた。「上司にもそう言われた。きみはおれの車を壊したかどで逮捕されることになるだろう」

「どうやって壊したというの？　わたしは車には近よらなかった。道路から車が落ちてきたとき、わたしがどこにいたか見ていたでしょう」

「きみは家を出たとき、ベス・アヴェリーを連れていた。彼女は丘にいなかった」

「ベスがやったという証明は？　目撃者はいない。あなたは車のエンジンをかけっぱなしにしていた。事故かもしれないでしょう」

「証拠を見つける」

「ねえ、上司に絞られたのはわかるわ。まだぴりぴりしているんでしょう。別に迷惑をかけるつもりはなかったのよ。わたしたちがあそこにいたのはそんなことのためじゃない」

ケンドラは後ろを向き、黒いビニールバッグを持ちあげた。「これが理由。受けとって」

ストークスはバッグを開け、なかをのぞきこんだ。「なんだ？　瓶や置物のようだが」

「そのとおり。事件の夜にシェイラ・ハンターのハウスボートから持ち出された品よ」

「きみが持ち出したのか？」

「もちろんちがうわ」

「コルビーか？」あざ笑うように尋ねる。

「いいえ。ただし、見つけさせようとしたのはコルビーよ。もっと重要な品物といっしょに」ケンドラは眉根を寄せた。「でも、ある人物が邪魔をして、コルビーがわたしのために用意したサプライズを台なしにした。シェイラ・ハンターの恋人がパニックを起こして、品物を集めて持ち出したのよ」

「シェイラ・ハンターを殺した犯人だからか？」

「いいえ、殺したのはコルビーだと前にも言ったでしょう」

「そうだったな。幽霊のミスター・コルビーだ。じゃあ、これを盗んだのは誰なんだ？」

ケンドラは首を振った。「取り引きをしたの。バッグを隠した場所を教えてもらう代わりに、名前は伏せておくと約束したのよ」

「それなら、きみも証拠隠匿の共犯だ」

「ばか言わないで。わたしはバッグを盗んだんじゃない。見つけたのよ。そして、いまあなたに渡そうとしている。わたしが話さなくても、持ち出した人間は簡単に突き止められるはずよ。シェイラ・ハンターの関係者は全員調べたんでしょう。その人物はこのなかのものにふれているし、わたしやベスとちがって手袋はしていなかったはず。パニックになっていたから」

ストークスは黙りこんでバッグを見おろした。「中身はすべてそのままということか」

「いいえ」

ストークスは鋭い目つきでケンドラを見た。「いいえ？」

「でも、条件つきで見ることはできる」

「条件だと」ストークスは静かに繰り返した。「どういう意味だ」

「いくつかの品をグリフィンに渡して調べてもらっているの」

「おれの現場の証拠品をか」

「正確にはちがうわ」ケンドラはためらってから続けた。「戦利品よ。ハウスボートには、コルビーの過去の事件にかんする戦利品が置かれていた。わたしをあざ笑うためにコルビーが置いたのよ。被害者の遺族から確認がとれれば、コルビーが生きている証拠になる」

「そうしたら、きみは望んでいたものを手に入れることになるわけか」

「何人もの命を救えるかもしれない証拠よ。そう、まさしくわたしが望んでいたもの。あなたが望むべきものでもある」

「おれが何を望むべきか、指図するのはやめてくれ。おれは悪党に正義をなして、市井の人々を守りたいと思っている。おれは刑事で、それもなかなか優秀だ。少なくとも、きみが現れるまではそう思っていた」こわばった表情を浮かべたストークスは目をぎらつかせた。「そのあと、上司から二回叱責を受け、自分の車が丘から落ちるのを見た。おれの望みは、シェイラ・ハンターを殺した犯人をつかまえて、きみをおれの人生から追い出すことだ。きみのいかれた説を証明するのはおれの仕事じゃない。コルビーは死んだんだ」

「生きているのよ、ストークス。わたしが信じられないならグリフィンに訊《き》いて。グリフィンもやはり疑っていたけれど、いまは信じている。いえ、考えを改めはじめるくらいには信じている。グリフィンと話をして、彼に協力して」ケンドラは言葉を切り、なんとか説き伏せようとストークスを真剣な目で見つめた。「ねえ、事件の夜、ハウスボートであなたはわたしを助けてくれた。わたしが犯人をつかまえたいと思っていることを知っていたからでしょう。迷いはあったかもしれないけれど、あなたは自分の直感を信じた。その直感は正しかったのよ。わたしは潔白で、怪物に正義をなそうとしているだけ」

ストークスは無表情だった。「言いたいことはそれだけか？」

ほかに何が言えるだろう？「そう思うわ」

ストークスはドアに向きなおりはじめた。「きょうは逮捕はしないが、今後のことはわからない」手に持ったバッグに視線を落とす。「きみは標準的な捜査手順を無視して無茶をした。もし証拠を台なしにしていたら、結果に向き合ってもらうことになる」

「なんであれ甘んじて受けるわ。とにかく、グリフィンに協力してくれるわね？　戦利品の確認を進めさせてくれるでしょう？」

ストークスはドアを開けた。「話をしてみよう。コルビーは生きているとグリフィンがおれを納得させられるか、試してみる。それがおれの義務だ」

「ありがとう、ストークス。あなたは立派な人だわ」

「おれが？　きみこそ立派なんじゃないかと思うが」ストークスは振り返った。「だが、おれは今回の件をまったく信じていない。コルビーは疑いの余地なく死んでいる。いまや人畜無害だ。真実を受け入れれば、きみももっと生きやすくなる」

「真実ならとっくに受け入れているわ」

ストークスは肩をすくめ、出ていった。

ケンドラはそれをしばらく見送った。ストークスは思っていた以上に公平に対処してくれた。もっと突っかかることもできたのに、一歩引いてチャンスを与えてくれた。

少なくとも、息をつく時間をくれた。

さっきの言葉のとおり、わたしとサンディエゴ市警のあいだの問題にこれで片がついたわけではないが、第一歩ではある。

そして重要なのは、ストークスがグリフィンの障害にはならなさそうだということだ。グリフィンの弁舌をもってすれば、コルビーが生きている可能性があることを多少なりともストークスに理解してもらえるだろう。

グリフィンに託されたその難題を伝えるべく、ケンドラは電話機に手を伸ばした。

電話番号を押したケンドラは、サムがすぐに出たことに驚いた。

「いつ連絡が来るのかと思ってたよ」サムが言った。

「ちょっと忙しかったのよ」

「だろうな。いかれた殺人犯を挑発するのはさぞ骨が折れるだろう……」

「え?」

「きみとコルビーがワードファイルで交わした会話をさっき見つけたんだ。やりとりしたことは聞いてたが、やつを挑発したとは言わなかったじゃないか。きみはばかか?」

「そうかもね」

「いかれたやつらの扱いにはおれよりずっと慣れてるだろうに。ああいう態度は危険だ」

「コルビーは恐怖を食べて生きているのよ。強気に出るのがいちばんなの」

「それでも、あれはアレルギー持ちが蜂の巣に頭を突っこむようなものだ。やめてくれ」

「わたしに知らせたいことがあるんでしょう？　サム」

「まったく、おれの心配は無用ってわけか」

「そんなことはないわ。ときどきはそういう言葉をかけてもらう必要がある」

「だが、いまはそういうときじゃない？」

「ええ。コルビーがどれだけ危険かはわかっている。信じて。あの男に何ができるか、この目で直接見たんだから」

「胸くそ悪い野郎だ。おれもこの目で直接見た」

「どういうこと？」

「きみのハードドライブをじっくり調べた。予想していたとおりだったよ。やつはきみのパソコンのマイクを使って、近くの物音をすべて拾っていた。パソコンの電源が切れているときみが思っているときも」

「カメラも使われていたのね」

「ああ。ウェブカムも使われていた。少なくとも、上蓋が開いていたときには」

背筋が冷えた。コルビーがこちらの姿を見て、会話を聞いていた……。「ウェブ上からハッキングしたの？」

「ちがう」

「じゃあ、どうやって？」

サムはしばらく黙りこんだ。「そこがぞっとする部分なんだよ、ケンドラ」

ケンドラは話の先を悟った。「まさか、そんな」

「ああ。このソフトウェアはパソコンにローカルでインストールされていた。パソコンに直接向かって。おそらく車かオフィスにパソコンを置きっぱなしにしたときに……」

「いいえ、パソコンを持ち出すときは常に身のまわりに置いていた。直接インストールされたのだとしたら……」言葉にするのもぞっとした。「この家のなかでやったのよ」

「それを恐れていたんだ」

ケンドラは吐き気をこらえながら部屋のなかを見まわした。ヘアブラシ、パソコン……家。エリック・コルビーがここに侵入し、手をふれた。

「ケンドラ?」

「聞いているわ。事実をのみこもうとしているの」

「わかるよ」サムは口ごもった。「コルビーの協力者については何かわかったか?」

「まだよ。いま調べているところ」

「こちらも居場所を特定する幸運には恵まれていない。そいつがパソコンにインストールしたソフトは、通信が終わるたびにＩＰアドレスのデータを破棄してしまうんだ。だが、手は打てると思う……」

「何をするの?」

「パソコンを組み立てなおして、インターネットにつなぐ。そうすれば、向こうの使っているパソコンと接続しようとするはずだ。パケットを監視すれば、接続が確立したときに向こうの場所がわかるかもしれない」

「ほんとうにそんなことができるの？」

「簡単じゃないが、おれみたいな天才には挑戦こそが生き甲斐《がい》なんだ」

「そのうぬぼれをへし折ってやりたいけど、あなたのやる気をくじきたくはないわ。どうしてもやってもらわなくちゃならないのよ、サム」

「わかってる」サムの声は心配げだった。「きみを怖がらせるつもりはなかったが、知っておいたほうがいいと思ったんだ。セキュリティの専門家をすぐにそちらに行かせるよ。そこはあまり安全とは言えない」

「安全だと思っていたのよ。前に問題が起こったときに、危険のありそうな箇所にはすっかり対策をとったつもりだったの」

「漏れがいくつかあったようだな。ひとつだけだったのかもしれないが、それで向こうには事足りた」

「そうね。ひとつでじゅうぶんだった」ケンドラはまた居間に目をやった。コルビーはこの家のどこを歩いたのだろう。このソファに座ってパソコンを見おろしたのだろうか。キッチンは？　寝室は？

ああ、そのときわたしは部屋のなかにいたのだろうか。

コルビーは不敵にもわたしの在宅中に侵入した？　あの男ならやりかねない。コルビーはうぬぼれやで、ことあるごとに自分の賢さを見せつけようとする。すぐ近くにいるのにわたしが無防備な姿をさらしているのを見て、ほくそ笑んでいたのかもしれない。

「おれがそっちに行って、いっしょにいようか？　セックスからビデオゲームの必殺技のコーチまで、なんでもご要望に応じるよ」サムは言った。「もちろん、お代はいらない。おれのサービスは引く手あまただけどね」

「いいえ、あなたはそのパソコンに集中して」ケンドラは言った。「家の対策は自分できちんとやるわ」そして、きっぱりと続けた。「もしまた侵入してきたら、コルビーは後悔することになる。何かわかったらすぐに連絡してね、サム」

ケンドラは電話を切り、深く息を吐いた。安全を確保すると豪語したものの、不安でたまらなかった。いいわ、錠前屋に連絡して鍵をすべて取り替えてもらおう。窓やドアを全部調べて、問題がないか確認しなくては。

銃に弾をこめて、枕もとに置いておこう。それからクローゼットに行って、オリヴィアにもらった護身グッズの箱をとってくる。バッグと枕の下にいくつか忍ばせておいても害はない。

サムは電話を切って、ヘッドセットをとった。心配でたまらなかったが、ケンドラがセキュリティ対策を強化すると言ってくれて、少しは気が楽になった。コルビーがケンドラのパソコンにそこまで接近していたと知ったときには衝撃を受けた。

ケンドラは不要なリスクを負うほど愚かではないと理解しているべきだったが、リスクと目的を秤《はかり》にかけて、目的を優先しかねないとも思ったのだ。いまも、ケンドラは視力を取り戻した直後の無鉄砲さを失っていない。怖い物知らずで、肝が据わっている。

サムは散らかった居間を歩きまわった。ミル・ヴァレーにあるこの平屋は、ある企業と最近結んだサイバーセキュリティ契約の報酬すべてを注《つ》ぎこんで手に入れたもので、人里離れた静かな場所にありながら、サンフランシスコのナイトライフも手軽に楽しめるという稀有《けう》な条件を満たしている。セコイアの森に囲まれ、ツリーハウスで暮らしているかのような気分を味わえるが、室内の棚には回路基板やハードドライブなどのギア類がところ狭しと並べられている。十数台のモニターの光があたりを照らし、さまざまなプロジェクトの状況を表示している。

サムは外の暗がりに目を向けた。バーで友人たちに合いたかったが、サムがプロジェクトに夢中になっているときにはみないつも理解してくれる。そして、ケンドラ・マイケルズはとんでもない難題を持ってきた。

ダイニングテーブルに置いたパソコンを見つめる。組み立てなおしは終わり、いつでも起動できる状態だ。なのに、なぜ電源を入れない？

理由はわかっていた。これは怪物の目であり、耳だ。

そんなことは考えるな。サムは自分に言い聞かせた。怪物はいま、こちらの領域にいる。サムはネットワーク監視システムをチェックし、ケンドラのパソコンに接続してくる相手を特定する準備が整っていることを確認した。

システムは準備完了だ。

指を電源ボタンに伸ばし、最後にもう一度心のなかで確認をした。

ぐずぐずするのはここまでだ。

ボタンを押した。電源が入る。

パソコンが立ちあがりはじめた。一分もたたないうちにオペレーティングシステムが起動し、インターネットに接続した。

サムは監視モニターを見つめた。オンラインアクティビティが実行されている。けれども、コルビーの側のシステムがオンラインで待機しているとはかぎらない。接続が確立するまで何時間、何日かかるかは――

「やあ、サム」

ひび割れたささやき声がケンドラのパソコンのスピーカーから聞こえた。

サムは凍りついた。

「聞こえているだろう。よかった。このときを待っていたんだ。待ち焦がれていた」

サムはゆっくりとケンドラのパソコンを振り返った。

くそっ。観察されている。

「誰だ?」サムは動じていないふうを装ったが、声が震えているのがわかった。

「サム、おれたちはもうそういう間柄じゃないだろう。昔からの親友のような気がするよ」男はからかうような声でゆったりと言った。ささやき声だが、滴るような悪意を感じた。

「親友なんかじゃない。赤の他人だ」

男が笑い、サムは息ができなくなった。「おれはあんたを知っている」なぜか、その笑い声はひどく威圧的だった。

ひるむな。「そうは思えない」

「もちろん知っているさ、サム・ザコフ。あんたはケンドラの白騎士だ。大勢いるなかのひとりだよ」

汗が噴き出るのを感じた。このパソコンはもはや顔のない道具ではない。怪物の住処《すみか》だ。

そして、怪物はこちらの素性を知っている。

「おれを見つけようとしているようだな」

サムは監視モニターに目をやった。「もう見つけたかもしれないぞ……コルビー」

「ほら、やっぱりおれを知っているじゃないか」含み笑いをもらす。「こちらも、あんたをもう見つけたかもしれないぞ」

〝コルビーは恐怖を食べて生きているのよ〟

まだしゃべるな。声に恐怖をにじませるな。

「森のなかのきれいな家だな。夜に見つけ出すのは至難の業だ。だが、不可能ではない」

くそったれ。

「それに、人里離れている。そこならなんでもできそうだ。近所の住人に気づかれることは、けっしてない……ところで、家のまわりにめぐらせたポーチが実にいいな」

サムの目が玄関ドアにちらりと動いた。

「ドアを施錠してあるか？　確かめてきたほうがいい。行ってこい。待っている」

「確認する必要はない」

「自信たっぷりだな、サム」

「この家のセキュリティシステムは自分で設計した」

「セキュリティシステムか。サム……一度破られたら――どんなシステムも破られるものだが――今度は味方を締め出すのにも使えるんだよ。どんな気分か想像できるか？　声をかぎりに叫んでも、味方はきみの高価なセキュリティシステムの向こう側で指をくわえているしかないと思い知るのは」

サムは答えなかった。

「想像できないか？　じきに実感することになるだろう」

サムはすばやく首をめぐらし、武器になるものを探した。ランプはどうだ？　サイドテーブルにあるワインのボトルは？　役に立ちそうもないものしか見つからない。

「銃はないのか、サム。そうだろうな、あんたは力ではなく脳みそで勝負するタイプだ。ふむ。その後ろにあるクリケットのバットはどうだ……」

サムは手荒くパソコンの蓋を閉じた。

また笑い声が聞こえた。まだ電源は入ったままだ。

「そんなことをする必要があったのか？　そちらの世界に開いた窓を楽しんでいたのに」

「がっかりさせて悪いな」

「気にするな。自分で窓を切り開くのは得意だ」

サムはパソコンから離れ、ネットワーク監視システムのUSBメモリを引き抜いた。別のパソコンのそばへ行き、トラックパッドに指を滑らせて起動する。矢印キーで、外に設置してある四台の防犯カメラの映像を順にチェックした。

異常なし――見たところでは。

蓋を閉じたパソコンからコルビーの声が響いた。「ああそれから、その家の廊下と寝室のフローリングについても感想を言っておこう。なかなか趣味がいい……」

くそっ。

サムはパソコンを抱えあげ、玄関へ向かった。置いていって怪物から逃げたかったが、できなかった。ケンドラと約束していたし、そんな臆病な真似《まね》をするのはプライドが許さなかった。途中で、クリケットのバットを手にとった。

「逃げるのか、サム……」

「なぜこんなことをする？」声に恐怖が混じらないようにしながら、サムは言った。

「ゲームはまだ終わっていないことをケンドラに伝えたい。まったく終わってなどいない。だが、それをはっきりわからせるには誰かの犠牲が必要だ」

「そんな必要はない。ケンドラはおまえが生きていると確信している」

「まだじゅうぶんではない。はっきりとしたメッセージを送らなくてはならない。その役には白騎士が最適だろう」

サムは深く息を吸いこみ、玄関ドアを勢いよく押し開けて車へと走った。途中、何度か振り返り、コルビーの気配がないか探った。

誰もいない。

車のそばまで来ると、リモコンキーでロックを解錠し、車内に誰もいないのを確かめて運転席に乗りこんだ。

ドアをロックし、震える手でエンジンをかけた。

「もう行くのか?」コルビーがパソコンからささやいた。「忘れずにケンドラにメッセージを届けてくれ。届けてくれなかったらおれはひどく失望することになる。おれを失望させたくはないだろう……」

「変ね」ケンドラはサムからの電話を切り、ベスを振り返った。「なんだか……いつものサムとちがっていた」

「どんなふうに?」

「わからないの」ケンドラは眉根を寄せた。「でも、なんだか気に入らない」

「サムはこっちに来るって?」

「ええ。サンフランシスコから車で向かっているところ。すぐにも着くそうよ。近くまで来ているって」

「じゃあ、問いつめてはっきりさせればいいわ」ベスはにやりとした。「わたしとしては、サムが来てくれるのはうれしい。とうとう会えるのね」カウンターへ行き、コーヒーを入れる。「これでお礼を言える」

「きっと聞き流すわよ。病院のシステムに入りこむのを楽しんだだけだって言っていたもの」

「それでかまわない。わたしが感謝していることを知ってもらえればいいの」ベスはコーヒーを飲んだ。「それに、おもしろそうな人だし」

「ああ、それはまちがいないわ。すごい人よ。いっしょにいると、頭をフル回転させられる。アインシュタインでもないかぎり、ついていくのはひと苦労——」ドアベルが鳴り、ケンドラは口ごもった。「サム？」建物の入り口を解錠する。「あがってきて」そして、ベスに向かって言った。「すぐ近くにいたようね」

ほどなく、サムがドアを叩いた。

「わたしが出る」ベスはカップを置き、玄関へと急いだ。そしてドアを開けた。「あなたがサムね。わたしはベス・アヴェリー。ずっと会いたいと思って——」

「やあ。ケンドラはどこだ？」サムはベスを押しのけ、部屋に入った。「何を考えてるんだ、ケンドラ。相手も確かめずにドアを開けるなんて。おれが名乗る前にドアを解錠しただろう」パソコンとブリーフケースを椅子に投げ出す。「あの怪物に殺されたいのか」

「わたしも、あなたに会えてうれしいわ」ベスは皮肉たっぷりに言った。「あなたほど礼儀正しい人はめったにいないもの、サム・ザコフ」

「気を静めて、ベス」ケンドラはサムを見つめた。髪が乱れ、目は充血している。そして見まちがいでなければ、手がわずかに震えている。いつものサムではない。「サムは無作法にふるまっているわけじゃない。きっと……何かあったのよ」ケンドラはサムをソファに座らせた。「そうでしょう？　サム」

「そうとも言える」サムはベスに目を向けた。「おっと、すごい美人じゃないか。そのコーヒーをおれにももらえないか」

「いいけど」ベスはカウンターに歩みよった。「ブラック？」

「いや、とびきり濃いやつにミルクと砂糖を入れてくれ」

「濃いのが台なしになるわよ」

「きみはきみの好みで飲んでくれ。おれはおれのやり方で飲む」サムは目を閉じた。「いまは議論をする気分じゃないんだ。彼女が火花を散らしてるのを感じる。ケンドラ、守ってくれ」

「いつから守り手が必要になったの？　まあ、ベスはかなり手強《てごわ》い相手だけど」

「そうだと思ったよ」サムは目を開け、深く息をついた。「よし、落ち着いてきた。ここはとても安全な場所だと感じる」そしてケンドラと目を合わせた。「だが、おれたちはふたりとも、それが真実でないと知ってる」

「二時間前に鍵を全部取り替えてもらったわ。前よりは安全になったはずよ」ケンドラは首を傾けた。「何が落ち着いてきたの？　なぜわたしの安全をそんなに気にするの？」

　サムは顔をしかめた。「いま気にしているのはおれの安全だ。きみの安全を気にしていないわけじゃないが、いまはちょっと動揺していてね。自己中心的になってる」

「なぜ動揺しているの？」ベスがコーヒーカップを手渡した。「確かに自己中心的で無礼。

どういうことなの」

ケンドラはサムが椅子に置いたパソコンを見おろした。「それは……わたしの？」

「いや、いつも車に置いているおれのパソコンだ。メインマシンは家に置いてきた。急いでいたから」サムはコーヒーを飲んだ。「きみのパソコンも持ってきたが、車のトランクに入れて施錠してある。ここに来るあいだ、近くに置いておきたくなかったんだ。あとでとってくるよ。だが、返すために持ってきたわけじゃない」

「じゃあ、なぜサンディエゴまで持ってきたの？」

「調べる必要があるからだよ。約束をまだ果たせていない。思うように進んでいないんだ」サムは目をこすった。「だが、必ずやりとげる。もう少し時間をくれ」

「時間なら好きなだけ使って。コルビーの居場所を突き止めようとしてくれていること、ほんとうに感謝しているのよ。どうしても見つけなくちゃならないの」

「わかってる」サムは口ごもった。「そして、やつもそれを知ってる」

ケンドラは体をこわばらせた。「え？」

「コルビーはおれが居場所を突き止めようとしているのを知ってる」サムの唇がゆがんだ。「おれのことを、きみの白騎士と呼んだよ」

「そんな」ケンドラはソファのサムの隣に座りこんだ。「コルビーと会って話したの？」

「そうじゃない。やつはおれの領域に侵入してきた。またきみのパソコンを使ったんだ。

今回は音声バージョンだったが。まったく、実に効果的だったよ」

「わかるわ」ケンドラは唇を湿らせた。「何を言ったの？　何があったの？　話して」

「ああ」サムはコーヒーに目を落とした。「おれはスーパーヒーローにはほど遠いふるまいをしたが、きみにはやつの言葉をすべて聞く権利がある」そして、家での出来事をかいつまんで話した。「だからここに来たんだ。直接会って、あの男の脅しを伝えたかった」

「新たな犠牲者が出る」ベスが言った。

「それは最初から想定していたわ」ケンドラは言った。「コルビーは殺しをやめない」陰鬱な声で付け加える。「わたしが止めないかぎり」

「あるいは、あの男があなたを止めないかぎり」ベスが言った。「なのに、なぜわざわざ警告するのかしら」

「わたしを怖がらせたいのよ。次は誰なのかと不安にさせたいの」ケンドラはサムを見た。

「そして、コルビーはあなたをメッセンジャーに選んだ。なぜかしら」

サムは肩をすくめた。「きみのパソコンを持っていたからか？」

「ちがう。別の方法も使えたはずよ」ケンドラは考えこんだ。「コルビーはあなたを白騎士と呼んだ。わたしたちの関係を知っているのよ。あからさまな脅しだわ」

「次の犠牲者はサムだというの？」ベスが言った。「サムを自分自身の死のメッセンジャーにするなんて、あくどすぎる」

「おれとしてはその説は買えないね」サムはカップをテーブルに置いた。「それに、おれはきみの白騎士じゃない。ただの友達だ。それも臆病な」

「この件にかかわってくれているだけで勇敢よ」

サムは悪態をついた。「なあ、やつがゲームを仕掛けてきたとき、おれはあやうくズボンを濡《ぬ》らしかけたんだ」

「それなら無理はしないで。パソコンはFBIのラボに持っていって調べてもらうから」

「それであの男に勝たせるのか？　ここに来るまで、運転しながら考えてたんだ。コルビーがおれを使い走りに選んだのは、おれが危険にさらされているときみに思わせて、恐怖を煽《あお》るためじゃないかって」サムは顔をゆがめた。「あるいは、おれが核心に迫りすぎたから、震えあがらせようとしたのかもしれない。効果てきめんだったよ。やつは、おれにきみを見捨てさせたかったのかもしれない」

「どちらにしても、これ以上あなたを巻きこみたくないわ」ケンドラは間を置いて尋ねた。「ほんとうにコルビーはあなたの家にいたんだと思う？」

「そう思わせようとしていたが、よく考えると、実際にはいなかった可能性が高い。最初にきみのパソコンに侵入した夜、きみがおれと電話で話すのをやつは聞いていた。おれのフルネームも話に出ていたと思う。名前がわかれば、おれのことや住所を調べるのは簡単だ」

「でも、家の様子を話して聞かせたんでしょう」ベスが言った。

「口にしたのは家のなかの変化しない部分だ。ポーチ、寝室や廊下のフローリング……だが、おれが持ちこんだものについてはふれなかった」サムはテーブルからベスのiPadをとり、検索ボックスに何かを打ちこんだ。オンラインのフォトアルバムが表示されると、画面をスクロールしてサムの家の写真を出した。「ベイエリアの不動産業者のページだ。こういうサイトがほかにも五つほどあって、去年あの家が売りに出されていたときの写真がいまも掲載されている。こういう写真を見て、おれもあの家を見つけたんだ。売買される家はどこもアルバムが作られて、売却後もそのまま残っていることがある」

ベスが感心したようにうなずいた。「すてきな家ね」

「ありがとう」

「じゃあ、コルビーははったりをかけたのね。それでも気味が悪いのは変わらないけれど」ケンドラは言った。「コルビーはあなたの素性も家も知っている。わたしを手伝ってコルビーを追っていることも知っている」

サムは無理やり笑みを浮かべた。「おれも気味が悪いよ」

「それで、向こうの居場所の手がかりはつかめたの？」

「やつがアンティグアに高飛びしたと思うなら」

「アンティグア？」

「カリブ海の島だよ。そこの中継局までは追跡できた。合法性に疑問の残る金融取り引きによく使われる場所だ。コルビーはその中継局を利用しておれを震えあがらせたらしい」

「そんな方法をどうやって知ったのかしら」

サムは頭を振った。「前にも言ったとおり、専門家の手助けを受けているんだ。四年前、刑務所に入る前から知識を持っていたとは思えない。テクノロジーは日進月歩だ」

「アンティグア」ケンドラは言った。「また行き止まりね」

「そうともかぎらない。パニックに陥ってセッションを中断してしまったから、すべての方法を試したわけじゃない」

「もっとやれることがあるの？」

「たぶんね」サムは深く息を吸った。「だが、またやつをおびき出さなくちゃならない」

「だめよ」ケンドラはきっぱりと言った。「そんなことはさせられない」

「おれもやりたくはないが、これしか方法がない。そういう中継局をいくつか経由していても、居場所を特定できるかもしれない」

「あなたがしていることをコルビーに知られたらどうするの？　いますぐ手を引いて」

サムは首を振った。「だめだ。できない」

「できるわ」

「したくない。コルビーに出会うまで、自分がどれだけ臆病か気づいていなかった。あんな思いをさせられたことが気に入らない。あんなふうには二度と感じてやらない」サムはにやりとした。「あるいは、同じように感じていても表には出さない。おびえていることをコルビーに悟られたのが気に食わないんだ。人間、ハッタリが大事だろう？」

「だめよ」ケンドラはすがるようにサムを見た。「お願い、この件からおりて。あなたを危険な目に遭わせるわけにはいかない」

「感激だな」サムはケンドラの手を握った。「でも、意外なことに、やりがいを感じているんだよ」そして立ちあがった。「さあ、よかったらバスルームを使わせてもらって、シャワーを浴びて着替えたい。そのあとで、一週間ほど泊まれる場所を探しに行く」

「この街にとどまるの？」ベスが尋ねた。

「ああ。ケンドラのそばを離れたくない。おれが必要になるかもしれないから」サムは唇の端を持ちあげた。「もっとありそうなのは――おれがケンドラを必要とすることだが」ふいに目を輝かせる。「なあ、きみは手強いとケンドラが言っていたが、おれのボディガードをする気はないか？」

「ないわ」ベスはサムをじっと見た。「あなたはケンドラから聞いていたのとまったくちがう。わたしが想像していたのは……」

「白騎士か？　その話はさっきしただろう。おれは難題が大好きな、ただの天才コンピューターエンジニアだ。そして、ケンドラとイヴがきみを病院から救い出すあいだ、脇で控えてただけの男だよ」サムはバッグをつかんだ。「あのときもおれはおびえてたのかもしれない。そんなふうに考えたことはなかったが、よく見直してみないといけないな」

「自分に厳しくするのはやめて」ケンドラは言った。「それに、ここに泊まっていいのよ。部屋を借りる必要はないわ」

「ここにはじゅうぶんな場所がない。ちょっとしたコンピューターラボを作るつもりなんだ。おれはコルビーを見つける。それにはきみのパソコンを持ってくる必要がある」サムは頭を振った。「きみをまたあいつの目にさらしたくない。それを言うならおれ自身もだが、逆は考えられない」バスルームに向かいながら続けた。「コルビーはおれの頭を……仕事をぐちゃぐちゃにしている。それでも、きみのパソコンを常に使えるようにしておかなくちゃならない。やつがまたメッセージを送ってくるときに備えて」バスルームのドアが閉まった。

「気に入らないわ」ケンドラは体の脇で拳を握りしめた。「あんなに動揺したサムは見たことがない。サムの言うとおり、コルビーのせいで頭が混乱しているのよ」

「サムの仕事って?」ベスが尋ねた。

「コンピューターが生業なのよ。コルビーがコンピューターで揺さぶりをかけてきたのは、彼にとって許しがたいことのはず。自分の領域で優勢を取り戻そうとするのも無理はないわ」

「でも、危険でもある」ベスは静かに言った。「コルビーはサムの追跡能力を危惧するかもしれない。あの脅しは、やっぱりわたしが言ったようにサムに向けられていたのかも。いまはちがっても、コルビーを追いつづけていれば、いずれにせよサムは命を落とすかもしれない」

ケンドラは身震いした。ベスの言葉は筋が通りすぎていて無視できない。「サムを説得するのは無理よ。さっきの言葉を聞いたでしょう」

ベスは悲しげに首を振った。「じゃあ、グリフィンに頼んでサムを監禁してもらって、狙撃手の一団に守ってもらうしかない」

「それは冗談でしょうけど、でも悪い考えじゃないわね」ケンドラは言った。「ただ、グリフィンならすぐにあとを引き継いで――」そのとき、ある考えがひらめいた。「いい点を突いてるわ、ベス」

11

「おい、こいつは想像以上だ」サムはケンドラの脇を抜け、広い玄関ホールに入って周囲を見まわした。「信じられない。居心地のいいタージマハルみたいじゃないか。誰の家なんだ？」

「アダム・リンチよ」ケンドラはベスをなかに入れ、ドアを閉めた。ドアは自動で施錠された。「あなたの評を聞いたらきっと喜ぶわ。居心地のよさこそが何よりも大切で、豪華さはケーキの飾りにすぎないといつも言っているから」

「すてき」ベスがつぶやいた。「あなたのお友達が、こんな家を建てるセンスや資金を持ってるとは思わなかった」

「なんの仕事してるんだ？」サムが尋ねた。「株？　石油か？」

「いいえ、サービス業かしらね」ケンドラが手を振ると、一階全体の明かりがついた。

「でも、かなり繁盛しているわ」

「この家の最先端のセキュリティを見るに、彼を妬んで金を少しいただこうとする輩《やから》が大勢いるみたいだな」サムが言った。「それに、きみはここにずいぶん慣れているようだ。ただの友達だっていうのはほんとうなのか」

「ほんとうよ、物事は見かけどおりとはかぎらない」ケンドラは微笑《ほほえ》んだ。「でも、ここがすこぶる安全なのは事実よ。この家のなかなら、誰もあなたに手出しできない」

「それはまちがいない。リンチはおれが使うのを許してくれるかな」

「連絡がとれたら許可してくれると思うわ。わたしにこの家を貸すと言っていたから」

「きみにであって、おれにではないだろう。それに、そんなに安全ならきみも来たらいいのに。きっと楽しい」

「無防備なところをコルビーに見せたいのよ。行動を起こさせたいの。不安な時間が必要以上に続くのはいやだから」

「きみは家じゅうの鍵を替えた。それも、きみが無防備だと感じているとコルビーに思わせる助けになるということか」サムは高い格間《ごうま》天井を見あげた。「まったく、すごい家だな。天井に音が響いてる。ほんとうに何日か滞在してもリンチは気にしないんだな？　おれから電話をしようか」

「いいえ、とても繊細な案件を扱っていると言っていたの。わたしから着信があったことは気づくと思うけれど、メッセージは残さなかったから、かけなおしてこなかったらもう一度わたしから電話してみるわ」ケンドラは居間へと向かった。「家のなかを案内するわね。少し変わっていると思うかもしれないけれど、それがリンチだから」後ろを振り向き、ベスとサムを見た。「たとえば壁一面に引き伸ばされた、いまの恋人のビキニ写真。アシュリーはスーパーモデルで、写真はリンチへのプレゼントなの。リンチは彼女を傷つけたくなくて、そのまま飾っているのよ。すぐ上にあるわ。覚悟して見てね」

「ええ」ベスはケンドラ越しに居間の壁を見つめた。「でも、驚いた」

「驚いた？ だって、いま説明を——」ケンドラはベスの視線を追い、呆然《ぼうぜん》とした。「どういうこと？」

「あなたも驚いてるみたいね」ベスは言った。「ビキニ姿の女性はいない。いるのはケンドラ・マイケルズだけ。どうやらリンチは、勇気を出して恋人に写真を変えたいと切り出したようね。すてきな肖像画だわ。あなたがモデルをしたの？」

「いいえ」それは目を閉じたケンドラを描いた肖像画だった。衝撃がおさまると、以前にその絵をどこで見たのかを思い出した。「数カ月前にリンチとふたりであるアーティストのスタジオを訪ねて、聞きこみをしたの。デイヴィッド・ウォーレンというアーティストで、話しているあいだずっと絵を描いていた。おかしなことに、目を閉じている顔を描いてようやく、満足のいくものができたと言っていたわ」

「おもしろいわね。きっと彼はあなたの本質を感じたのよ」

「まあ、ウォーレンは芸術家だから」ケンドラは肩をすくめた。「とにかく、わたしたちはスタジオをあとにして、それきりその絵は見なかった」

「でも、リンチはちがった」サムは言った。「出直して絵を買ったんだ」そして、首を傾けて絵を眺めた。「おれも同じことをしたかもしれないな。この画家はきみをよくとらえている。わざわざ出直す価値があるよ」にやりとして続ける。「だが、おれはきみの白騎士だそうだからな。姫の肖像画を持っていてしかるべきだろう」サムはケンドラと目を合わせた。「コルビーは、白騎士は大勢いると言っていた。リンチもそのひとりなのか？」

「リンチが聞いたら大笑いするでしょうね。どちらかといえば黒騎士だし、主役を張りたがるタイプよ」ケンドラはもう一度肖像画を見てから目をそらした。「たぶん、単純に作品が気に入ったんでしょう」キッチンに移動する。「このキッチンは最新式よ。あなたは料理はしないでしょうけど。昔は電子レンジくらいしか使っていなかったものね」

「いまもそうだ。そろそろ書斎を見たいな。作業に使う部屋を確認したい」

ケンドラはうなずき、それから十五分かけ、書斎と二階の寝室を案内した。

「これでじゅうぶんだ」サムはじりじりした様子で言った。「だいたいの間取りはわかった。きみとベスはもう帰っていいよ。おれは仕事にかかる」

「わたしたちは追い出されるのね」ケンドラは微笑みながら一階へおりはじめた。「行きましょう、ベス。サムの邪魔をする以外にもやることはたくさん――」

「行かない」ベスがきっぱりと言い、階段の下で足を止めた。「わたしはここに残る」

「え？」サムが言った。「だめだ」

「いいえ、残る」ベスはケンドラのほうを向いた。「ここにいたほうがわたしは役に立つでしょう。あなたはまたわたし抜きでグリフィンやストークスと話したいと思うことがあるだろうし、そうしたらわたしはこのあいだみたいに怒り狂うことになる」

「でも、コルビーが刑務所で連絡をとっていた人物を調べるんじゃ――」

「それはここでもできる」ベスはサムをちらりと見た。「サムが役に立つかもしれないし」

「そう思ってもらえて光栄だ」サムは皮肉った。

「まあ、役に立たないかもしれないけど。とにかく、調査の時間はたっぷりあるし、そのあいだにサムがばかなことをしないよう見張ることもできる」

「なんだって？」

「ここにいればサムは安全よ、ベス」ケンドラは言った。

「ここにいればね。衝動的に出かけていって、ケーブルやらハードドライブやらを買ってくる姿が目に浮かぶわ」

ケンドラも容易に想像ができた。「そうね」

「わたしがいれば、代わりに行ける。そんなことはさせない」

「させない？」サムが繰り返した。

「させない」ベスはサムに向きなおった。「ばかな真似《まね》はしないで。あなたに何かあったらケンドラはつらい思いをする。それだけは阻止しなきゃ」

「おれはこれまでひとりでちゃんとやってきたんだ、ベス」

「コルビーを排除したら、残りの人生もそうすればいい。それまではあなたはわたしのもの」

「へえ？」

「にやつかないで。大事なのはあなたじゃなくてケンドラだから。ケンドラには恩があるのよ。サム、あなたにも恩はあるけど、あなたがそれに値するかどうかは――」ベスは口ごもった。「いいえ、あなたにもできるだけのことをしなくちゃいけないわね。理由がどうであろうと、あなたはわたしが人生を取り戻すのを助けてくれた。だから、もう黙って。わたしはやると言ったらやるから」

サムはまばたきをした。「そのようだな」

ベスはケンドラを見た。「何を言っても無駄よ。わたしたちのことは心配しないで。毎日連絡するし、求める情報が見つかるまでサムはきっちり働かせるから」

ケンドラはためらった。その決断は予想外で、ベスを目の届かないところに置くという考えは気に入らなかった。けれども、ほかにどうしようもない。ベスは大人で、自分のしたいようにする。ここはおとなしく降参しよう。「ありがとう。よろしくね」ケンドラはベスを抱きしめ、サムのほうを向いた。「あなたもベスをよろしくね、サム」サムも抱きしめ、玄関に向かう。「随時状況を知らせるわ」

「そうして」ベスはサムに目を向けたまま言った。「じゃあね、ケンドラ」

ケンドラは玄関で振り返った。対照的なふたりだ。美しくて知的な、失われた自分を取り戻そうとしているベス。気まぐれで世慣れていて底抜けに明るいけれども、怪物が現れたことで新たな自分を発見しようとしているサム。うまくやっていけるのだろうか。

わたしが心配することではない。自分たちでなんとかするだろう。わたしにはわたしの懸念がある。

あの怪物が、刻一刻と近づきつつある。


ベスは約束を守った。翌日の昼すぎに、ケンドラに電話をかけてきた。「こっちは万事順調よ……たぶん」

「たぶん？」

「あなたが帰ったあと、数分しかサムを見ていないの。バスルームに行くときとキッチンでサンドイッチをつまむとき以外、書斎にこもってる。あそこのソファで寝てるんじゃないかしら」ベスは皮肉っぽく付け加えた。「でなければ、あのいまいましいコンピューターの上で、コウモリみたいに垂木《たるき》からぶらさがってるのかも」

「そっちに残ったことを後悔している？」

「いいえ。考えは変わらない。ただ、サム・ザコフの現実に向き合ってるだけ。わたしがここにいるかぎり、サムは無事だとわかっていられる。それから、例の刑務所の記録を調べて、候補を五人まで絞ったわ」

「五人？」

「コルビーはコンピューターマニアを大勢引きつけていたようよ。理解に苦しむけど。みんな現実離れしていて、怪物と天才の区別がつかなくなってるのかも」

「コルビーが切れ者なのは否定できないわ。その五人の情報を送ってくれる？　わたしも調べるのを手伝うから」

「もう少し絞りこませて。また電話する。あなたはほかにもやることがあるでしょう」

「いまはグリフィンといっしょにコルビーの被害者の遺族を訪ねて、戦利品の確認をしているの。これまでふたつ確認がとれたわ」ケンドラは疲れた声で続けた。「つらい作業よ。わたしたちにも、遺族にも。普段忘れているわけではなくても、被害者の持ち物を見ると、遺族は喪失感を新たにすることになる」

「それでも、コルビーが生きていることを法執行機関に納得させて、捜査をはじめさせるきっかけになるわ」

「そう説明しているけれど、悲しみに包まれるとほかのことを考えるのは難しくなる。とにかく、正しいと思うことをするしかないわ」

「あなたたちのしていることはまさしく正しいことよ」

「ええ。でも、無駄にあがいているだけのように感じるの。コルビーがわたしを見ていて……待っている気がする」

「待つ？　何を？」

「わからない。コルビーは刑務所から逃げた日から、何かを待ちつづけているのよ。わたしの死？　ありうるわ。でも、まだ準備ができていない。何かを企てている。だからあのメッセージを送ってきたのよ」

「あなたは手をつくしてサムを守ってる。この家は軍の基地みたいよ」ベスは明るい声を出して言った。「それにわたしも目を光らせている。コルビーはどこかに身を潜めて、苛々《いらいら》しながら爪を噛《か》んでるはずよ。わたしはそう思って楽しむつもり」

「わたしもそうするわ」ケンドラは言った。「でも、できるだけ早く候補の名前を教えてね。いい？」

「それは任せて」ベスはためらった。「ねえ、やっぱりこっちに来ない？　ここのほうがずっと安全だし、わたしにも話し相手ができるし。サムは話し相手にはならないから」

「だめよ。隠れるわけにはいかない。わたしがコルビーを追っているところを見せつけたいの。準備が整いしだい、わたしに手を伸ばせると思わせたいのよ」

「あまりいい考えには思えないけど」

「さっき言ったでしょう、コルビーは待っているんだって。もしわたしが隠れたら、わたしが姿を見せるまでコルビーは潜伏を続ける。あるいは、わたしを引きずり出すためにまた殺人をはじめるかもしれない」ケンドラは話題を変えた。「でも、あなたとサムが安全な場所にいるとわかっているのはとても気が楽だわ。そのままでいて。また連絡してね」そして電話を切った。

ふたりは安全なのだろうか？　ケンドラは考えた。安全であってほしい。考えつく手はすべて打った。

いまは、コルビーと同じように待つしかない。

「まあ、サム、驚いた。役に立つのかどうかわたしにはわからないけど、見たかぎりではすごいじゃない」ベスは、サムがリンチの書斎に並べたモニターの列を眺めた。モニターはパソコン二台とたくさんの黒い箱につながれている。「この一日、いったい何をやっているんだろうと思ってたのよ」

「セットアップと調整をしてたんだ。ケンドラのパソコンに入れられたソフトウェアに接続するコンピューターを見つけるために。一度でも接続が確立したら、コルビーの居場所がわかる。ずっと作業をしてた」

「それでわたしを完全無視してたのね」

「気を悪くしないでくれ。ひとりで仕事をするのに慣れているだけなんだ」サムは真面目な顔でベスを見た。「だが、きみがここにいてくれてありがたいと思ってる」

「世話係として？」

「別にいいだろう」サムはにやりと笑った。「あらゆるニーズに応えてくれる美女をほしがらない男はいないよ。文句は受けつけない。この状況を作ったのはきみなんだから」

「〝あらゆるニーズ〟に応えるわけじゃないわ」ベスは冷たく言った。

「ひどいな。せっかくいろいろと夢想を――」

「その回転の速い頭がコンピューターのことを考えはじめたら、夢想なんてすぐに消えてしまうんでしょう」ベスは書斎を見まわした。「あなたの最愛の人について教えて」

「すごいだろう」サムは機器から一歩後ろにさがり、誇らしげに微笑んだ。「コルビーがまた接触してきたときには、準備万端で迎え撃ってやる」

ベスは大型モニターの列を見やった。「いつ運びこんだの？」

「運びこんだのはパソコンだけだよ。玄関前まで配達してもらった」

「あの箱にはこれが入ってたのね」

「ああ。残りは書斎のクローゼットで見つけた。リンチってのはかなりの技術屋だな」

「機材を借りてるってこと？」

「いけないか？　この家は自由に使っていいとケンドラは言ってた」

「まあ、そうだけど」ベスは用心深く言った。「言葉どおりに受けとったわけね」

「とにかく、ここなら前回コルビーと接触したときよりずっと安心していられる」サムは窓に目を向けた。「窓を見てみろよ。ガラスとポリカーボネートの複層構造で、厚みは三センチほどもある」

「防弾なの？」

「爆弾にも耐えるだろうな。外国の大使館でコンサルティングをやったことがあるが、ここまでの対策はされてなかった」

「こういうセキュリティが必要だなんて、どんな人なのかしら」

「大勢の人間をかんかんにさせてきたんだろうな」サムはにやりとした。「おれと同類ってことだ。ぜひ一度会ってみたい」

「そのときには、二万ドルぶんの機器を拝借することになった理由を説明しないとね」

「崇高な目的のためだ」サムは大きなマホガニーのデスクの前に座った。「あの怪物に一歩でも近づけるなら、文句を言うやつはいないさ」

「それで、どれくらい近づけてるの？」

「なんとも言えない。何時間も費やして、このネットワーク通信分析装置をセットアップしてきた。いつでも見つけられる準備はできていると思う」

「ほんとうに？」

「ああ。だからきみに見に来てもらった」サムはベスと目を合わせ、真剣な表情を浮かべた。「おれはひとりで作業をしなくちゃならないが、好きでそうしてるわけじゃない。それを知っておいてもらいたいんだ……きみがそばにいてくれることはうれしく思ってる。だが、きみの前ではこういう姿しか見せられない」

ベスは微笑んだ。「もちろんそれでかまわない。承知のうえでここにいるんだから」

「よかった」サムはケンドラのパソコンの電源スイッチに指を伸ばした。「じゃあ、やってみよう」

ベスは身を乗り出し、サムの指を上から押してスイッチを入れた。「あの悪党をつかまえましょう」

パソコンのインジケーターランプが点灯した。サムがＨＤＭＩの切り替えボタンを押すと、パソコンの画面がリンチの大型モニターに表示された。

ベスはサムを振り向いた。「どれくらいかかるの？」

「コルビーしだいだ。前回はすぐに接触してきたから、コンピューターをオンにして、こちらのマシンがオンラインになるのを待ち構えているんだろう。少なくとも、前回はそうしていた。今回もそうなら、こちらとしては助かる。足跡を残さずにウェブをスキャンするのは難しいからね。今回は向こうのコンピューターがこちらを探している形跡がないか確認するつもりだ」

「こちらが見つかったあとは？」

「すぐにパケットの追跡をはじめる。中継局に突き当たったら、反対側から通信パターンを分析して送信元を調べられるようにしてあるんだ。周到に中継局を複数経由するよう設定してあるかもしれないが、こちらのほうがさらに上手《うわて》だ」

ベスはうなずいた。「疑うわけじゃないけど……政府はそういう仕事をする人材をビルいっぱいに雇っているんじゃないの？」

サムはモニターをチェックした。「ああ。それで、尻もちをつくとおれを雇う」

「あら。自信過剰なんじゃない？」

「自分のことをよくわかっているだけだ」

ベスは笑った。「おまけに悪びれもしないのね」

「何が悪いんだ？　この業界では最高の人材だと自覚しているだけなのに」

「座ったままふんぞり返って歩ける人を見たのは初めてよ」

「それもおれの数ある才能のひとつだ」

「それで、あなたが尻もちをついたときは、誰が呼ばれるの？」

「うーん、それはわからないな。そんな事態は起こらないから。そんな絶望的な状況なら、神父でも呼ぶんじゃないか？」

「はいはい」

サムはふいに身を乗り出した。「つながった」

ベスは体をこわばらせた。「向こうからはこちらが見えるの？　声は聞こえる？」

「こちらが許可しなければ、見えないし聞こえない。パソコンのマイクとカメラは無効にしてある。まあ、コルビーが向こう側にいるとはかぎらない。コンピューターがオンになっていても――」

「やあ、サム」あのからかうようなささやき声が聞こえた。

「やつだ」サムは言った。

「あんただろう、サム？　無礼なやつだな、映像も音声も遮断するとは」

サムはキーボードを叩《たた》き、マイクを有効にした。「もちろん声は聞こえる」

「安心したよ。ケンドラにメッセージを伝えてくれただろうな」

「伝えた」

「よし。それならあんたの役目は終わりだ。もう用はない。ケンドラと直接話したい」

「なぜケンドラがおまえと話したがると思うんだ？」

「ケンドラはそこにいるのか」

「いない」

「それは残念だ。あんたは時間を無駄にしている。すでに時計は動きはじめている」

「なんの時計だ」

画面がちらつき、突然、映像が現れた。

ベスはよく見ようと身を乗り出し、目を見開いた。「ああ、そんな」


ケンドラの携帯電話が鳴った。通話ボタンを押したとたん、ベスの震える声が聞こえた。

「ケンドラ、すぐにメールを開いて。聞こえる？　急いで、サムがリンクを送ったから」

「リンク？　ベス、何があったの？」

「いいからやって、早く！」

ケンドラはすでにタブレット端末をつかみ、メールを開いていた。ボタンを操作し、表示されたライブ映像らしき動画を見つめる。体が芯まで冷たくなった。

マーティン・ストークスが、あざや血にまみれてテーブルに縛りつけられている。恐怖に見開かれた目が、カメラのフレームの外の何かを見つめている。

ぞっとしたことに、誰を見ているのかがわかった気がした。

「ケンドラ、見える？」

映像から目を離せなかった。「ええ」

サムが割りこんだ。「ケンドラ、こちらのサーバーからその映像を転送している。FBIのマイケル・グリフィンとサンディエゴ市警の本部長にもリンクを送った。コルビーがきみと話をしたがっている」

「こちらの声は……向こうに届くの？」

「双方向通信ができるようにする。三……二……一……よし！」

ケンドラはタブレットに向かって言った。「コルビー……わたしよ。ケンドラ・マイケルズよ。あなたが狙っているのはわたしでしょう。彼じゃなく」

沈黙。ストークスの荒い息遣いだけが響いている。

「やあ、ケンドラ。また話せてうれしいよ」

ケンドラは身を固くした。コルビーの声を聞くのは、あの処刑の前夜以来だ。

二度と聞きたくなかったのに。

映像に変化はなかった。ストークスは上半身裸で血を流しながら、防腐処置用のテープらしきものに縛りつけられている。

「コルビー、これはあなたとわたしの問題でしょう。こうしてわたしを引っ張り出したんだから、もう彼は関係ないはずよ。彼は刑事で、あなたが生きていることを信じてもいなかった」

長い沈黙が流れた。

コルビーは何を考えているのだろう。少しは揺さぶりをかけられたのだろうか。

ついにコルビーが答えた。「正反対だ、ケンドラ。この男は大いに関係している。あんたの言うことを信じずに、おれたちを侮辱した。その代償を支払ってもらう」

「ストークスが信じなかったのは当然よ、コルビー。あなたは如才なく、完璧に痕跡を隠していた。この世の全員があなたは死んだと信じていたのよ」

「あんたは信じなかっただろう、ケンドラ。この世の誰よりも信じたかったはずなのに」

「何十人もの遺族に会ったわ。わたしよりも信じたがっている人はたくさんいる」

「そうかもしれない。だが、きょうからは疑いの余地はない。これはあんたへのプレゼントだ。あんたが正しかったことを全世界が知ることになる……」

ケンドラの携帯電話が振動した。目を向けると、サムのメッセージが見えた。〝話しつづけろ。追跡している。ＦＢＩと市警も見ている〟

ケンドラは目をあげた。「わたしのためなんてばかなことを言わないで。あなた自身のためにやっていることでしょう。それに、わたしが誰にも信じてもらえないでいるのを、あなたは楽しんでいた」

「しばらくのあいだはな。だが、あの完璧な計画と隙のない実行は、おれのような天才にしかなしえない。それを理解しないストークスに腹が立った。だから、これはおれたちふたりのためにやっているんだ。ずっと前から計画していた」

「どんな計画を立てているのか知らないけれど、この人は関係ない。シェイラ・ハンターもそうよ。二週間前までは名前も知らなかったでしょう。ストークスはどうでもいい存在のはずよ」

「じゃあ、いますぐ殺そうか」

「やめて! 言いたいことを言って、もう気はすんだでしょう」

一瞬画面が暗くなり、また明るくなった。コルビーがフレームに入ってきて、「もう気はすんだでしょう」テーブルの後ろへ歩いていく。記憶よりも体が少しがっしりしたように見え、髪が耳まで伸びていた。だが、青い目は以前と同様に鋭く、小さな歯が骨張った顔に残忍さを加えている。

「多少はな」コルビーはストークスの顔を見おろした。「だが、この男は重要な点でまちがいを犯した。まちがいを認めろ、ストークス。おれは生きているだろう?」

ストークスの顔が怒りと恐怖に染まった。「ああ、こんちきしょうめ。おまえは生きてる」

「すばらしい」コルビーはカメラに向かって言った。「全員見ているがいい。五分ごとにこいつの体に傷をつける。きっかり一時間後にストークスは死ぬ」

「そんなことをしてなんになるの?」ケンドラは張りつめた声で叫んだ。「やめて、コルビー」

コルビーはケンドラの叫びを無視した。

ナイフを振りあげ、ストークスの腹を刺す。

ストークスが絶叫した。

痛みにストークスがあえぎ、うめくなか、コルビーはフレームの外に消えた。

ケンドラは画面を見つめ、いま見た恐ろしい光景に凍りついていた。

しばらくして、携帯電話を持ちあげた。「サム、見た?」落ち着いた声を出そうと努める。「コルビーは本気よ。居場所を見つけて。でないとストークスは死んでしまう」

「プレッシャーをかけないでくれ」サムがかすれた声で言った。

「かけずにはいられない。あなたにしかできないことなのよ。わたしの力では――」

「だいじょうぶ」サムはさえぎった。「これまでにもとんでもないプレッシャーのもとで目覚ましい成功を収めてきた。これもそのひとつになるさ」

いまのストークスには、サムの過剰なまでの自信が必要だ。そこに賭けるしかない。

ベスの声が聞こえた。「サムがいま電話を投げてよこしたわ。一心不乱にキーボードを叩いてる。指があんなに早くキーの上を動くのを初めて見た」

「勝算はありそう?」

「いくらかは。ひとつめの中継局まで追跡できていて、いま次に取りかかってる」

「グリフィンも知っていると言ってたわね」

「ええ。あなたがコルビーと話しているあいだにサムが連絡をとったの。FBI支局の全員が映像を見たんじゃないかしら。サンディエゴ市警も」

「よかった」

サンディエゴ
FBI支局

グリフィンは自分のオフィスの外に出た。捜査官やサポートスタッフがテレビモニターの前に集まっている。つい先ほど、コルビーがストークスにナイフを突き刺すのを目の当たりにした。血まみれの刑事はいまや息も絶え絶えになっている。

捜査官たちが恐ろしい画面から視線を引き離し、のろのろとグリフィンを振り返った。全員クビだ。

「何を突っ立っている。あとひとりでもぼんやりした目をわたしに向けたら、全員クビだ。その目で見ただろう、コルビーは生きている」

ローランド・メトカーフがブースから駆け出してきた。ぼんやりとはほど遠い表情だ。

「拉致されているのは誰ですか」

「マーティン・ストークス、サンディエゴ市警殺人課の刑事だ。マリーナの殺人事件の捜査をしていた」グリフィンはほかの捜査官たちを見まわしながら言った。「たったいま重大犯罪対応班を招集した。数分のうちにコルビーの居場所を突き止められるかもしれないが、万一に備えてこちらでも映像の分析を開始してくれ。聞いただろう、コルビーは一時間以内にストークスを殺すと言っている」

メトカーフは頭を振り、噛みしめるように言った。「つまり、ケンドラ・マイケルズが正しかったということですね」

「戦利品が見つかってから信じるほうに傾いてはいたが、いまや疑いの余地はない。メトカーフ、重大犯罪対応班のバックアップチームを組織してくれ。連絡がありしだい、現場へ急行する」

「了解しました」

グリフィンとメトカーフが担当の割り振りをはじめたとき、しっという声が響いた。振り返ると、コルビーがふたたび画面に現れていた。大きなナイフを掲げ、カメラに向かって言った。「あと五十五分」

ストークスの左の脇腹を刺す。ナイフを引き抜くと、血が飛び散った。

12

コルビーの満足げな顔が映り、ケンドラの全身を強い怒りが駆け抜けた。ストークスは苦痛にうめき、いまにも気を失いそうだ。

ケンドラはタブレットから視線をはずし、スピーカーホンの設定をした。急いで革のジャケットを着る。

「進捗は？　サム」

「ちょっと待ってくれ……」

「ストークスにはもう時間がないのよ」

「コルビーは三つの中継局を経由している。そのひとつは顧客情報の管理が特に厳しい」

「どれくらい厳しいの？」

弾幕のようなキーボードのタイピングが聞こえ、静かになった。

「サム？」

「破れないほどじゃない。いま突破した。ローカルＩＰアドレスがわかったよ。ここ、サンディエゴのＩＤだ」

「どこなの？」

サムは悪態をついた。「東部の小規模なインターネットプロバイダー、〈ロケットストリーム〉の顧客らしい」

「住所はわかる？」

「そういう仕組みにはなってない。どのコンピューターがどのＩＰアドレスを使っているかを把握しているのは〈ロケットストリーム〉だけだ。だが、この会社は裁判所命令がなければ情報を開示しない。普段なら手続きを踏むが、いまは――」

「裁判所命令。この状況ならきっとすぐに――」

「試している時間はない。上司や、上司の上司に話をつけているあいだに、ストークスには手遅れになる」さらにキーの音が響いた。「この会社のサービスエリアはマウンテン・ビュー・パーク近辺だ。動員できる捜査官を全員そちらに向かわせてくれ。法を半ダースほど破って〈ロケットストリーム〉の顧客データベースに侵入する」

「どれくらいでできる？」

「きみたちが到着するころには、住所がわかっているはずだ」キーを叩《たた》く音がさらに速くなる。「行け！」

サンディエゴ
マウンテン・ビュー・パーク
ケンドラがマウンテン・ビュー・パークに接する通りに車を入れると、ＦＢＩの重要犯罪対応班を乗せてきた茶色のバン二台が停《と》まっているのが見えてきた。パトカーが十台あまりいて、ランプを点灯させ、命令を待っている。

早くして、サム……。

グリフィンが通りに立って、サンディエゴ市警の狙撃チームの指揮官と打ち合わせをしている。ケンドラは車を停め、外へ出た。

グリフィンが近づいてきた。「まだ住所の連絡を待っているところだ」

「そちらの側の、それともわたしの側の？」

「公式には、わたしの側だ。きみの情報源の言うとおり、〈ロケットストリーム・インターネット〉は裁判所命令がなければ動かない。だが、そちらの側で住所を突き止められるのであれば、情報の入手方法については追及しない」

ケンドラは携帯電話を掲げた。「サム・ザコフと回線をつないであるの。いまのところはまだ――」

「目下、違法きわまりない作業に勤《いそ》しんでいる場合に備えて、その名前は聞かなかったことにしよう。だが、コルビーが送ってきた映像を転送してくれたことは感謝している」

「わたしのパソコンから転送しているのよ」ケンドラは苦い声で付け加えた。「コルビーからのプレゼントだそうよ。誰も生存を信じていなかった男からの」

「いまはみな信じている。それに、この件で世間のきみに対する考えも変わった」

「そんなことはどうでもいいのよ。ただ、ストークスを取り戻したい。様子はどう？」

グリフィンは一台のパトカーを頭で示した。数人の刑事が集まってｉＰａｄをのぞきこんでいる。

「あの男がきっかり五分おきに現れて、ハンティングナイフをふるっている。だが、ストークスはなんとか持ちこたえている。タフな男だ」

グリフィンは体の向きを変え、重大犯罪対応班のメンバーに話をしに行った。

ケンドラは車の座席からタブレットをとり、戸外の明るさに合わせて画面の輝度を調整した。タブレットを握りしめ、コルビーのおぞましいショーを見つめる。ストークスはタフだが、いまや血にまみれ、数分前よりも明らかに弱っている。

がんばって、ストークス、ストークス……。

ストークスの唇がゆがんだ。何かを言おうとしているようだ。

ケンドラは車のコンソールからイヤホンを取り出し、耳に入れてタブレットにつないだ。

音声がはっきりと聞こえた。荒い息遣いや、テーブルの上で身じろぎする音が聞こえる。ときおり、外を走る車の音らしきものも聞きとれた。だが、ストークスはしゃべるのをあきらめてしまったようだ。

声は聞こえない。意識を保っているだけで精一杯に見える。

コルビー、絶対に許さない。

イヤホンをはずしたとき、ポケットのなかで携帯電話が振動した。画面を確認したとたん、心臓が跳びはねた。

「見つけたわ！」ケンドラは叫び、グリフィンに駆けよった。「サンミゲル・アヴェニュー一六二〇番地よ」

グリフィンは緊迫した面持ちで住所を復唱した。「確かか？」

ケンドラはうなずいた。「つかまえて」

グリフィンはチームメンバーのほうを振り返った。「行くぞ」

サムは汗を滴らせ、革のデスクチェアにぐったりと寄りかかった。

「やったわね」ベスが言った。

サムはケンドラのパソコンに映し出されたストークスの映像を見やった。「まだ終わっていない。彼にはあと数分しか残されていない」

「みんなすぐ近くまで行っているはずよ。きっと間に合う」

サムは携帯電話に視線を落とした。ケンドラから、メッセージを受けとったという連絡が入っていた。〝急行中、また連絡する〟

「次はどうするの？」ベスは尋ねた。

サムは肩をすくめた。「待つ」

「そんなのだめよ。わたしたちも行きましょう」

サムは体を起こした。「本気か」

「もちろん本気よ」ベスはドアへと向かった。「行きましょう」

サンディエゴ
サンミゲル・アヴェニュー

サンミゲル・アヴェニューの南の端で、ケンドラはグリフィンの隣に立っていた。半ブロック先にサムの見つけた家がある。質素な平屋が並ぶ通りはいま、制服警官や捜査官たちであふれていた。

ケンドラはタブレットを見おろした。「ああ、コルビーが仕事を終わらせに戻ってきた」

タブレットと家に交互に目を走らせる。

コルビーが滑るようにテーブルの奥の位置につき、ナイフをかざした。不遜な笑みを浮かべる。「そろそろ時間だ。おれはフェアだったと言ってくれ、ケンドラ」

ケンドラは焦燥に駆られて家を見つめた。「何をやってるの。なぜ突入しないの？」

「あと少しだ」グリフィンが言った。

「急いで。聞こえたでしょう？　もう時間がない」

「裏手の窓に狙撃チームを配置した。もうすぐ――」

「ちがう！」突然、ケンドラは凍りついた。「ああ、そんな」

グリフィンがすばやくケンドラに目を向けた。「どうした」

心臓が胸から跳び出しそうだった。「コルビーとストークスはここにはいない」

「何を言っている？　きみがこの家だと――」

「とにかく、ここにはいないのよ」

「なぜわかる？」

「黙って映像の音を聞いて。さっきから、遠くで車の音が聞こえているの。それはいいのよ。でも、いまは配達トラックがバックしているようなブザー音が鳴っているでしょう。でも、この近くではそんな音はしていない」吐きそうだった。「まちがっていたのよ。コルビーがいるのはここじゃない」

捜査官たちが体当たりでドアを開け、家のなかへなだれこんだ。

映像のなかのコルビーが笑みを浮かべていた。「ストークスにお別れを言え……あんたを信じるべきだったんだ、ケンドラ」

グリフィンの無線ががなりたてた。「住居は無人。繰り返す、住居は無人」

「見ているか、ケンドラ」コルビーが穏やかに尋ねた。「もう気づいたころかな?」

そして、刃がストークスの喉を切り裂き、コルビーは一歩後ろにさがって、噴き出た血に顔や胸を濡《ぬ》らしながらストークスを見つめた。

「そんな……」ケンドラは捜査官たちが突入した家のドア口に立ち、壁に取りつけられた大きなモニターを見やった。力なく壁に寄りかかる。「そんなことって」

グリフィンが部屋のなかに入っていき、拳を握った。「くそっ。見つけたと思ったのに」

「まちがっていた」ケンドラは目を閉じ、画面に映る命の消えた体を視界から締め出した。「ここではなかった。ストークスの映像はたぶんこのパソコンに保存されていたのよ」

「ケンドラ!」

目を開けると、ベスが近づいてくるところだった。ケンドラははっとして壁から離れ、ベスの目からストークスを隠そうとした。「見ないで、ベス。間に合わなかったの。遅すぎたのよ。コルビーは目の前に餌をぶらさげて、わたしたちが手に入れる前に破壊した」

「死んでしまったの?」ベスはささやいた。そしてケンドラに腕をまわしてきつく抱きしめた。「ほんとうに残念だわ。あなたがどんな気持ちかはわかる。でもあなたのせいじゃない」

「わたしのせいよ。わたしが生きているせい。コルビーに訊《き》いてみて」わたしがベスを守るはずだったのに、いまはベスがわたしをなぐさめてくれている。「すべて考えちがいをしていたのよ。わたしたちはふたりとも、サムが標的なのだと思っていた。でも、狙われていたのはストークスだった。そして、コルビーはわたしたちをこの袋小路に誘いこんだ」ケッチャムがモニターの前に立って、死んだパートナーを見つめているのが目に入った。顔色が白く、いまにも倒れそうだ。

自分もあんなふうに見えているのだろうか。

「おれのせいだ」そばに来ていたサムがストークスを見つめた。「なぜこんなことになったのかわからない。すべてまちがいなくやったんだよ、ケンドラ。だが、これがおとりだと気づくべきだった。だからおれのせいだ」

「知るすべはなかったわ」ケンドラはやさしく言った。「あなたは全力をつくしてくれた」

「じゅうぶんじゃなかった」

「そのことはあとで話せばいい」ケンドラはサムを部屋の外へ連れ出し、モニターから引き離した。「さあ、帰りましょう。ここにいてもしかたがない。グリフィンがあとで、何があったのかを教えてくれるわ」

「ああ、失敗に向き合うのはあとまわしだ」サムは自嘲するように言った。

「黙って、サム」ベスがそっけなく言った。「ケンドラの言ったことを聞いたでしょう。わたしたちには知りようがなかったの。あなたが精一杯やったのをわたしは見た。賭けてもいいわ、あなたは何もまちがったことはしていない」

「きみがその賭けに負けないことを祈るよ」サムは言った。「ひどい気分だ。おれのせいで誰かが死んだかもしれないなんて。ストークスは何もできずにただ横たわっていた。無力だった。抗《あらが》うことも戦うこともできなかったんだ。尊厳も何もあったものじゃない」

「それがコルビーのやり方なのよ」ケンドラは震える声で言った。「体を破壊し、威厳を破壊して、魂を壊そうとする」車まで戻ると、ケンドラは車体に寄りかかった。「これで、わたしたちの相手がどんな人間かわかったでしょう」

「前からわかっていたよ。直接見たことがなかっただけだ」

「ここにいたのか、ケンドラ」グリフィンが近づいてきた。「なぜこんなことになったのかを知りたい。なぜこんな事態になるのを止められなかったのかを」そして顔をしかめた。「参っているようだな。だいじょうぶか」

「だいじょうぶよ、グリフィン」ケンドラは言った。「当然よね、わたしには感受性も同情心もないようだから。わたしと関係があるとコルビーが思わなければ、ストークスは殺されなかった。でも、ええ、わたしは参っている。吐きそうよ」深く息を吸う。「教えて、あの家で何が起こっていたの」

「すべて見ただろう。あそこにあったのはモニターと、その後ろの小型パソコンだけだった。確かなことは言えないが、どうやら部屋じゅうが拭き清められているようだ」

「ストークスがどこで殺されたかすらわからないのね。死体が見つかるまでわからない。あるいは、コルビーがご丁寧にメッセージをよこして知らせてくるまで。すべてはコルビーの思うつぼ」

「そうなるだろうな」

「いいえ」ケンドラは口もとを引き結んだ。「またいいように操られるのを待つつもりはないわ。もうたくさんよ。コルビーを見つけなくては」

「どうするつもりだ？　ぜひとも教えてくれ」グリフィンは皮肉たっぷりに言った。

「わたしたちにはできることがもっとあるはずよ。わたしにもできることがあるはず」

「さあ」ベスがケンドラの腕をつかんだ。「帰りましょう、ケンドラ。いまできることは何もない。これからのことはまたあとで考えるのよ――」言葉を切り、ベスはグリフィンに向きなおった。「あなたには思慮も思いやりもないのね。苛立《いらだ》ってむしゃくしゃしているのはわかるけど、ケンドラは平気だと思ってるの？　まともな人間に戻るまで、ケンドラには近づかないで」

グリフィンは目を剥《む》いた。「悪いが、いまなんと言った？」

「あなた、ケンドラに対して悪いと思うべきじゃない？　それがあなたのすべきことよ。ケンドラはずっとひとりで闘ってきて、あなたの助力を求めるのにも懇願しなくてはならなかった」ベスは助手席のドアを開けてケンドラを車内に押しこんだ。「頭の固い官僚というだけではないかもしれないと思っていたのに、まちがっていたようね。車に乗って、サム。行きましょう」

　グリフィンは眉根を寄せ、ベスを見つめていた。ベスが運転席に乗りこんでエンジンをかけると、ゆっくりと首を振った。「きみはおとなしくてしとやかな女性だと思っていたんだがな」

「わたしはそんなものじゃない。やりたいようにふるまう女よ。またまちがったようね、グリフィン捜査官」

　ベスはアクセルを踏み、次の瞬間には通りを勢いよく走り出していた。

　ケンドラは弱々しい笑みを浮かべた。「グリフィンは二度とまちがえないでしょうね。わたしを守ってくれなくてもよかったのに。でも、ありがとう、ベス」

「あなたにはわたしが必要だと思ったから。それに、悲しんでいる人にあんな仕打ちをするのは許せない。空手キックを食らわせてやろうかと思ったくらいよ」

「キックを言葉の攻撃に変換したようね」ケンドラはサムを見た。「あなたはだいじょうぶ？　口数が少ないけど」

「ベスの応酬を楽しんでたんだ。ベスの予想外の行動を見るのはいつだって楽しい。いまはそういう楽しみが必要だ」サムはケンドラと目を合わせた。「きみにも必要だろう。おれたちは失敗したときみは考えてる。ストークスはそのせいで死んだと。でも、そうじゃないと思う。ずっと考えていたんだが、自分がミスをしたとは思えない。ラボに戻って何が起こったのか検証してみる」

「じゃあ、みんなで調べましょう」ケンドラはなんとか頭を働かそうとした。心が麻痺《まひ》するような恐怖を乗り越えて、もう一度希望を見つけなくては。「あなたの言うとおりよ。何があったのかを徹底的に調べて、からくりを知る必要がある。コルビーはわたしたちを操ったあの一時間を楽しんでいた。顔にそう書いてあったわ。これで終わりにするつもりなんてないのよ。コルビーは自分の優位を見せつける新しい方法をいまも探している」

「そしてまた接触してくる」サムは言った。「コルビーはコンピューターを気に入っている。また使ってくるだろう」ベスのほうを向く。「例のコンピューター技術者を見つけてくれ。向こうの手の内を知りたい」

「いまやっているところよ。だいぶ進んでいるけど、まだ決め手がなくて」ベスは首を振った。「ケンドラ、可能性のありそうな人物の名前をふたつ送るから、調べてみて。残りの三人はわたしが調べる。それでいい？」

「わかったわ」コンドミニアムに着き、ケンドラは助手席のドアを開けた。「すぐに取りかかる。あなたはサムといっしょにいるんでしょう？」

「ええ、サムもわたしが必要かもしれないから」ベスはコンドミニアムの入り口を見た。

「ねえ、考えを変えて、いっしょにリンチの家に行かない？」

「なぜ？」ケンドラは車を降りた。「わたしに関するかぎり、状況は変わっていないでしょう。コルビーはまだ事を終わらせたがっていない。殺しを楽しんでいるのよ。つまりわたしは、比較的安全」

「比較的？」

ケンドラは頭を振った。「コルビーが生きているかもしれないと考えはじめたころから、ずっと心のよりどころにしてきた言葉よ。確かに、コルビーがいつ気を変えるかわからないけれど、向こうのゲームに付き合うしかない」ケンドラは建物の入り口へと向かった。

「リンチの家に戻って作業をはじめて。候補者の名前を送ってね、すぐに調査にかかるから。画面に映ったストークスの顔を忘れるには、仕事に没頭するしかなさそう」

「ジョゼフ・ノースラップがあやしいとにらんだのは納得ね」次の日、ハッカーの容疑者を調べたケンドラは、電話でベスに言った。「わたしも可能性が高いと思う。マサチューセッツ工科大学でコンピューターを学んだ天才肌で、十九歳で卒業。国じゅうのシンクタンクから誘いを受けたけれども、彼には役不足だったようね」

「ええ」ベスは言った。「だから第一候補にあげたの。株式市場をハッキングして資金操作をしたかどで逮捕歴がある。二年後に保釈されて、業界では引っ張りだこだった。この六年でいくつかの仕事をしているけれど、一年前から姿を見せていない。かなりあやしいわよね。どうやったら捜し出せるかしら」

「サンディエゴ市警に打診してみるわ。きっと喜んで手伝ってくれる。仲間をひとり失ったんだから、署をあげて犯人を追うはずよ。ただ、いちばんの問題は、警察がノースラップを逮捕しようとしないようにすることね。こちらがノースラップを追っているのをコルビーに知られてしまうから」

「そうしたら、コルビーの居所を知っているかもしれない唯一の人物を失いかねない」

「利用価値がなくなったら彼を、コルビーは生かしてはおかないでしょう。じゃあ、わたしから話をしてみるわ」ケンドラは電話を切り、警察にかけようとしてためらった。

警察を巻きこむのは気が進まない。さっきベスに言ったように、警察は躍起になっている。ノースラップはコルビーにつながる唯一の手がかりかもしれず、絶対に台なしにしたくない。でも、早くノースラップを見つけなくてはならないし、ほかに頼れる先は――

携帯電話が鳴り、ケンドラは発信者を確認した。

グリフィンだ。

「下に来ている」電話に出ると、グリフィンが言った。「話がある。あげてくれないか」

「もちろんよ」ケンドラは建物の入り口を解錠し、グリフィンが部屋の前まで来るとドアを開けた。「どうしたの、グリフィン」

「謝りたい」グリフィンは顔をしかめながら玄関ホールに入ってきた。「きのうはきみがショックを受けていることを考慮していなかった。少しばかり思慮を欠いていたと思う」

「そうね。でも、あなたは下心でもなければめったに謝ったりしない」

「素直に謝罪を受けてくれ。きみに求めるのはそれだけだ。わたしはいま地獄を味わっている。コルビーが生きていると信じなかったことで、メディアがわたしを血祭りにあげているんだ。そうそう、きみはヒロイン扱いだよ」

「きょうのところはね。あしたになればどうなっているかわからない」ケンドラは言った。

「そのために来たの？　わたしに謝罪したと記者発表できるように？」

「きみが正しいかもしれないと思っていたことはすでにメディアに言ってある。なんといっても、きみといっしょに戦利品の真偽確認をしていたんだから」

「様子見をしていたんでしょう。確たる証拠が出てこなければ認める気はなかった」

「いまは証拠を得た」グリフィンは手を振り動かした。「もう過ぎたことだ」

「どうかしらね。話はそれだけ？」

「いや。きのうサンミゲル・アヴェニューの家を手入れしたあと、サイバー部門の精鋭チーム・シムズに、サム・ザコフと協力してきのうの真相究明に当たらせることにした。ふたりは徹夜で作業していたが、つい先ほど結果の報告を受けた。それによると、われわれがあの家に踏みこんだとき、ストークスはすでに死んでいた。コルビーにとらえられたことがわかったときにはもう死んでいたんだ」

「確かなの？」

グリフィンはうなずいた。「途中で一瞬画面が暗くなっただろう。そのあと映像が復活したときから録画を見せられていた。おそらく数時間前のものだろう。あの家のパソコンのハードドライブからストリーミング配信されていた。ザコフであれ誰であれ、見抜くすべはなかっただろう。あれ以上追跡はできなかった」

「そもそもチャンスはなかったのね」あの心痛も、希望も、苦悶《くもん》も、すべて無意味だったのだ。「コルビーはわたしたちをもてあそんだ」ケンドラは身震いし、顔をそむけた。「さあ、用はすんだんでしょう。もう帰って」

「まだ用はすんでいない。ケンドラ、手を貸してくれないか。わたしはクワンティコから腕利きのコンピューター専門家を引き入れてザコフにつけた。本気なのはわかるだろう？ 一刻も早くコルビーをつかまえたい。それまでメディアの攻勢はやまないだろう」

「これ以上被害者を出さないことがいちばんの目的じゃないのね」

「もちろんそれもある。だが、個人的な理由を言わなければ、きみは信じないだろうと思ってね。早く片をつけたい理由はたくさんあるんだ」グリフィンは薄い笑みを浮かべた。

「きみも同じだろう。早期解決に向けて動き出す頃合いだ」

「わたしはもう動いているわ、グリフィン」

「意固地になるな。きみにはわたしが必要だ。お互いにわかっているだろう。捜査を手伝ってくれ」

「わたしたちが手に手をとって悪人を追っているようにメディアに見せるため？」

「それもある」グリフィンはいったん言葉を切った。「きみが必要なんだ、ケンドラ。先日、夜にわたしを呼び出してきみが同じことを言ったのを覚えているか？　立場逆転だ」そして付け加えた。「ストークスの遺体を見つけた」

ケンドラは体をこわばらせた。「どこで？　いつ？」

「二時間前だ。街の南側にあるうらぶれたホテルの屋上に捨てられていた。警察のヘリコプターが見つけたんだ。われわれがあのおぞましいショーを見ているあいだに遺棄したんだろう。いま鑑識が遺体と現場を詳しく調べているが、きみにも来てもらいたい」

「きっと何も見つからない。コルビーには現場をきれいに片づける時間がたっぷりあった」

「だが、それでも来てもらいたい」

「もちろん行くわ」ケンドラはジャケットをつかみ、ドアへと向かった。「その餌があれば釣れるとわかっていたのね」

「ああ」グリフィンはケンドラのためにドアを開けた。「だが、心から謝ったことは認めてもらいたい。誠実な謝罪だ。毎日差し出すものではないのでね……」

グリフィンとケンドラは、陰鬱なホテルの屋上へ続く短い階段をのぼった。八階建ての建物は何度か見たことがあったが、何年も前に廃屋になったものと思っていた。こんなところに誰が泊まるのだろう?

「ドラッグの密売人や娼婦《しょうふ》が利用するんだ」グリフィンが心を読んだかのように言った。

「コルビーが誰にも見咎《みとが》められずに入りこむのは簡単だっただろう」屋上へ出るドアを開ける。ケンドラはたちまち上空を飛ぶヘリコプターの轟音《ごうおん》に襲われた。

「テレビ局のヘリだ」グリフィンは言った。「死者に尊厳はないらしい」

鑑識員たちがまだ作業していたが、初期捜査はほぼ終わっているようだった。水色の靴カバーをつけた捜査官や刑事があたりを歩きまわっている。ケンドラも靴カバーと手袋をつけ、前に進み出た。そしてストークスの遺体に目を向け、凍りついた。

苦痛と恐怖、そして死によって、ストークスはすっかり面変わりしていた。

引きずられてはいけない。

集中して。

ストークスが語りかけていることはないだろうか?

いいえ、あるのは命のはかなさだけ。

〝あなたは立派な人だわ〟

ストークスにかけた最後の言葉はそれだった。

その立派な人間が痛めつけられ、命を奪われた。

死ななくてはならない理由など、何もなかったのに。

「ここで何をしている?」

振り向くと、ケッチャムが屋上を横切って近づいてくるところだった。以前のけんか腰の態度は消えていたが、口調は苦々しい。

「あなたと同じことよ。ストークスを殺した犯人を見つけようとしているの」ケンドラは相手と目を合わせた。「お悔やみを言うわ、ケッチャム。つらいでしょうね」

「あんたにわかるのか?　おれはあいつといっしょに警察学校に通った。いっしょに昇進した。あいつの結婚式では付添人を務めた。ああ、実につらいよ」ケッチャムの目がうるんだ。「そして、あんたに出会わなければ、あいつはまだ生きていた」

「そこまでにしろ、ケッチャム」スターガーがケッチャムのそばに現れた。「彼女のせいじゃないのはわかっているだろう。少なくとも、頭がまともに働いていればわかるはずだ。コルビーは異常者で、ストークスはその犠牲になった。彼女は何度も言っていたじゃないか、コルビーは生きていると。おれたちは協力してコルビーをつかまえるべきだ」

「コルビーはストークスをこの女へのプレゼントとして殺した。やつがそう言ったのを聞いただろう」

「彼女が必死にコルビーを止めようとしていたのも聞いたはずだ。みんな聞いていた」スターガーの声が悲しみにかすれた。「おれだってつらい。だが、正しい標的に集中しなくちゃならない」

「ありがとう、スターガー」ケンドラは言った。「わたしはその手伝いをしたい。だからここに来たのよ」

スターガーはぎこちなくうなずいた。「協力に感謝する。ケッチャムも落ち着いたらそう思うはずだ。ストークスはいつも、あなたのことを優秀だと言っていた。お手並み拝見といくよ。用があったら呼んでくれ」そして、ケッチャムを押してケンドラから離れた。「行こう、仕事が待ってる」

ケッチャムは最後にケンドラを見てから、スターガーと歩き去った。

「気持ちのいい対面ではなかったな」グリフィンが後ろから言った。「ケッチャムが手をあげるかと思った」

「そうね」ケンドラはふたりの刑事を見送った。「でも責めることはできない。コルビーはこの殺しの中心にわたしを置いた。ケッチャムは親友を大事にしていたのよ」

「寛大だな」

「いいえ、わたしはただ理解しようとしているだけ。ケッチャムの怒りや痛みはよく理解できるわ――ストークスの死に対するあなたの反応よりもずっと」ケンドラはグリフィンに背を向けた。「さあ、あたりを見させて。ここに来た甲斐《かい》があったと言える発見があるか、見てみましょう」身構えて、屋上を横切る。遺体はまだそこにあった。

来たわよ、ストークス。

後悔と尊敬を抱いて、そしてあなたのために正義がなされることを祈って。

あなたは気に入らないでしょうけど、あなたを立派な人だと思っていることはわかって。

ケンドラはストークスのそばに立った。

そして、凍りついた。「ポーズをとらされている」

「ああ、そのようだな」

ケンドラはしゃがみこみ、近くで観察した。血に汚れた指が糊《のり》づけされ、肘を曲げて平らな手のひらが後ろに反らされている。

グリフィンが携帯電話を取り出した。「軍の手信号を調べてみよう」

「その必要はないわ」ケンドラは言い、立ちあがって街のほうに目をやった。「この信号なら知っている。予想していたわ。〝次の攻撃を待て〟という意味よ」

13

リンチの家
午前三時十五分

ああ、わが家はいいものだ。

アダム・リンチは表情をゆるめながら、通りの突き当たりへと向かった。家が見えただけで、肩と背中の緊張がほどけていく。ルクセンブルクでの日々はただでさえ緊迫していたのに、エリック・コルビーの事件が急展開し、さらに厳しいものになった。コルビーがグロテスクな帰還を果たしたときに、一万キロのかなたで身動きがとれないことに苛立《いらだ》った。

ルクセンブルクではまだ始末をつけるべき事柄がいくつか残っていたが、代わりの人間にあとを任せて帰国した。そもそもコルビーを逮捕したのはケンドラで、コルビーの病的な復讐《ふくしゅう》がどんな形をとるのかは誰にもわからない。

だが、少なくともいまのところケンドラは無事だ。リンチが自分の身を守るべく建てた家で、安全に守られている。あそこにいるかぎり、コルビーも手出しできない。早くケンドラに会いたかった。あと数分でそれが叶《かな》う——

いや、もう夜も明ける。ケンドラを起こすのはやめて、お互い睡眠をとってから会うほうがいいだろう。

背の高い門が開き、私道に入ってガレージへと急いだ。車を停《と》め、携帯電話の指紋認証センサーに親指を当てて家の鍵を開ける。なかに入り、ドアのそばに荷物を置いた。

帰ってきた。ジムで少し汗を流して、シャワーを浴びて、それから……。

物音がした。

キッチンで何かを引っかく音がする。

ケンドラか？

きっとそうだ。けれども、油断はできない。コルビーではないだろうが、旧敵の誰かが自分を狙っているのかもしれない。

リンチはゆっくりと静かに体の向きを変え、大きなスーツケースからトーラス社の45口径オートマチックを取り出した。弾倉を確認する。フル装弾されている。

またキッチンから物音がした。さっきより大きい。

リンチは銃口を天井に向けながら、暗い居間を進んだ。

足音が近づいてくる。

ドア口を人影が横切った。

ケンドラではない。身長百八十センチほどの男。両手に何かを持っている。

リンチは狙いを定めた。「動くな！」

「うわっ、なんだ？ なんだよ」

リンチは首を傾《かし》げた。この声は殺し屋のものとは思えない。父親の酒瓶を漁《あさ》っているのを見つかった、十代の子どものようだ。

「手に持っているものを捨てろ」

ためらいなく、男は手を離した。気に入りの皿がリンチの目の前で砕けた。

「それはなんだ？」

「チーズサンドイッチだよ」

「なんだって？」

「〈アウリッキオ〉のプロボローネチーズをはさんだプンパーニッケルだ」

「ぼくのプロボローネとプンパーニッケルか」

「それは場合による」男は用心深く言った。「きみはアダム・リンチか？」

「そちらから名乗れ。おまえは誰だ」

「サム・ザコフだ。ケンドラ・マイケルズを手伝ってる。おれが危険にさらされていると判断して、ケンドラがおれをここに連れてきた」

「階上《うえ》でケンドラを起こして、確認してもらったほうがよさそうだ」

「階上？　この家にはベス・アヴェリーしかいない。ベスでもいいか？」

「だめだ」リンチは銃を握りなおした。「ケンドラはここにはいないということか」

「ああ、来るよう説得したんだが、自分の家にいると言い張った。頑固だからね。その銃をおろしてくれないか」

「まだだめだ。身元が確認できていない。いま携帯電話を持っているか」

「ポケットに入ってる」

「よし、ゆっくり取り出して、ケンドラにかけろ。スピーカーホンにして」

「ケンドラが出なかったら？」

リンチはそばにあったテーブルのランプをつけた。サムに銃を向けたまま言う。「出るよう祈るんだな」

サムはそろそろと手をおろし、親指と人差し指で携帯電話を引っ張り出した。

二度めの呼び出し音でケンドラが出た。「サム。いまベッドに入ったところなの。重要な用件ならすぐに話して。でなければ朝になってから——」

「重要なことだと思う。アダム・リンチがここにいる。きみと話したいそうだ。真面目な話、リンチはいまおれの胸に銃を向けてる」

「え？」

「やあ、ケンドラ」リンチは部屋の反対側から言った。

「リンチ……そこで何をしているの？」

「このまえ確かめたときには、ここはぼくの家だったんだが。まちがえたかな」リンチは銃をおろした。「この男の身元を保証してもらえるのかな？」

「もちろん。彼はサム・ザコフ。とんでもない天才よ。危険な人じゃないし、あなたと気が合うと思う。とにかく、サムを撃たないでくれてよかったわ」

「ありがとう、ケンドラ」サムはにやりと笑った。「これからは仲よくやれると思うから、もう致命傷を負わされる危険はないよ」

リンチは肩をすくめた。「そんなことは言っていないぞ」

サムのにやにや笑いが消えた。

「こんなことになってごめんなさい」ケンドラは言った。「あなたが帰ってくるなんて思っていなかったから。もし知っていたら――」口ごもり、疲れたように続ける。「いいえ、連絡する暇はなかったわね。いろいろ忙しくて――わたしがそちらに行きましょうか」

「そもそもきみはここにいるべきだったんだ」リンチは冷ややかに言った。「だが、その話はあとにしよう。もう休んでくれ。こっちが片づいたらまた連絡する」

リンチはサムにうなずいた。サムは電話を切った。

「知ってると思ってたんだ」サムは言った。「すまなかった」

「普段ならたいしたことじゃないんだが、いまは少々動揺している」

「わかるよ、家に帰ってきたら見知らぬ人間がキッチンにいたんだからな」

「いや、ぼくが動揺しているのは、きみが心臓を撃たれて床に倒れる寸前だったからだ。どれだけ危険な状況だったか、きみはわかっていない」

「うへぇ」サムは一歩あとずさったが、すぐに立ちなおった。「まあ、銃を向けられたおれがお漏らし一歩手前だったことをきみはわかってない。だからお互いさまだ」

リンチは唇をゆがめた。「それで、きみはなんの天才なんだ？」

「コンピューターだよ。ソフトウェア、ハードウェア、ネットワーク……ケンドラのいかれた友達、コルビーが急にそういうものに詳しくなったんで、おれが助っ人《すけと》に呼ばれた」

「ぼくも天才ではないが、その方面には詳しい」

「そうだと思ってたよ、ここに置いてある機材を見たから。書斎にあった機器を使いこなせるんだろう？」

「いくつかはぼくが設計した。最近、一メートル以内にある携帯電話に侵入するカスタムアプリを書いたんだ。連絡先や通話記録といった個人情報にアクセスできる」リンチは携帯電話を持ちあげた。「実を言うと、さっき話しているときにそれを使った」

「ほんとうに？」

「ああ。実に便利で――」電話機の画面を見てリンチは凍りついた。とまどってサムに画面を向ける。そこにはこう書かれていた。〝おれの携帯から出ていけ、くそったれ〟

サムはにやりとした。「おれもカスタムアプリを書いたんだ。ばかなやつがおれの携帯電話に侵入するのを防いでくれる」

「どうやら高性能のようだな」

「侵入者の電話機のデータを消去するオプションも設定できる。電話機はおしゃかだ」

リンチは動きを止めた。無表情だが、一瞬何かがその顔をよぎった。「ほんとうに？」

「心配いらない。いまはその設定はオフになってる」

リンチは電話機をポケットにしまった。「ちょっとした好意ということだな」

「どういたしまして」

リンチは突然笑い出した。「ケンドラの言うとおり、ぼくたちは話が合いそうだ」

「ふう」サムは安堵《あんど》のため息をついた。「また銃を引っ張り出されるかと思ったよ」

「もっと穏便な話をしよう。この家にはケンドラが携帯電話画面で指をスワイプさせないと入れないようになっているんだが、きみはどうやって出入りしているんだ？」

「そのアプリのクローンを作って、ケンドラにおれの携帯電話でスワイプをしてもらった。そのあとアプリを改造して、出入りするときにケンドラの指紋が識別されるようにした」

「ふむ。この家のセキュリティシステムを見直さないといけないようだな」

「いまでもすこぶるすばらしいが、おれもすこぶるすばらしいからね」サムは居間をうろつきながら言った。「ケンドラはここを郊外の要塞と呼んでいたが、まさしくそのとおりだな」サムは目を輝かせた。「おれの計算がまちがっていなければ、四十ミリ砲のランチャーを背負った一団に攻撃されても耐えられるんじゃないか」

「そのとおりだ。もちろん、近所はひどい目に遭うだろうが」

「軍隊を想定してるのか？」

「ちょっとした軍隊を動かせる連中を怒らせてきたからね」

「ふたつ訊《き》きたい。それはどんな連中なんだ？　それから、どうやって怒らせた？」

「ぼくはフリーランスで働いている。だから、相手はそのときの雇い主による」

「政府のために働いていると見たが」

「そうだ。だが、いろいろな機関でさまざまな任務につく。アメリカでは犯罪組織をいくつも壊滅させたし、アフリカでは軍閥や腐敗した独裁国家を倒したこともある」

「すごいな。どうやるんだ？」

リンチは黙り、相手を見つめた。ザコフはその質問が危険であることに気づいてすらいない。新しいパズルを解くのに夢中の子どものようだ。とりあえず、その答えは機密事項でもなんでもなかったし、熱心さにもほだされた。少しなら答えても問題ないだろう。

「どうやるかって？　説得する。互いのゴールは同じだと納得させるのが得意なんだよ」

「なるほど、人形使いか」

「ケンドラが言ったんだな。その呼び名は好きじゃない」

「だが、きみの能力を言い表すにはぴったりだ」

「それでも、好きになれない」リンチはにべもなく言った。

サムは両手をあげた。「悪かった。もうその呼び名は使わない」

リンチはスーツケースとキャリーバッグをつかんだ。「ところでケンドラだが、いまから会いに行って、こちらに連れてこようと思う」

「いまから？」

「反対か」

「もう朝の四時だ。さっきの電話ではもう休めと言ってなかったか？」

「ああ。だが考えが変わった。ちょっと気が立っていてね。ぼくが眠れないのにケンドラが眠っているのは不公平じゃないか？　部屋に荷物を置いたらケンドラの家に行く」リンチは階段の上を手で示した。「ぼくの主寝室は使っていないだろうね？」

サムは顔をしかめた。「おれの荷物をすぐに出すよ。きみが帰ってくると連絡を受けたら、すぐにここを出るつもりだったんだ。数分ですむ」

サムは階段を駆けあがった。

電話が鳴り、ケンドラははっとした。先ほどのリンチとの会話のあと、ベッドに横たわったのではなかったのだろう。リンチはおそらく、本気で休めと言ったのではなかったのだろう。電話の声は怒っているようだった。でも、責めるわけにはいかない。リンチのただひとつ安心できる場所に無断で入りこんだのだから。

ケンドラはベッド脇のテーブルから電話を持ちあげ、通話ボタンを押した。

「下に来ている。入れてくれ」リンチが言った。「いますぐに」

「なぜ？　さっきベッドに戻れと言ったくせに、夜中に押しかけてくるなんて」

「入れてくれ、ケンドラ。いつ我慢の限界が来るかわからない。試したくはないだろう」

試してみたい衝動に駆られたが、ケンドラは解錠のボタンを押した。そして飛び起きてローブをつかみ、玄関へ向かった。

「わたしに腹を立てるのも無理はないと思ってる」ケンドラはドアを開けて言った。「でも、がみがみ言うのはやめて。このところひどい毎日を過ごしているのよ」

「そのようだな」リンチはなかに入り、乱暴にドアを閉めた。「だが、こちらも大変だったんだ。同情する気分じゃない」

そしてケンドラを抱きよせ、キスをした。

熱、怒り、そして、性的な高ぶり。

驚きのあまり、ケンドラは立ちすくんだ。

やがてリンチはケンドラを離し、キッチンへ向かった。「これが必要だったんだ。今度はコーヒーがほしい。こっちへ来て話し相手をしてくれないか」

ケンドラはためらったものの、ほかにどうしていいかわからず、あとについていった。

唇が熱くうずいている。この反応は、突然の接触のショックのせいだろう。

ちがう、それはごまかしだ。ふたりのあいだの引力はいつもそこにあり、マグマのように表面下で熱く煮えたぎっている。けれどもそれは、リンチといっしょに働くなら認めてはいけないものだ。心を乱されてしまう。リンチ自身に心を乱されてしまう。

「きみはどうする?」リンチがコーヒーメーカーにカップをセットしながら尋ねた。

「わたしはいらない。もうベッドに戻りたいんだけど」

「まだだめだ。だが、長居はしない」リンチはコーヒーを持ってテーブルについた。「さあ、これを飲むあいだ、なぜぼくに電話して状況を知らせなかったのか説明してほしい。ルクセンブルクを発《た》つ飛行機に乗って、グリフィンのところの情報提供者に連絡をとるまで、何が起こっていたか知らなかったんだ。それも、詳細はわからないときている」

「あなたはあなたで忙しかったんでしょう。そう言っていたじゃない」ケンドラはリンチの向かいに座った。「人質事件はどうなったの?」

「厄介だったよ。ひとり死にかけた」リンチは肩をすくめた。「だが、なんとか人質と脱出できた。前にも話したように、潜入捜査をしていたから、救出が終わるまで自分の電話は使えなかった」

リンチは疲れているようだった。目が落ちくぼみ、雰囲気が張りつめている。「大変だったわね。うまくいってよかった」

「ああ」リンチは口もとを引きしめた。「きみの心配をしたりしないで、集中できたのはよかったよ。ようやく携帯電話が手もとに戻ったときにはほっとした。今回はきみがぼくの頼みを聞いてくれたんだと思ったから」

ケンドラは眉根を寄せた。「どういうこと？」

「わからないのも当然だな。そんなことは起こりえない。そういうことだろう？」

「なんの話をしているの？」

「家まで車を走らせているとき、きみはぼくの家で安全に暮らしているんだと確信していたんだよ。ところが、家にいたのはコンピューターマニアだった」リンチはコーヒーを飲んだ。「興味深い人物だが、ぼくが期待していた相手ではなかった。きみのいる家に帰るんだと思っていたのに」

「サムのために安全な場所が必要だったのよ。電話したけれど、あなたはもう潜入捜査に入っていたみたいで。かけなおすつもりが、いろいろ忙しくて……」ケンドラは頭を振った。「でも、なぜわたしがあなたの家にいると思ったの？」

「きみの携帯電話に解錠アプリを入れただろう。それがライセンス認証されたときに通知メッセージが届いたんだ。ぼくの助言に従ってくれたんだと思った」リンチは厳しい表情を浮かべて目を光らせた。「あの家に来るべきだったんだ。サムから何があったかを聞いて、きみがまだコルビーにその身をさらしていることが信じられなかったよ」

「ここは安全よ。鍵を全部替えたし、気をつけているから。それに、コルビーはまだわたしには手を出さない」

「ああ、その理屈はサムから聞いた」

「こんな状態は早く終わらせないと」ケンドラは声を震わせた。「これ以上は耐えられない。コルビーをおびき出す必要があるのよ」

リンチは低く悪態をついた。「ばかを言うな」

ケンドラは黙ったままリンチを見た。

「いいか、ほかの方法もある。みんなで話し合ってほかの道を探り、罠《わな》を仕掛けるんだ」

「わたしは自分にできる精一杯のことをしているのよ。ガードを固めてコルビーが地下に潜ってしまっては困る」

「きみの首をポールに刺すのはとても無理だ、そう思われたら困ると？」

ケンドラは弱々しい笑みを浮かべた。「そういうことよ」

「笑うな。おもしろくもなんともない。こんなことは認められないよ、ケンドラ」

ケンドラは表情を改めた。「それこそばかを言わないで、リンチ。あなたが何を認めるかは関係ない。きのう、人間にはとても耐えられない拷問を受けて死んだ人に会ってきたのよ。コルビーがわたしへのプレゼントにすると決めたせいで彼は死んだ。あんなことは二度と起こさせない」

リンチは黙りこんだ。そして手を伸ばしてテーブルの上でケンドラの手を握った。「ケンドラ、ひとりですべて抱えこむな」

ぬくもり。安心。理解。

ケンドラは喉が締めつけられるのを感じた。泣いてはいけない。これまでずっと耐えてきたのだから。リンチがここにいて、すべてがよくなる、もっと安全になると思えるというだけでくずおれてはいけない。

「そんなに思いつめてはいけない」リンチは手を放し、ケンドラの頬をなでた。「だいじょうぶだ。いっしょに対処しよう。話してくれ。何があったのか、どうやってあの異常者を追ってきたのかを」

頼もしくて、魅力的で、やさしい。人形使いの本領発揮だ。けれどもいまは、もっと深く、もっと複雑で、もっと誠実な何かを感じた。「サムが話したんじゃないの？」

「簡単にな。ぼくはきみから見た話を聞きたい。きみが話すあいだ、きみの表情を見ていたい」

「いいわ」ケンドラは肩をすくめた。「でも、楽しい話じゃないわよ」

ケンドラは話しはじめた。

簡単ではなかった。傷はまだ生々しく、記憶はおぞましすぎた。けれども、取り乱すことなく話しおえた。

少なくとも、そのつもりだった。

「ひどいな」リンチの指が、ケンドラの頬を伝う涙をぬぐった。「ほんとうにひどい」

「ええ」ケンドラは立ちあがり、カウンターからティッシュをとった。「ストークスの死を無駄にするわけにはいかない。コルビーがまた誰かを傷つけるのを防がなくてはいけないの」ケンドラはティッシュで頬をぬぐった。「話はこれで終わりよ。満足した？」

「いや、満足はしていない」リンチは椅子の背にもたれ、足を投げ出した。「ぼくはここにいることができなかった」

「ひとりで何もかもはできないわ」

「そんなことはない。ぼくの評判を忘れたのか。高給をもらっているのは、ただ指をくわえて座っているからじゃない」リンチは難しい顔で考えこんだ。「まずすべきことは、コルビーのコンピューター専門家を見つけることだな。サンディエゴ市警に協力を求めるつもりだと言っていたな？」

「それがいいと思ったのよ。警察やＦＢＩは敵討ちに躍起で、その点は心配だけど」

「そうだな」リンチは言った。「ぼくがやる。法執行機関にも犯罪組織にも情報提供者がいるし、サムもコンピューター業界の各分野に人脈があるだろう。きっとうまくいく」

ケンドラは安堵が湧きあがるのを感じた。「どれくらいかかりそう?」

リンチは頭を振った。「急ぐが、どうなるかわからない」そして、間を置いて言った。「だが、きみを心配して時間を無駄にするつもりはないよ。作業に差し障る」

ケンドラは体をこわばらせた。「でも、言ったでしょう――」

「虎を待つ生贄《いけにえ》のヤギになるつもりなんだろう。それはだめだ。別の方法を見つける」

「わたしに命令しないで」

「そんなつもりはない。ぼくが言っているのは、きみがこのままここにいると、定期的にきみに目を配らなくてはいけなくなるから、作業が遅くなるということだ。きみはそれでいいのか?」

「よくないわ」ケンドラは考えこんだ。リンチはこちらを操ろうとしているのかもしれないが、言っていることには一理ある。リンチは過保護だし、そのために物事の優先順位を変えられるのは困る。「別の手もあるかもしれない」

「よし」リンチはコーヒーを飲み干した。「着替えてきてくれ。スーツケースに荷物を詰めて、ここに置いてある証拠品や情報もまとめるんだ。そのあと出発しよう」

「いま? そんなに急がなくても。あなたは家に帰って。わたしは朝になったら行くわ」

「もう朝だよ――四時二十二分だ」リンチはにやりと笑った。「ぐずぐずするな。きみがいっしょでなければぼくは帰らない」

リンチは本気だ。「わかった。でも、後ろからついていく。自分の車が必要だから」

「もちろんそれでかまわない。閉じこめておくつもりはないからね」

「あなたならやりかねない」ケンドラは冷ややかに言った。「足枷《あしかせ》はお断りよ」

「そんな考えは忘れていい」リンチの視線がケンドラの脚から足首、素足へと動いた。

「だが、そそられる案だな。きみの足首はセクシーだし、素足のきみを見るのは大好きだ。コルビーが生きているかもしれないとわかった直後、同居していたときのことを思い出すよ。素足のきみがカーペットに指先をうずめて歩きまわるのを見るのが楽しみで――」

「やめてよ。あなたが足フェチだと知っていたら、もっと気をつけたのに。いまわかってよかったわ」

リンチはため息をついた。「墓穴を掘ったな」

ケンドラはドアへ向かった。「十五分で支度するわ」


「そのスーツケースの意味は、わたしが考えてるようなこと？」リンチとケンドラが玄関に着くと、ベスがドアを開けた。まだ五時前だが、ベスはジーンズとシャツを着ていた。リンチをちらりと見て言う。「あなたがアダム・リンチ？　ケンドラを連れてこられるほどの力があるなら、もっと早く帰ってきてくれればよかったのに」

「力などない。理性に訴えただけだよ。きみがベス・アヴェリーだね」リンチは握手をした。「ようこそわが家へ。それとも、これはきみの台詞《せりふ》だったかな」

ベスはくすくすと笑った。「サムから、わたしたちが入りこんでいたせいであなたがちょっと怒っていると聞いたわ。わざわざ起こして話してくれたの。どうやら貴重な出会い方をしたようね。あなたがサムに銃を向けてるところを見られなくて残念」

「わたしはよかったと思ってる」ケンドラはドアを閉めた。「あなたがいたら、リンチを押さえつけようとしたでしょう。それは賢い行動とは言えないわ。ババとはちがうのよ」

ベスは感心したようにリンチを眺めた。「それはわかる」そして微笑《ほほえ》んだ。「試すはめにならなくてよかった。でも、おもしろかったかも。ケンドラからいろいろ聞いてるのよ、リンチ。この家に住んでわかったこともたくさんある。留守中に入りこんだことを許してもらえるといいんだけど」

リンチは肩をすくめた。「すんだことだ。いまはぼくの客だよ。会えて光栄だ。ザコフやケンドラから、きみは個性的だと噂《うわさ》を聞いている」

「個性的。それって変わり者の同義語？」ベスは答えを待たずにケンドラのほうを向いた。「移ってくる決心をしてくれてよかった。サムの世話を手伝ってくれる人がほしかったの。グリフィンがコンピューターの専門家を動員してから、サムは昼も夜も働きづめで。シムズはかなりの切れ者らしくて、どうやら張り合ってるみたいなのよ」

「ありえるわね」ケンドラは言った。「サムはいちばんでないと気がすまない人だから」

「息抜きが必要そうだな」リンチは書斎のほうへ歩き出した。「できることがないか見てこよう」

ベスはリンチが書斎に消えるのを見てにやりとした。「エネルギッシュな人ね。あなたを連れてこられたのも納得」

「さっき言っていたように、リンチは理屈を使うのよ」ケンドラは鼻に皺《しわ》を寄せた。「そして、ちょっぴり脅しをにじませるの」

「ほんと、エネルギッシュな人」ベスは繰り返し、階段へ向かった。「来て、部屋に案内するわ」そして笑った。「でもあなたのほうがここには詳しいのよね。ここに来てから管理人の気分になっちゃって」

「あなたがいてくれてよかった」ケンドラはあとについて階段をあがった。「サムを手伝ってくれてほんとうに感謝してる。かなり肩の荷がおりたわ」

「それならわたしは、ふたりのためにここにいられてよかった」ベスはドアの前で立ち止まった。「ここでいい？」

「どこでもいいわ、どこもすばらしい部屋だから」ケンドラはドアを開けて部屋をのぞいた。広々として贅沢《ぜいたく》で趣味がいい。「問題ないわ」そしてベスを振り返った。「リンチがノースラップを捜してくれることになったの」

「そうだと思ってた」ベスはケンドラを抱きしめた。「なんだかいい予感がする。みんないっしょに安全な場所にいて、強力な手がかりを頼もしい味方が追っている。暗闇の日々はきっと終わったのよ」

「そうね」ケンドラはベスをきつく抱きしめた。そうならいい。ベスがそう感じるなら、わたしもそれに倣おう。ケンドラはもう一度腕に力をこめてから、一歩さがった。「荷ほどきをしてシャワーを浴びてから階下《した》に行くわ。家を出てくるとき、顔さえ洗わせてもらえなかったから」

「準備ができたらおりてきて。四十分後に朝食よ」

ケンドラはドアを閉め、しばらくそこで立ちつくした。

暗黒の日々は終わったのかもしれない。

コルビーは闇の化身だ。コルビーのいるところには常に暗闇がある。

けれどもいま、コルビーはここにはいない。考えるのはやめよう。楽観はできなくても、少なくとも後ろは振り返らずに、前を向こう。

未来は自分で作ることができる。

ベスの言うとおり、味方はそろっている。チャンスはある。

手を伸ばしてつかみさえすればいい。

この部屋は最高に美しい。

コルビーは巨大なカートにモップを投げ入れ、階段を何段かのぼって室内を見まわした。床と壁はいま、温かく黒いタールで厚く覆われ、あらゆる光をとらえてのみこんでいる。クリーム色の防腐処置用テーブルが虚空に浮いているかのようだ。

美しい。ひたすら美しい。

ひと晩じゅうこの部屋で働き、最終章のための準備をした。ここを使うのはそれが最後の機会になるだろう。長年役に立ってくれた場所の、輝かしい終幕を思い描く。

階段のそばの壁に手をふれた。そこのタールはすでに固まり、ひんやりとしている。

完璧だ。

ほかのすべてと同じように。

コルビーは笑みを浮かべた。辛抱強く待った甲斐《かい》があった。

ようやくその時が来ようとしている。

手を伸ばしてつかみさえすればいい。

14

リンチの家
午前八時三十五分

「起きる時間だ」リンチが階段の下から言った。「いま起こしに行くところだった」

「まだ二時間しか寝ていないのに」ケンドラは階段をおりながら言った。「でも、眠れてよかった。このところよく眠れなかったから」

「そうなのか?」リンチはうなずいた。「少しやつれているなとは思っていた。やせたように見える。夜ごとコルビーにうなされていたのか」

「気に入らないほどね」

リンチは口もとを引きしめた。「ぼくも気に入らないな」ケンドラの目の下のくまに指をふれる。「早く解決しよう。ゆうべ眠れたのはよかった。だから、もっと早くここに来るべきだったんだ。ここにいれば安心できる」

「あなたはいつだって正しいのよね」リンチの言葉には真実が含まれていたが。この要塞だけが安心をくれているわけではないことを教えるつもりはなかった。リンチの存在そのものが安心の源になっている。「きょうは何をするの？」

「FBI支局へ行ってグリフィンと会う。ストークスの拉致と死について詳しく知りたい。いまごろは新事実や目撃情報も集まっているだろう」

ケンドラはうなずいた。「グリフィンからメールがあって、ストークスは自宅で拉致されたと考えているそうよ。あとで続報をもらうことになっている」

「じゃあ、直接訊《き》こう。ほかの進捗についても」リンチは居間を通ってキッチンへと向かった。「コーヒーを飲んでから出かけよう」

「コルビーのコンピューター技術者について、サムと話をしたの？」

「サムにサンフランシスコの仲間から情報を集めてもらっている。ノースラップは有望だが、この一年、やつを見た者も話に聞いた者もいないそうだ。製薬会社のハッキングをしたのが最後らしい。金好きだと踏んで、国じゅうのぼくの情報提供者を通じて資金洗浄について問い合わせている。賢いやつだから、報酬をきれいな金にしてから国外に送金するはずだ」リンチはにやりとした。「いずれにせよ、必ず見つけ出す。時間の問題だ」

「わたしたちにはその時間がないのよ」

「それなら、早める方法を見つけよう。はじめたばかりだから――」

「ちょっと待って」ケンドラは居間の肖像画の前でリンチの言葉をさえぎった。「訊こうと思っていたのよ。あなたのビキニ美女はどうしたの？」

リンチは足を止め、ケンドラの肖像画を見あげた。「ぼくの審美眼が育ってきたのかもしれない」

「何よ、それ」

「でなければ、きみの肖像画が呼び起こすもの……思い出させるものが気に入ってるのかもしれないな」

ケンドラは絵を見つめた。「気を使う問題ね。すてきなアシュリーはなんて？」

「喜んではいなかったが、自分よりも恵まれていない女性には情けをかけるべきだ、と」

「アシュリーがそう言ったの？」

「いや、ほのめかしただけだ。心を読みやすい女性だから」

「買ったのはいつ？」

「最初に見た二日後だ」リンチは顔をしかめた。「ふっかけられたよ」

「なぜ交渉しなかったの？」

「ウォーレンは、ぼくが絶対に買うと確信していた。どうしてもほしかったんだ」リンチはケンドラの目を見つめた。「だから、手に入れた」

熱。

ケンドラは急いで顔をそむけた。「カモにされたのね」

「いや、そうじゃない。とにかく絵はぼくのものになった。いつでも眺めたり、ふれたり、愛《め》でたりできる」

「壊すこともね」

リンチは首を振った。「そんなもったいないことはしないよ。きみはずっとここにいることになる」そして、ケンドラの肘をとってキッチンへいざなった。「きみなしではやっていけそうにない……」

サンディエゴ
FBI支局
午前九時五十分

ケンドラとリンチはFBI支局のエレベーターをおり、長い廊下をグリフィンのオフィスへと向かった。忙しそうに働く人々を見まわしたケンドラは、いつもより緊迫した空気を感じた。

リンチもそれを感じたようだった。「異常者が野に放たれていて、その責任の一端が彼らにあるとみなされているからな」静かに言う。「まずい状況なのをわかっているんだ。協力を取りつけるのは難しくないだろう」

「人形使いらしい発言ね」

「ふむ、きみに胸の内を明かすのはやめたほうがよさそうだ」

「気にしないで。コルビーに迫れるなら、どんな駆け引きでもやってちょうだい」

「それならよかった。コルビーは必ずしも忌避すべきものじゃない。相互に利益をもたらすよう、状況をコントロールするというだけのことだ」

「へえ。次にわたしを操ろうとしたときにそれを言ったら、引っぱたくわよ」

リンチはにやりとした。「だろうな」

ケンドラは、ガラスで廊下と仕切られた広い会議室にいるグリフィンを見つけた。数人の捜査官がいっしょだ。グリフィンがケンドラたちを手招きした。

長いテーブルにファイルや報告書、写真が山積みされていた。捜査官たちが関連する資料を次々とボードに貼っていく。

テーブルの中央に積まれた写真を見て、ケンドラは凍りついた。

ケンドラの写真だ。サン・クエンティンのコルビーの独房を訪れたときに見た、あの写真。

あのとき以上に、気分が悪くなった。コルビーはケンドラの写真がほしいと言って、大勢いる文通相手にウェブ上の写真を印刷させて送らせた。いずれケンドラが捜査に来ること、壁一面の写真を見ればケンドラが動揺することを見抜いていたのだ。

「また見せてしまってすまない」グリフィンが言った。「コルビーが処刑されたあと、われわれは――」

「コルビーが処刑されたとみなされたあとでしょう」ケンドラは言った。

「そうだ。処刑されたとみなされたあと」グリフィンは続けた。「コルビーの所持品と、通話や面会の記録を差し押さえる手続きをとった。それを全部ナショナル・シティの倉庫から引っ張り出してきた」

リンチは開封された手紙の山を見た。「大量殺人犯なのに人気だな」

グリフィンは肩をすくめた。「有名人が好きなんだろう。コルビーにコンピューターの協力者がいるのはまちがいないから、接触した相手の身元を鋭意調べている」

「このほとんどは、前にもらったリストに入っているんでしょう」ケンドラは尋ねた。

「ああ、だがすべてではない。写真の裏にメモされていた名前や、コルビーが刑務所で使っていた携帯電話に登録されていた名前もある。漏れのないようにしたいからな」グリフィンはテーブルから紙束を持ちあげた。「きみの友人ベス・アヴェリーが、有力候補に関する詳細な情報を送ってくれた。ジョゼフ・ノースラップとあと数人の名をあげている。たいしたものだ」

「ベスは本当にたいした人よ」ケンドラは言った。

「鑑識のコンピューター専門家、シムズも同じ意見だ。ザコフと共同で作業してもらっているが、もっと密に協働してほしいという長官の意向で、けさこちらに向かっている。昼ごろに着く予定だ。ここで支局のスタッフに会って、そのあとベスに、彼女が作った文書の説明を聞きたいと言っている」

「もとになっているのはあなたが何カ月も保管していた資料よ」

「当てこすりたい気持ちはわかる」グリフィンは言った。「その権利もあるだろう。われわれはまだ遅れを取り戻している最中だ。だが着々と前進しているし、全力をつくしているのはわかってもらえると思う」

「ええ、それはわかる」グリフィンはわたしに認めてもらいたいのかもしれない。けれどもこうしてコルビーの持ち物に囲まれていると、壁が四方から迫ってくるように感じた。サン・クエンティンの独房にいたときと同じだ。

深呼吸をして、激しい鼓動を静めようとした。

耐えるのよ。動揺したら、あの怪物に勝たせることになる。

リンチが前を向いたまま、ケンドラの腕をきつくつかんだ。ケンドラは安堵《あんど》がこみあげるのを感じた。リンチだけはこの心の内を見てとることができる。けれども、捜査官が大勢いる前でわたしが動揺していることを暴こうとはしない。

「わかったわ」ケンドラはようやく言った。携帯電話を取り出す。「ベスにメールをして、昼に打ち合わせをしたい、資料も持ってきてと伝える」

「よろしく頼む」

リンチはすばやくグリフィンのほうを向き、話題を変えた。「ストークスがどこで拉致されたかはわかったのか」

「目星はついている」グリフィンはドア口を頭で示した。「見せよう」

グリフィンのあとについて、ふたりは数メートル離れた別の会議室に入った。先ほどの部屋に比べると静かで、ふたつのボードが家や私道の写真で埋めつくされている。

「あの朝ストークスは出勤しなかったが、七時半から八時のあいだに自宅から何本か電話をかけている」私道に落ちているシルバーの携帯用保温マグカップの写真を、グリフィンは指さした。「車に乗ろうとしたときにここで拉致されたように見える。解剖によって、体内から即効性の筋弛緩剤《きんしかんざい》が検出された。不意を突かれて薬剤を投与されたんだろう」

「自宅にはほかに誰もいなかったの？」ケンドラは尋ねた。

「ストークスは独り暮らしだった。離婚したんだ。妻と三人の子どもは再婚相手とラ・ホヤに住んでいる」

「近所に目撃者はいないの？」ケンドラはほかの何枚かの写真を手で示した。「建物が密集しているようだけど」

「ああ、だがこの私道は見通しがよくない。コルビーは周到に場所を選んでいた」

「いつもどおりね」

リンチは白いバンが写った不鮮明な写真を見つめた。「これは？」

「近隣住民から、通りに白いバンが停《と》まっていたという証言を得た。あの朝にストークスの私道で見たという者もいる。交通カメラを調べたところ、八時十五分から二十五分にかけて、このバンがストークスの家付近から走り去るのが映っていた」

粗い写真にリンチは目を凝らした。「ナンバーは読みとれないな」

「ああ。市が高解像度の交通カメラに投資するなら、わたしも率先して寄付をするよ。このあたりの防犯カメラの映像を集めて、もっとよく映っているものがないか調べている。これはフォードのトランジットで、このあたりには数えきれないほど走っている車種だし、ストークスの家はごく標準的な界隈《かいわい》にある。バンに気づいた者がいただけで幸運だった」

ケンドラは悲しみを抑えつけ、ストークスの質素な家を見つめた。離婚していたことはもちろん、ストークスのことはほとんど知らなかった。十日ほど前に殺人現場で初めて会って、ヴァン・ビューレン事件でのケンドラの働きについて話をした。それからいくらもたたないうちに、こんなことになるとは――

ヴァン・ビューレン事件。

ケンドラはボードからすばやく向きなおった。

読唇術でケンドラが事件を解決したことに、ストークスは感心していた。もしかしたら――

「ストークスの死の場面の映像を見せて」ケンドラは出し抜けに言った。「いますぐに」

グリフィンは額に皺《しわ》を寄せた。「一度見ればじゅうぶんじゃないのか」

「普通の人には一度でもじゅうぶんすぎる。でも、ラボでもう一度見なくてはならないの。画像を拡大したり、鮮明にしたりする必要があるかもしれない。手配できる?」

グリフィンはとまどいながらもうなずいた。「拡大、鮮明化、早送り、巻き戻し、上下反転、なんでもできる。理由を教えてくれないか」

「意味はないのかもしれない。でも、ストークスがわたしに何か伝えようとしていた可能性があるの。見てみないとなんとも言えないけれど」

「階下《した》に行って、技術者に映像を出させよう。防犯カメラでバンを探している技術者をひとり借りる」

「ありがとう、グリフィン。やってみる価値はある」


十五分後、ケンドラ、リンチ、グリフィンは窓のない狭い部屋で、小太りの若い技術者ネイト・コプリーの肩越しに画面をのぞきこんでいた。ネイトは映像コンソールの前に座り、液晶モニターを見ながらキーボードの隣のダイヤルを操作している。

ストークスの苦悶《くもん》にゆがむ顔が映し出され、ケンドラはよじれるような痛みを感じた。

「最後から五分ほど前の部分よ。できるだけ飛ばして」

「了解」ネイトは言った。「この映像はぼくが保存したんですよ。できればもう見たくなかった」

早送りするあいだ、ケンドラはストークスの映像から目をそらした。まわりでは別の技術者が、通りが映りこむ、駐車場の防犯カメラの映像をチェックしている。白いバンに似た車が見えるたびに再生速度を落とし、はずれだとわかるとまた高速再生に戻る。

ネイトが画面を指さした。「このあたりですか？」

ケンドラはモニターを振り返った。「ええ……もう少しゆっくりにして」映像をじっと見る。「ストークスの頭が少し右に傾いたら映像を止めて。もうすぐ……そこよ！」ネイトの肩に手を置く。「通常の速度で再生して」

ケンドラは顔を近づけてストークスの最後の場面を見た。顔が苦痛にゆがみ、悪態をつくように唇が動く。だが声は聞こえない。

また唇が動いた。

「見える？」ケンドラは言った。「声は聞こえないけれど、唇が同じ動きをしている」

数秒後、ストークスはまた同じことをし、そのあと力つきたようにテーブルに頭をもたせかけた。

ケンドラはリンチとグリフィンを振り返った。「わたしがヴァン・ビューレンの事件を読唇術で解決したことを、ストークスは知っていた。だから、唇の動きでわたしに何かを伝えようとしたのかもしれない」ネイトに向きなおる。「顔をアップにしてもう一度再生できる?」

ネイトはダイヤルを戻した。「はい、でも画像がぼやけるので、できるだけ鮮明にしてみます」

映像を巻き戻し、キーボードを叩《たた》いてストークスの顔をアップにする。別のキーを使って画質を調整すると、いくらか鮮明になった画像が表示された。

ケンドラは身を乗り出し、集中して口の動きを見つめた。

何を言おうとしているの、ストークス。

わたしはここにいる。聞いているわよ。

「もう一度再生して」

ネイトはキーを押して椅子に体を預けた。「ループを設定しました。止めるまで何度も再生しつづけます」

リンチがモニターに身を乗り出した。「この角度でも読めるのか?」

「簡単ではないけれど、でも……」ケンドラは黙りこんだ。何度も繰り返し再生される映像を見つめる。引きずられてはいけない。集中して。動きをひとつずつ読みとって、それから組み合わせるのよ。ケンドラは目を凝らした。「ウィンゲート!」

「え?」

「待って」ケンドラはもう一度画面に集中した。「そうよ。まちがいない」

「ウィンゲート？」グリフィンが言った。

「ええ。〝G〟の音はいちばん読みとりにくいんだけれど、喉が動いているのが見えるでしょう」

「きみには見えるんだろう」リンチは言った。「信じるよ。だがどういう意味だろう」

「誰かの名前だとうれしいけれど」ケンドラは言った。「わからない。なんであれ、ストークスにとっては苦痛を押してわたしに伝えようとするくらい重要なことだった」

「人の名前かもしれないが」グリフィンが言った。「通りや建物や住宅団地という可能性もある。苦痛で朦朧《もうろう》とした人間のうわごととも考えられる」

リンチが首を振った。「ケンドラの言うとおり、ストークスは死にかけながらも三回唇を動かしている。ケンドラには読みとれるが、コルビーには気づかれない方法で」

グリフィンは肩をすくめた。「教訓を学んだからな。今回の件ではケンドラの意見に逆らうつもりはない」そして隣のデスクの電話機を持ちあげた。「捜査を開始させる」

「手伝うわ」ケンドラは言った。「デスクとパソコンを貸して」

「すぐに用意する」

まだループを繰り返している映像から目をそらせなかった。ストークスは汗ばみ、血を流して死にかけながら、それでも雄々しく全力で手がかりを伝えようとしている。

ウィンゲート。

リンチの家
午前十時二十五分

「さあ、その聖域に入れて、サム」ベスはドア越しに叫んだ。「トレーを持ってきたの。置いて帰るつもりはないわよ」

「忙しいんだ」

「帰らないわよ」ベスは繰り返した。「リンチとケンドラとの朝食をすっぽかすなんて失礼じゃない。わざわざわたしが料理したのに。だからいまからひとりで食べてもらうわ。でも、食べないという選択肢はないわよ、サム」

「身を粉にしてイカレ野郎を捜してるんだから、失礼なんかじゃない。見解の相違だよ」

「ドアを開けなさい」

サムが何かつぶやくのが聞こえたが、ドアに近づいてくる気配がした。次の瞬間、ドアが開き、しかめ面のサムが現れた。「腹は減ってない」

「この数日でたぶん胃が縮んだのよ」ベスは書斎に入り、コーヒーテーブルにトレーを置いてソファの端に座った。自分のコーヒーをつぐ。「オムレツ、ベーコン、トーストよ。食べて」

「ケンドラやリンチをかまってればいいじゃないか」

「ふたりはいまFBI支局よ。さっきケンドラからメールが来て、鑑識のコンピューター担当者の会議に出てほしいと言われたの。コルビーの協力者についての調査結果と資料を持ってきてほしいんですって」ベスはいたずらっぽく微笑《ほほえ》んだ。「グリフィンはわたしに部下を指導させたがっているのかもね」そして、話を戻した。「でも、どこかへ行く前に、あなたが食べるところを見たい」

「食べるのをここで見張る気か？」

「そうよ。あなたは食べ物があることを忘れるでしょう。そうしたら料理は冷めて、おいしそうじゃなくなる。そうすると、食事のことを思い出しても食べなくなる」

サムはソファに腰かけた。「厳しいな」

「務めを果たしてるだけよ」ベスはにやりとした。「ケンドラに言ったのよ、あなたがグリフィンのコンピューター技術者と張り合ってるって」

「とんでもない。おれはやつより優秀だ」

「はいはい」

サムはベーコンをかじった。「でも、シムズは頭がいいし、やつにおれより上だと思われるのはおもしろくない。FBI長官にちやほやされて働いているからって、おれより先駆的ってわけじゃないからね。そんなふうに思われるのは心外だ」

「あなたならやれるわ」ベスは首を傾《かし》げた。「その気になればそういう仕事にもつけるんでしょう」

「ああ。シムズからも誘われた。やつと同じくらいの年になったら考えると答えたよ」

「彼はいくつなの？」

「五十歳くらいかな」サムは皮肉っぽい笑みを浮かべた。「まったく、このおれに恩を着せようっていうんだぜ。参るよ」

「あらまあ。わたしに言えるのは、あなたはこのレースで一等になるしかないってことね」

「そうするつもりだよ。とにかく、シムズは使える。おれたちはふたつのちがう方向から調べているんだ。シムズはケンドラの家やおれの家、ここのインターネットプロバイダーからデータを取りよせられるし、分析のための機材もいろいろ持っている。おれはプロバイダーをハッキングしてコルビーの居所を調べている。二度手間になることもあるが、それぞれ相手が見つけにくいものを見つけることができる」

「シムズはFBIの力をフル活用して、あなたは法の目をかいくぐる自由を武器にするってわけね。いいチームだわ」

サムは顔をしかめた。「だが、昼も夜もいっしょに働いてるわけじゃない。ちなみに、きのうの午後からオンラインの会話もしていない。どちらかに進展があったときだけ話し合うことになってるんだ。そういうときはいっしょに事に当たる必要がある」

「なるほどね」ベスは重々しく言った。

「皮肉が混じってないか？」サムは腕時計を見た。「全部食べてる時間がない」

「食べろと言ったら食べるのよ。それがわたしを追い払ういちばん手っ取り早い方法よ」

サムはフォークをとり、オムレツを切りはじめた。「きみを追い払いたいとは言ってない。邪魔をされたくないだけだ。きみがそばにいるのはきらいじゃない」

「あら」

「確かに仕事中はひとりにならなくちゃいけないときもあると言ったが、きみは〈老犬トレイ〉みたいになってきた」

「どういうこと？」

サムはくすくすと笑った。「犬が暖炉の前で寝ているけど、それには気づかない――そばにいすぎて空気みたいになってるってことさ。だが、あの曲は、犬が飼い主の親友だと言ってる」

「それは……ほめられてるの？」

「きみは美人で頭もいいが、おれにほめられることは望んでない。だからほめ言葉はほかの女性にとっておく。きみが求めるのは真実だけだ」

「それが〝老犬トレイ〟？」

「そう、ケンドラに対する気持ちと同じだ」

「あなたにとってはケンドラも〝老犬トレイ〟なの？」

「ある意味ではね。ケンドラとおれは長い付き合いで、お互い、いざというとき頼りになるとわかってる」サムはベスを見た。「おれたちもそうだろう？」

ベスはかすかに微笑み、うなずいた。「その域になんとかたどり着いたと思う」

「ときどきはきみが何を考えているのかわからなくなるけどね。きみはおれのことをなんでも知ってるが――」サムは顔をしかめた。「きみがあの病院に入った経緯は、ケンドラからあまり詳しく聞いていないんだ。理由もなく閉じこめられていたことしか」

「いま聞きたいということね」ベスはしばらく黙りこんだ。「わたしは見てはいけないものを見てしまったの。そして祖母がわたしを追い払おうとした」

「見てはいけないものって？」

「殺人よ」ベスはあけすけに言った。「わたしはまだ十代で、追い払いやすかった。スキーの事故で頭を打ったことにされて、シーヘヴンに入れられた。祖母が資金援助をしている豪華な精神科病院で、祖母の言いなりになる医師たちに〝治療〟されたの」コーヒーを飲む。「そして何年もそこで暮らした。イヴとケンドラが見つけてくれるまで」

「ひどいな」サムは頭を振った。「おばあさんがそんなことを？」

「普通の祖母とはちがうのよ。きれいで頭がよくて、野心家で。わたしたちの関係は……温かくもやさしくもなかった」

「それは控えめな言い方だ。まさしく悪夢じゃないか」

ベスはうなずいた。「でも、もう終わったことよ。いまもこれからも、二度とあのころを思い出して苦しむ気はないわ」鋭い口調で言う。「あそこにいたときのわたしはゾンビだった。病院に姉がいるとイヴが知ったとき、祖母はわたしを殺そうとした。病院から助け出してくれたあなたたちにわたしが感謝している理由がこれでわかったでしょう」ベスは片手をあげた。「だから、たいしたことはしていないなんて言わないで。わたしは自由になって、人生を謳歌《おうか》してる。毎日新しいことを学んでる」ベスはにやりとした。「あなたのすばらしいコンピューターのノウハウも学んでるのよ。しばらくいっしょにいれば、そのうち張り合えるようになるかも」

サムはうなずいた。「そうなるかもしれないな」そして咳払《せきばら》いをした。「それをそばで見ていたい。きみはすごい人だよ、ベス」

「そうなれるように努力してる」ベスはコーヒーを飲みおえ、立ちあがった。「あなたも残りはコーヒーだけね。飲むのは仕事しながらでもいいわよ」

「ここにいていいんだぞ」

ベスは頭をのけぞらせて笑った。「あら、わたしの不幸話が印象的すぎたかしら。心配しないで、あなたにひっつくつもりはないから。お互いそんな性分じゃないし、あなたがそばにいてくれてもわたしには手を握ってる暇はない」

「それほど悪くないかもしれない」

「実際にやってみたらそうは思わないわよ」ベスはトレーを持ってドアへ向かった。「FBI支局へ行く前にコーヒーのポットを持ってくるわね。ほかに必要なものがあったら言って」振り向いて言う。「あなたはいい人よ、サム。初めて会ったときのあなたの失礼な態度を許さないといけないかもね」

「ずいぶん時間がかかったな」

「わたしは根に持つタイプなのよ。祖母に訊いてみて」

「いったい何をした？」

ベスは謎めいた笑みを浮かべた。「シェヘラザードが言うように、それはまた別の話」

そしてドアを閉めた。

サンディエゴ
FBI支局
午前十二時五分

「ベス・アヴェリー、こちらがトム・シムズだ」グリフィンが微笑んだ。「美しき友情のはじまりになりそうだな。きみたちには共通点がいろいろある」

ベスはシムズの手を握った。グリフィンに紹介されるまで、しばらくシムズがほかのコンピューター専門家たちと話すのを見ていたのだが、すっかり感心させられた。シムズは自信にあふれているが、同僚への敬意を忘れていない。サムが言っていたとおり五十歳くらいだが、若い五十歳だ。引きしまった体つきで髪には白い筋が見え、日に焼けていて、黒っぽい目のまわりにわずかに皺がある。笑顔がすてきだ。「あなたがこの打ち合わせに参加するとは知りませんでした。サムからいろいろ話を聞いています。お会いできてうれしいです」ベスはそう言ってから顔をしかめた。「でも、あなたがたが早くコルビーを見つけて、夜中まで働かずにすむようになったらもっとうれしいですけど」

「そうなったら妻も喜ぶでしょう。最近、わたしに苛立《いらだ》っているようだから」シムズは言った。「わたしも昔ほど体力がないのでね。テニスで鍛えてはいるが、寝不足がこたえている。これほど重大な事件でなければほかの人間に任せるところです」悲しげに首を振る。「だが、そんなことはできない。サムに軽蔑されるし、わたしも面目が立たない」

「なぜそんなに競い合っているんですか」

「虚栄心かな」シムズは言った。「大人げないのはわかっている。だが、おかげで仕事は速く進んでいるし、すばらしい成果を出しつつある」

「そうですね。サムもそう言っていました」

「サムはなんでもきみに話しているようだね」シムズは興味深げにベスを見た。「わたしにもきみのことをよく話している。知っていたかい？」

「いいえ、でもたいした話ではないはずです。わたしはサムの生活の片隅にいるだけなので」

「いや、いつもさりげなく口にするだけだが、きみには気を許しているようだよ」

「〈老犬トレイ〉みたいに？」

「え？」

「いいえ、なんでもありません」ベスは持ってきた資料の束を叩いた。「これについて、ご説明したほうがいいですか？」

「ランチをしながらというのはどうかな。空港から直行してきたので空腹でね」

「いいですよ」ベスはにやりとした。「でも、電話してサムも呼びましょう。なんといっても、サムはあなたの魂の片割れのようだから。ああ、でもやめようかしら。サムはきょう、わたしを書斎から追い出そうとしたんです」

「追い出す？　なんと非礼な。それならランチに誘うのはやめだな」シムズはエレベーターを手で示した。「ずっと〈カンザスシティ・バーベキュー〉に行ってみたくてね。〈トップガン〉のファンなんだ。あの店は、映画のなかでマーベリックとグースが食事をする場所なんだよ。コンピューターに出会う前は、戦闘機乗りになるのが夢だった」

ベスはやれやれと首を振った。「まったく、男の人ときたら」

15

午後三時三十二分に、ケンドラの携帯電話が鳴った。

ケンドラはまだＦＢＩ支局の会議室で、〝ウィンゲート〟の示すものを調べていた。発信者がグリフィンなのを見て、すぐに通話ボタンを押した。「グリフィン、ウィンゲートについて何かわかったの？　こちらは空振りばかりよ」

グリフィンは質問には答えずに言った。「ベス・アヴェリーはそちらにいるか」

「いいえ、来ていないわ。まだそちらにいるんだと思っていた。特に連絡もないし」

「くそっ」グリフィンがつぶやいた。

ケンドラは体をこわばらせた。「どうしたの？」

「ベスがシムズと昼すぎに出かけた……ランチをとると言って」

「それなら問題ないでしょう。不安になったじゃない」

「不安なのはきみだけじゃない。いま、いやな知らせを聞いた。トム・シムズはサンディエゴに来る予定になどなっていない」

「え?」

「聞こえただろう。シムズのオフィスは大騒ぎだ。ついさっき、トム・シムズの写真をメールで送ってもらった。こちらに現れた男は、似てはいるが本人ではない。偽者だ」

「ちょっと待って。よくわからない。シムズは存在しないということ?」

「存在はしている。だが、わたしがきのうの午後遅くに受けとった、ザコフともっと緊密に連携するためにこちらへ来るという知らせはでたらめだった。ベス・アヴェリーに会って資料について話し合いたいというのも偽情報だ」

「その人物が誰であれ、なぜベスの資料のことを知っているの?」

「いまからそれを言おうとしていた。この支局のシステムがハッキングされていたんだ。シムズとザコフの作業や通信も監視されていたにちがいない」グリフィンは言葉を切った。「そして、本物のトム・シムズはきょう、オフィスに姿を見せていない。シムズはこの件を担当していたから、真っ先にこちらに照会が来た」

恐ろしい推測が脳裏に浮かんだ。心臓が激しく脈打っている。

あの屋上に血まみれで横たわっていたストークスの、ねじれた遺体のポーズを思い出す。

〝次の攻撃を待て〟

ベス!

ケンドラが州間高速道路八号線を走っていたとき、携帯電話が鳴った。サムだ。まだサムは事情を知らないし、伝えるなら直接会って話したかった。けれども、それは叶《かな》わないようだ。

ハンドルの通話ボタンを押した。「サム。そちらにいま戻るところよ。話があるの」

「それはよかった。ずっときみたちと連絡をとろうとしてたんだ。仲間はずれにされたかと思いはじめたところだったよ」

「その反対よ。いまほどあなたが必要なときはない」ケンドラは言葉を切った。「ベスがあなたを必要としているの」

サムは黙りこんだ。ケンドラをよく知るサムは、いまの言葉の重さに気づいている。何かひどく悪いことが起こっている、と。「ケンドラ、何があった？」

ケンドラはためらった。伝える方法はひとつしかない。「ベスがさらわれたようなの。コルビーにつかまったんだと思う」

「ばかな」サムは怒りに震える声で言った。「いったいどうしてそんなことに」

「ベスはシムズと会って、コルビーのコンピューター専門家について調べたことを説明する予定になっていたの。そのあとシムズをあなたのところに連れていくはずだった」

「電話はかかってきていない。こっちも連絡をとろうとしていたんだが」

ケンドラは深く息を吸いこんだ。「サンディエゴに来たのは本物のシムズではないようなの。誰かがなりすましたのよ。たぶんコルビーのコンピューターの協力者だと思う。その男がベスを拉致したの。じきにコルビーに引き渡される」

「くそっ」サムの拳がデスクを叩く音がした。「くそ、くそ、くそ」

「サム、落ち着いて。いまそちらに行くから。リンチはまだグリフィンのところにいるけど、そちらに集まってみんなでこれからのことを考えましょう」

「ここでただ座って相談するのか？　話し合いはもうじゅうぶんだ。あの男を殺してやる」

「まずは居場所を見つけなくちゃ」

サムの声はひび割れていたが、先ほどよりも低く、決意に満ちていた。「見つける。何がなんでも見つけるんだ、ケンドラ」

「すぐ行くわ」


ケンドラから十分遅れて、リンチも帰宅した。「もう話したか？　サムはどこだ」

ケンドラは書斎を頭で示した。「話し合いをする暇があったら作業をするって。ほかにやるべきことがあるときは知らせてくれと言っていた。サムは正しいと思う。ものすごく怒ってるわ」

「みんな同じだ。よし、サムは全力でコルビーを捜している」リンチは言った。「ぼくはほかに何ができる？」

「あの偽者を見つけて」ケンドラは言った。「あの男は技術者で、暗殺者ではない。彼が拉致したのなら、コルビーに引き渡されるまではベスを取り戻すチャンスがある」わずかなチャンスだが、ゼロではない。「彼を見つけるか、電話番号を突き止めて話をしたい。ベスはものすごい資産を持っているのよ。身の代金の交渉で突破口が開けるかもしれない。とにかく、コルビーの手に渡さないようにしなくては」

「間に合うかわからないが」リンチはドアに向かいながら言った。「グリフィンと追ってみる。進展があったらすぐに連絡するよ」そして振り返った。「もし接触があったら知らせてくれ」

リンチが出ていき、ドアが閉まるのをケンドラは見守った。彼は、コルビーから連絡が来ると思っている。コルビーの手に渡る前にベスを見つけるのは難しいと考えているのだ。

携帯電話が鳴った。

グリフィンだろうか。

あるいはサム？

発信者は表示されていない。

ケンドラはゆっくりと通話ボタンを押した。

「やあ、ケンドラ。かわいい友達を捜して必死になっているところかな？」コルビーが尋ねた。「そちらの様子が見られたらいいんだが。おもしろいにちがいない。まあ、近いうちに望みは叶うだろうから、いまは我慢しておこう」

「ベスは無事なの？」

「ああ、もちろんだ」

「話をさせて」

「あとでな。あいにく、いまは電話に出られない。こちらに向かわせている途中だ。慎重に事を運んでいると認めてくれるだろう？　あんたには敬意を払っているからね、ケンドラ」

「ベスはとても裕福なの。あなたも身の代金には興味があるんじゃない？　ベスを傷つけないで。そうしてくれるなら取り引きに応じるわ」

「裕福なのは知っている。それも餌にノースラップを引きこんだ。やつは金に目がない」

「ノースラップが協力者なのね」

「わかっていただろう？　突き止めると思っていたよ。有能だが、駒としては使いにくい男だ。残念ながらひどく気が弱くて、重要な一歩を踏み出すのを渋っていたんだよ。しかし」コルビーは含み笑いをした。「ベス・アヴェリーのおかげで天秤《てんびん》が傾いた。シムズを排除するのはたいした代償じゃないとようやく決心してくれたんだ」

「ノースラップがシムズを殺したの？」

「どうやらあまり想像力に富んだ方法ではなかったようだがな。ワシントンＤＣの路地でサイレンサーつきの銃を使ったと言っていた。おれならもっと独創的な方法を使うんだが、こちらの準備に忙しくてね」

「それでも、あなたの望みどおりにしたんだから、報いる必要があるでしょう？　ベスを解放して。そうしたら代わりに報酬を出すわ」

「だがこれは金の問題じゃない。おれが望んでいるのは、あんたの声に痛みを聞くことだ。子羊を使って虎を殺戮者《さつりくしゃ》にすることだ」

「ベスは子羊じゃない。人間で、しかもあなたのポケットを札束でふくらませることができる。ベスを放して」

「あんたが虎だということは否定しないんだな、ケンドラ。おれはいま、あんたにやってもらう見せ物の準備をしている。話はここまでにしよう。ベスにちょっとした綱渡りをしてもらう準備ができたらまた連絡する」電話が切れた。

ケンドラは体を折り、吐き気をこらえた。深く息を吸い、背筋を伸ばす。動揺してはいけない。最悪の事態が起ころうとしているが、なんとか立ち向かわなくてはならない。

震える手でリンチに電話をかけた。「コルビーはまだベスを手に入れてはいない。シムズになりすましたのはノースラップで、いまのうちに見つければ取り引きができるかもしれない。ただ、彼はシムズを殺しているから、警察が絡んでいたら取り引きには応じないかも」

「コルビーから連絡が来たんだな」

「ええ。ノースラップに賭けるしかない。コルビーは血をほしがってる」

「相変わらずだな」

だが、今回コルビーが望んでいるのはベスの血だ。「あらゆる手を使って、ノースラップと話す方法を見つけて」

リンチは黙りこんだ。「わかった。だが、今回は時間がない」

何を言いたいのかはわかっていた。駆け引きではなく実力行使に出るしかないということだ。リンチはそちらにも長《た》けている。「あらゆる手を使うの」ケンドラは繰り返した。

「また連絡する」リンチは電話を切った。

ケンドラはじっとしたまま、考えをまとめようとした。グリフィンに電話して、コルビーから聞いたシムズの話を伝えるべきかもしれない。

けれども、先にすべきことがある。目を閉じ、身構えた。こんなことをするのは気が重い。そして目を開き、電話に手を伸ばした。すばやく番号を押し、呼び出し音に耳を傾ける。なんと言おう？　どう説明すればいいだろう？

回線がつながり、ケンドラはすばやく口を開いた。「イヴ、大変なことになったの」なるべく落ち着いた声を出そうと努めた。「とにかく、急いでこちらに来て……」

空港のセキュリティを出てきたイヴ・ダンカンの表情は、ケンドラが想像していたとおり、物憂くやつれていた。世界でも指折りの復顔彫刻家らしい強さや決意と同時に、人間らしいもろさが見てとれる。イヴはかつて愛娘《まなむすめ》のボニーを亡くしており、今度は取り返したばかりの姉を失うかもしれないのだと思うと、ケンドラの胸は痛んだ。イヴはケンドラを抱きしめて言った。「何か進展は?」

ケンドラは首を振った。「何も」イヴの背後を見やる。「ジョーは来ないの?」

「まだ連絡をとっていないの。いま警察の麻薬カルテルのセミナーでメキシコシティに行っているのよ。麻薬カルテルがアトランタをアメリカの拠点にしはじめているの」イヴは出口へと歩きはじめた。「ジョーと話す前に頭のなかを整理したくて。わたしが動揺しているのに気づいたら、ジョーはすべてをなげうってこちらに来てしまう」

確かに、とケンドラは思った。ジョー・クインはアトランタ市警の刑事で、イヴの長年の恋人であり、イヴのためなら何をすることもいとわない。「このところジョーがあなたをひとりにしたがらなかった理由がよくわかるわ」

イヴは唇をゆがめた。「ジョーにも生活があるのよ。何もかも頼るわけにはいかない。それにあなたから聞いたかぎりでは、ジョーが飛行機に乗る前にすべてが終わってしまう可能性もあるでしょう」

「そんなことは言わなかったわ」とはいえ、ケンドラはイヴにできるだけ率直であろうとしてきた。イヴは気休めなど求めない。「みんなでベスを取り戻しましょう、イヴ。いろいろな分野でそれぞれが全力をつくしている。警察やFBIの優秀な人材が動いているし、リンチもあらゆる可能性を探ってくれている」

「あなたがたはきっとベスを取り戻してくれる」イヴは声を震わせた。「でも、手遅れになるんじゃないかと不安なの」

「だいじょうぶよ」ケンドラは足を止め、イヴに向きなおった。「ベスを無事に取り戻すためならなんでもする。身の代金の支払いでも、人質交換でも、なんでも」

「やめて」イヴは目をうるませた。「ベスはきっとそんなことを望まない。わたしもよ」イヴはケンドラを抱きしめ、腕に力をこめた。「犠牲になろうとしないで。あの悪党をつかまえる方法を探しましょう」

ケンドラは抱きしめられたまま、くぐもった声で言った。「わたしのせいなのよ……イヴ。ベスをそばに置かなければよかった。自分なら守れると思っていたのよ」

「ベスは頭がいい。危険は承知していたはずよ。それに頑固だから、自分がしたいことをする」イヴの声はかすれていた。「ベスは何年も病院に閉じこめられていて、ほんの数カ月前にようやく人生を楽しめるようになったばかりなのに。それをコルビーが奪おうとしていると知って、わたしがどれだけ怒っているかわかる?」イヴはケンドラの肩をつかんだまま体を離し、ケンドラの目をのぞきこんだ。「あなたのせいじゃない。悪いのはベスをさらったあの悪党よ。さあ、お互い泣くのはやめて、ベスを取り返しましょう」

ケンドラはうなずいた。「少しは泣くかもしれないけれど、支障が出ないようにするわ。約束する」そして、出口へと歩き出した。「リンチが待っているから行かなきゃ。車で彼の家まで送ってくれるわ」


「サムに会いたい」リンチの家の玄関ホールに入るや、イヴは言った。「どこにいるの」

「いつもの場所――」ケンドラは頭で廊下の先を示した。「書斎よ。ここに連れてきたときにラボを作ったの。ベスのことを知ってから、サムは一心不乱に作業している。食事のために部屋から連れ出すことさえできないのよ」かすかな笑みを浮かべる。「いまにはじまったことじゃないけれど。でも、ベスはなんとかサムに食事をさせていた。命令、説得、忍耐。あらゆる方法を駆使していたわ。サムの世話をするのが自分の使命だと考えていた」そこでケンドラは唇を噛《か》んだ。「わたし、過去形を使っているわね。もうしない。ベスはサムの世話をするのが自分の使命だと考えているの」

「話を聞くかぎり、とても親しかったようね」

ケンドラはうなずいた。「独特な方法でね」そして体の向きを変え、キッチンへと歩き出した。「サムに会ってきて。わたしはコーヒーとサンドイッチを用意する」

イヴはケンドラを見送り、書斎へ向かった。ドアをノックし、答えを待たずにドアを開ける。「イヴよ、サム。入っていい？」

「向こうへ行ってくれ、イヴ」サムはコンピューターから顔をあげずに言った。「忙しいのがわからないのか？」

「話はすぐにすむわ」イヴは部屋に入った。サムはシーヘヴンで初めて会った夜と変わっていないように見える。いや、同じではない。いまはあのときの陽気さが消えている。目が赤く、雰囲気が張りつめている。「うまく行っている？」

「いや。でも、何がなんでもあのろくでなしを見つけなくちゃならない」サムはキーボードを打つのをやめ、パソコンに突っ伏した。「だが……できない。間に合わない。電話の逆探知とはわけがちがうんだ。世の中には、持ち主の知らないあいだに乗っとられたパソコンが何百万台もあって、〝ゾンビ〟と呼ばれてる。ハッカーはゾンビへのアクセス権を、誰であれ金を払う連中に売ってるんだ。コルビーのメッセージは、たくさんのゾンビを毎回ちがうルートで経由して送られている。つまり、居所を知るには何十ものシステムをハッキングしないといけないってことだ。長い絡まり合った糸をほぐすようなものなんだよ。とても時間内に最後までは行き着けない」

イヴはデスクの前で立ち止まった。「そんなことを言わないで。以前にケンドラが、ベスを助け出してほしいとあなたに頼んだときのことを覚えているわ。わたしたちはどうしていいか途方に暮れていたけれど、あなたは自信たっぷりだった。今回も同じようにすればいいのよ」

サムは顔をあげた。「いまは状況がちがう。前はもっと簡単だった。おれにとってベスは、単に解決すべき問題にすぎなかったから。いまのベスは……ベスだ」

「そして、わたしの姉よ」イヴはデスクに両手をついた。「だから弱音を吐くのはやめて。ふたりでやるべきことをやりましょう」視線を合わせ、強い口調で言う。「わたしはベスを見つけたばかりなのよ。長いあいだ、姉がいることさえ知らなかった。また失うつもりはないわ。わかる?」

サムは目を見開いた。「ああ。わかるよ」そして顔をしかめた。「どうも少し参っていたみたいだ。もうだいじょうぶだよ」

「ケンドラが、あなたはずっと働きづめだと言っていた。ありがたく思っているわ。でも、もっとがんばってもらいたいの」イヴの口調は揺るぎなかった。「わたしも同じだけ働くわ。引けはとらない。何をすればいいか教えてくれたら、それをやる。魔法のようにコンピューターを扱うことはできないけれど、仕事柄、どうやって情報を掘り当てればいいかは知っている。わたしにはすばらしい直感があると言ってくれる人もいるのよ」

「直感といっても――」

「とにかく受け入れて」イヴは言った。「ケンドラもわたしたちと同じように苦しんでいる。みんなで乗りきるのよ。でも、ケンドラをどう手伝えばいいかわからないから、あなたに狙いを定めたの」

「おれに手助けは——」サムはイヴの目を見て言葉をのみこんだ。そして微笑《ほほえ》んだ。「まさしく、ベスの妹だな」

「わたしたちは似ていないわ。たとえば、わたしはあなたに食事をさせようと骨を折ったりしない。それはあなたに任せるわ。わたしも大事な仕事をしているときに食事を忘れることはよくある」イヴは付け加えた。「そして、これはとても大事な仕事よ。だから働きましょう、サム」そして、ドアへと向かった。「ケンドラからコーヒーのポットをもらってくるわ。わたしたちには必要になるでしょうから」


ブーン。

ブーン。

ベスは目を開けようとした。しかし、力が出ない。

ブーン。

頭のまわりを大きな蜂が飛んでいる。というか、飛んでいる音がする。

目を開けなくては。まぶたを開ける力をかき集めなくては。

必死になってまぶたを持ちあげた。まずは右目、そして左目。白い、まぶしい光が飛びこんできた。痛い。頭がうずいた。

ブーン。

蜂じゃない……照明だ。目の焦点が合ってくると、天井でむき出しの蛍光灯二本が低くうなっているのがわかった。

手を頭のほうへ動かそうとしたが、動かないことに気づいた。体の脇、太いナイロンの紐《ひも》で固定されている。

足を動かそうとしたが、やはり固定されていた。

何に縛りつけられているのだろう。

下を見ると、拘束されているのはクリーム色の防腐処置用テーブルだった。縁が高くなっていて、足首のあいだに錆《さ》びた排水口がある。

このテーブルは前に見たことがある。ベスは恐怖に襲われた。これはストークスがあの怪物に何度も何度も刺されたテーブルだ。

そして、ここでストークスは死んだ。

「やあ、ベス」聞き覚えのある声が聞こえた。あの低くて恐ろしい声。「ようこそ」

部屋の残りの部分にようやく焦点が合った。ここはどこだろう？　窓のない三、四メートル四方ほどの部屋で、壁と床がタールらしきもので分厚く覆われている。

コルビーが近づいてきて、小さな齧歯類《げっしるい》めいた歯をむき出し、にやりと笑った。「じきにふらつきはおさまる。はっきりと目を覚ましていたいだろうからな」

「それはどうかな」ベスの背後から声が聞こえた。「あなたの前で意識がはっきりしているのはあまりありがたくないと思うな、コルビー」もうひとりの男が視界に入ってきた。

「シムズ」ベスはつぶやいた。

男はにやりと笑った。

思い出した。自分の車のなかでシムズとファイルを見ていたら、突然注射器を突き立てられ……暗闇が訪れた。

「でも、シムズじゃないのよね？」半信半疑で尋ねる。

男は先ほどまでよりずっと若く見えた。白髪は消え、顔には張りがあり、体つきも引きしまっている。

「がっかりさせて悪いな」男が慎重につけ髭《ひげ》をはがした。「シムズをだいぶ気に入っていたようだから」

「わが若き助手、ジョゼフ・ノースラップだ」コルビーが言った。「かなりの励ましが必要だったが、だからこそ、彼がけさFBI支局に堂々と入っていくのをこの目で見たかったよ」

ベスは衝撃と混乱にしばらく黙りこんだ。

コルビー。死。自分は死ぬのだろうか。恐怖がこみあげた。

いいえ、そうとはかぎらない。

いずれにせよ、向き合って、乗り越えなくては。

「シムズの身分証を偽造したの？」

ノースラップは首を振った。「本物を持っているのになぜそんな必要がある？」

「でもいったいどうやって——」吐き気がするような事実に気づいてベスは口ごもった。

「殺したのね」

ノースラップは薄笑いを浮かべた。「東海岸と西海岸それぞれにシムズがいては困るからね。おかしなことになる」

「でも、殺さなくても——」

「すべて以前から計画していたことだ」コルビーが言った。「ただ、ひとつだけ大きな変更がある。このテーブルにのるのはケンドラの親友、オリヴィア・ブラントのはずだったが、あの女は失礼にも街を出てしまっていた」

「よかった」

「おお、気高い発言だな。だが、ナイフをかざせば気高さは一瞬で消え失《う》せることをおれは知っている。まあ、あんたは例外かもしれないな。とにかくおあつらえ向きの代役だ」

コルビーは首を傾《かし》げた。「知っているか、歴史上もっとも偉大な芸術は妥協と即興の産物なんだ。レンブラントは季節によって使う顔料をバーントアンバーからバーントシェンナに替えた。モーツァルトはソリストの力量によって自分の作品を編曲しなおした。芸術は単体では生まれない」

ベスはあきれて頭を振った。「これを芸術だと思ってるの？」

「もちろんだ」

「ちがう。病んだ哀れな強迫観念を飾り立てようと、そう言い聞かせているだけでしょう。あなたのしていることは芸術でもなんでもない」

コルビーは笑みを浮かべた。「あんたの立場に置かれた人間はたいてい、おれを怒らせまいと必死になるものだ」

「あなたが人を殺すのは、怒りからじゃない」ベスは言った。「これまで研究してきたから、それくらいはわかる」

「あんたはおれたちのことを何もわかってない」ノースラップが言った。

「半分は当たってるわね」ベスは言った。「あなたのことは何も知らないから。そして、誰もあなたについて知ることはない。殺人鬼にコンピューター技術を提供したごますり文通仲間のことは、歴史書には残らない。あなたはコルビーよりも哀れな人よ」

ノースラップは顔を真っ赤にしてベスの上に身を乗り出し、ささやいた。「おれに何ができるか見せてほしいのか？」

ベスは背を反らし、いきなり頭を持ちあげてノースラップの顔に打ちつけた。

ノースラップはうめき、あとずさった。折れた鼻から血が流れる。「このアマ！」

「興味深いな。精神科病院のカルテを読んで、もっとおとなしい人間かと思っていたんだが」コルビーは愉快げに言った。「ケンドラは同類を友人に選んだようだ。というわけで、ノースラップ、きみは囚人から離れていたほうがいい。ちょっとした助言だ」

ノースラップは顔を押さえながら言った。「なんだこれは？　笑わせるな」

コルビーは頭を振った。「きみが茶番にしたんだ、ノースラップ」

「聞いた？」ベスはノースラップに向かって穏やかに言った。「笑えるのはあなたですって」

「殺してやる」ノースラップはふたたびベスに詰めよった。

コルビーが立ちはだかった。「やめろ。きみが自制心を失ったせいですべてが台なしになるのはごめんだ。おれたちには計画がある。計画は遵守しなくてはならない」そしてベスに向きなおった。「命運を握る人間に唾を吐きかけるあんたの意志には恐れ入ったよ」

「唾は吐いてない。でも、あなたが止めなかったら、鼻や耳や指の一、二本は食いちぎってたわ」ベスは歯を鳴らした。

コルビーは含み笑いをした。「すばらしい。取り引きをしようともしないんだな」

「萎えさせてしまったなら悪かったわね。でもすでに殺された二十人以上には取り引きが役に立たなかったわけでしょう。怖いかと訊《き》かれたらもちろん怖いわ。自分はかわいいもの。でも、怖いのは死であって、あなたじゃない。それなのに、なぜあなたにこびへつらって、人生最後の時間を過ごさなきゃならないの？」

「その最後の時間を思いきり不愉快なものにしてやることもできる」

「いずれにしてもそうするんでしょう。あなたはケンドラを苦しめたがっている。そして、ケンドラのまわりの人間を傷つければケンドラが苦しむことを知っている。わたしが何をしようとそれは変わらない」

「そのとおりだ」コルビーは感心したようにうなずいた。「皮肉なことに、この助手はあんたの命乞いをしていたんだよ。少なくともいっときは。あんたが裕福だと知って心が揺れたんだ。この状況を利用して金を手に入れられると考えた」

「わたしに小切手を書かせたいわけ？」

「いやいや、ノースラップは海外送金という込みいった計画を練っていた」

「じゃあ彼はあなたのことをろくにわかっていないのね」

ノースラップは血まみれの鼻をまだ押さえながらコルビーのほうを向いた。「考えてみると言ってたじゃないか」

「悪いな、相棒。この女の言うとおりだ。おれの計画は純粋なものだ。きみの目論見《もくろみ》はそれを損なう」

「何度も言っただろ、絶対うまくいく」

「うまくいくかどうかは関係ない」

「おれは指示されたことをすべてやった。おれたちはパートナーだ。はじめに言っただろう、おれたちには安全な場所に高飛びして人生をやりなおす金が必要だと」

「ああ、きみはそう言っていたな。だが、おれは金に困ったことはない。きみがそれほど恵まれていないのは気の毒だが」コルビーは頭を傾けた。

「どういうことだ。おれの計画をなしにするなんて言わなかったじゃないか」

「計画を話しているきみがあまりに楽しそうだったのでね」コルビーは唇の端を持ちあげた。「幸せそうなきみを見るのは気に入っている。きみは有能でとても協力的だった」

「だましたんだな」

「必要悪だ」

ノースラップの顔がゆがんだ。「おれにはあの金が必要なんだ。きっちり話をつける」

コルビーは笑った。「残念ながら話は終わりだ」

ハンティングナイフを振りあげ、コルビーはノースラップの胴を縦に切り裂いた。傷口から血と内蔵があふれ出し、ノースラップは後ろによろけて床に倒れた。鼻と口から血を滴らせ、目を見開く。

「悪いな」コルビーは言った。「いろいろ役に立ってくれたが、もう利用価値がなくなった。これはチームスポーツじゃないんだよ」

ベスは恐怖に震えながら、ノースラップが身をよじるのを呆然《ぼうぜん》と見つめた。やがて、ノースラップは動かなくなった。

血に濡《ぬ》れたナイフを握ったまま。コルビーがベスに近づいてきた。足を止め、静かにベスを見おろす。「わかったか、これは芸術だ」ついにコルビーは言った。「ノースラップはそこに敬意を払わなかった」

そして背を向け、部屋を出ていった。

「コルビーから連絡は？」ＦＢＩ支局から戻ってきたリンチは、部屋に入るなり尋ねた。

「まだないわ」ケンドラは言った。「なぜこんなに時間がかかっているのかわからない。前の電話からもう十二時間近くたっているのに」ケンドラは唇を湿らせた。「ノースラップがベスの引き渡しを拒んでいるのかしら。そうならいいんだけど。誰であれ、コルビーよりは取り引きしやすい」

リンチは首を振った。「そうならいいが、コルビーはあらゆる場面で支配権を握ろうとする人間だからな。ノースラップはコルビーに比べれば素人同然だ」

リンチが正しいとケンドラもわかっていた。「それでも望みを抱かずにはいられない。ただここに座って、コルビーがベスにどんな仕打ちをしているのか考えるよりはましよ」こめかみをさする。「何かしたいわ。イヴは書斎でサムと作業している。あなたは白いバンを見つけようとしている。わたしがしているのは、ウィンゲートの意味を探りながら電話を待つことだけ」ケンドラはなんとか気持ちを落ち着けようとした。「何かわかった？」

「はかばかしくはないが、ひとつ可能性のありそうな糸口がある」リンチは静かに続けた。

「だが、ここに戻ってきみのそばにいたかった。コルビーからまた連絡が来る前に」

「泣いてすがる肩が必要になるかもしれないから？」

「そういうことだ」リンチはかすかな笑みを浮かべた。「もっとありそうなのは、コルビーに操られたきみが自殺行為に走るのを、止めなくてはいけなくなることだが」

「そのほうがずっとありそうね」ケンドラは喉のつかえをのみこんだ。「ただ、ストークスのことをつい考えてしまうの。コルビーがストークスにした恐ろしいことを。ベスはつらい人生を送ってきたのに、こんな目に遭うなんて――」

「もうよせ」リンチはすばやく隣に腰をおろし、ケンドラを抱きよせた。「さっきの選択肢を両方利用できないとは言っていない」ケンドラの頭を肩にもたせかけ、髪をなでる。

「こちらのほうがぼくにとってはずっと役得だ。コルビーがベスに何をするつもりなのかはわからないが、ストークスのときと同じことを繰り返すとは思えない。別の計画を用意している気がする。やつをつかまえる機会を与えるつもりかもしれない」

　リンチは気休めを言っているのではない。互いが理解している現実を告げている。力と知性、そして率直さがリンチのトレードマークだ。その不穏な組み合わせがこんなにも安心感をくれるのはなぜなのだろう……。

「だいじょうぶか」リンチの息がやさしく耳にかかった。「ワインでも持ってくるか?」

リンチから離れたくなかった。ただこうしていられれば――

ケンドラの携帯電話が鳴った。

体をこわばらせ、ケンドラは電話に手を伸ばした。

「さびしかったか?」コルビーが言った。「おれはさびしかったよ、ケンドラ。だが、先に片づけたいことがいくつかあってね」小さな笑い声が聞こえた。「それに、あんたにもいろいろ片づける時間をやりたかった。ふさわしい舞台を整えたい。イヴ・ダンカンを呼びよせたんだろう? 姉の死に立ち会わせるために」

「イヴはここにいるわ」ケンドラは言った。「ベスがそこにいるなら、話をさせて」言葉を切る。「ノースラップがそちらに連れていったんでしょう」

「ああ、もちろんだ」

気持ちが沈むのを感じた。

「がっかりしたか? その方面に希望を抱いていたんだろう」

「ベスと話をさせて」ケンドラは繰り返した。

「もっといいことをしてやれる。近くにパソコンがあるだろう。ザコフに頼んで、おれが設定したパソコンからそちらに映像を送ってもらえ」

リンチが人差し指をあげ、居間を出て書斎へ走っていった。

「また恐ろしい映像を見せようというの？」ケンドラは言った。「意外性がなくなってきたわね」

「そんな考えは捨てることだ。おれはいつでも刷新的だからな。パソコンの電源を入れろ」

「入ってるわ」

「ならゆっくりとショーを楽しめ。いや、まだショーとは言えないな。心温まる再会か」

「何も見えない。いったい何を――」そのとき、画面に映像が映し出された。ベスが防腐処置用テーブルに縛りつけられている。ストークスのときの記憶がいっきによみがえり、ケンドラは鋭く息をのんだあと、しばらく言葉を失った。

「息ができなくなったか？」コルビーがカメラの前に現れた。「ストークスの死を印象づけるのに成功したようだな」そして、ベスを見おろしてにやりとした。「ケンドラが話したいそうだ。話せ」

ベスはカメラのほうを向いた。「コルビーは少しいい気になってると思わない、ケンドラ？　こういう筋書きが古いサイレント映画になかった？　小さなベスが線路に縛りつけられてる映画」

「何かされたの？」ケンドラは震える声で訊いた。

「まだ何も。でも、いずれそうなるのはお互いわかってるでしょう」そこでベスは唾をのみこんだ。「コルビーの手にのってはだめ。見ないで。わたしをあなたを傷つける道具にさせないで。いいわね？」

「もうじゅうぶんだろう」コルビーはベスとカメラのあいだに立った。「もっと早く止めるつもりだったが、よくしゃべる女だ。だが、かえって効果があがったかもしれない」

「何が望みなの。ベスを傷つけないでもらえる方法はあるの？」

「おれの望みはわかっているだろう。もうひとつの質問については、ないだろうな。だが、あんたがおれの思っているよりも賢ければ、道はあるかもしれない」コルビーは唇の端を吊《つ》りあげた。「あんたは苦しんでいる。声に痛みを感じる。それがおれの望みの一部だ。だが、もっと苦しんでもらわなくてはならない。そして痛みは、もっと痛めつけられるという予期によってさらに増幅される。友人の姿を見られない時間を長引かせたのはそのためだ」

「ベスをどうするかで、ノースラップともめているのかと思ったわ」

「まさか。すべては予期のためにしたことだ。ちょっとした諍《いさか》いがあったのは認めるが、もう片づいた」嘆かわしげにコルビーは頭を振った。「あいにく、ノースラップはもうここにはいない。だが、ここを離れる前に最後のリクエストを叶えてくれた」そして、笑みを浮かべた。「予期のことに話を戻そう。ストークスのときも、おれは時間が短すぎると感じていた。おれの殺しがじゅうぶんに味わいつくされていない、と。美しいベスに関しては、その点を修正することにした。この十二時間をあんたは楽しんだだろうから、あと二十四時間やると聞いて喜んでくれるはずだ」

「どうして？」ケンドラは身を固くした。「ベスに何をするつもり？」

「おれはただ、あんたに半狂乱になる時間をやって、あんたの死をおれにとってよりいっそう満足のいくものにしようとしているだけだ。少しは遊ばせてもらうかもしれないが、ベスの死の最終章をはじめるのは、あんたがじゅうぶんな苦痛を味わってからにする。ベスを見つけようと駆けずりまわる姿が目に見えるようだよ。だが、もちろん無駄に終わる。おれは安全な場所にいる。ストークスが切り刻まれているときも、あんたはおれを見つけられなかった。死に物狂いに捜しまわって、ついに対面するとき、あんたは打ち砕かれる」

「ベスと〝遊ぶ〟ってどういう意味なの」

「それも想像せずにはいられないだろう？　だが、その苦しみも、ベスとあんたのために上演する最終章に比べればなんでもない……。二十四時間だ、ケンドラ」

画面が暗くなった。

ケンドラは見るともなくそれを見つめた。二十四時間。最終章。

「答えが出たな」リンチが戻ってきた。「コルビーはベスを手中に収めた。ノースラップはもはやプレイヤーではなくなった」

「書斎で見ていたの？」

　リンチはうなずいた。「イヴとサムと見ていた」

「二十四時間。ベスには二十四時間しかない……」

「水が半分入ったグラスを見ているんだ。まだ二十四時間ある」リンチは闘志に目をぎらつかせた。「コルビーはうぬぼれやだと、きみはいつも言っていた。やつは計画が覆されるとは思ってもいないんだ。自分は安全だと考えている」リンチはケンドラの肩をつかみ、軽く揺さぶった。「だが、ぼくたちは有利なスタートを切っている。二十四時間は一生ほどの長い時間になりうる」

　そして、ベスの一生に残された時間になるかもしれない。

　ケンドラは頭を振ってその考えを追い払った。コルビーの悪意、コルビーの世界に囚《とら》われてはいけない。リンチのいる世界に引き戻され、ふいに力と希望が湧きあがった。

「あなたの言うとおりね」ケンドラはきっぱりと言った。「二十四時間あればじゅうぶんよ。じゅうぶんにしなくては」そしてドアへ向かった。「さあ、取りかかりましょう」

16

「そっちはどう?」キッチンに入ってきたイヴに、作業をしていたケンドラは尋ねた。

「あなたもサムも、もう何時間も姿を見ていなかったけど」

「忙しいわ」イヴは冷蔵庫からレッドブルのボトルを一本出した。「サムがどうして働きつづけられるのかわからない。これのおかげかも。きっと効くのね。彼、きのうの夜からコーヒーをやめてこれをがぶ飲みしているのよ」そして、自分用にコーヒーのカップをとり、こめかみをもんだ。「サムはいくつもシステムを突破したけど、まだまだ先があるわ。コルビーの映像や通話は、世界じゅうのいくつものネットワークを経由して送られてきてる。追跡されにくいようにしているのよ。最後の通話は比較的短い経路を使っているとサムは考えていて、いまはそれを解析しているところ」イヴはカウンターに寄りかかってケンドラのパソコンとメモの走り書きを見た。「そっちはどう?」

「なかなか進まない。ウィンゲートをまたふたつ見つけたわ。ロサンジェルスの海運会社とラ・ホヤの葬儀場。グリフィンに電話して、その二箇所に捜査官を送ってもらうつもり」ケンドラは顔をしかめた。「でも、捜査官はもう出払っている。南カリフォルニアにウィンゲートという名前の住民が何人いるかわかる？　コルビーに気づかれてはまずいから電話ですませることもできないし、そもそも人の名前かどうかもわからないのよ」

イヴはトレーにレッドブルとコーヒーをのせた。「リンチはどこにいるの？」

「居間で仕事をしているわ。わたしの邪魔をしたくないからって。何時間も電話をかけつづけてる。世界じゅうの情報提供者に電話しているのよ。司法省、CIA、インターポール……聞いたことのない組織もたくさん」

「ありがたいわ」イヴは静かに言った。「使える手立てはすべて使わないと」

「ええ」ケンドラはかすかに微笑《ほほえ》んだ。「でも、あなたが感謝していたと知ったら、リンチは少しばかり驚くでしょうね」

「強力な手がかりを見つけてくれたら、リンチを聖人に列してもいいわ」イヴはトレーを持ちあげた。「あの怪物をつかまえられたら、教皇に電話して陳情する」

「それって、少しばかり神を穢《けが》していない？」

「コルビーがベスのそばにいると思うだけでも穢らわしいわ」震える手でイヴはトレーを持ち、ケンドラの脇を抜けてドアへ向かった。「考えないようにはしているのよ。でも、どうしても時計を気にしてしまう。もう十二時間以上が過ぎた」

「わかってる。まだ時間はあるわ、イヴ」

イヴは振り返った。「ええ。サムが突破口を開いてくれるかもしれないと思うと、少し楽になる」そして、深く息をついた。「きっとそうなる。信じることが必要なのよ」

ケンドラはうなずいた。「大量のカフェインも必要ね。わたしも新しいコーヒーをいれるわ」

「レッドブルには手を出さないようにね」イヴは微笑み、キッチンから出ていった。

ケンドラはそれを見送った。この不安と焦燥の時間に、イヴが同じ目標に向かって闘ってくれているのは心強い。

けれども、とにかく作業を進めなくては。ケンドラはメモに目を落とし、葬儀場の記述を丸で囲んだ。もしかしたらこれが――

「ウィンゲートだ！」リンチが足早にキッチンへ入ってきた。「たったいま知らせがあった。とうとう見つけたぞ」

ケンドラは背筋を伸ばした。「やったわね。グリフィンと話していたの？」

「いや、司法省の知り合いだ」リンチはタブレット端末を掲げた。「ウィンゲートは場所ではなく、人の名前だった。コルビーは再浮上してからその名前を使っている」すばやくキーを叩《たた》く。「先週、ジェームズ・ウィンゲートという男がサン・イシドロでメキシコから入国した」

事がうまく運びすぎて、現実とは思えない。コルビーにつながる名前が見つかった。

「でも、どうしてそれがコルビーだと——」

リンチはケンドラの前でタブレットをスワイプした。

コルビーだ。

国境の入国審査場に、髭《ひげ》をたくわえた髪の長い男が映っている。鋭い目と小さな歯を見れば、コルビーなのはまちがいない。

「国境の監視カメラ映像のほかに、写真も十枚以上ある。いまグリフィンにも送っているところだ。すぐに捜査をはじめるだろう」

とうとう突破口が開けた。興奮が体を走り抜けた。「どうやら、あなたは聖人に列せられることになりそうよ」

「なんだって？」

「なんでもないわ」ケンドラは写真をじっと見た。「メキシコ……この数カ月ずっとそこにいたのかしら」

「おそらくは。それなら納得できる。アメリカの法執行機関のレーダーからははずれているが、距離は近いから、準備ができるまできみを見張るにも好都合だ。コルビーが入国する前日の夜、国境の五十キロほど南にある海岸沿いの町で、かなり有名な身分証偽造業者が殺された。コルビーはこの男から新しい身分証を買って、そのあと証拠を消すために男を殺したんだろう」

「ウィンゲート」ケンドラはようやくタブレットから目を離した。「ストークスはどうやってか、コルビーがその名前を使っていることを知ったのね。拉致されたあとにバンのなかで何かの書類を見たか、コルビーが誰かと話しているのを聞いたのかもしれない」

リンチはうなずいた。「どうやって知ったにしろ、ぼくたちに伝えることができたのがすばらしい。優秀な刑事だったんだな」

「ええ」ケンドラは血まみれで横たわるストークスの姿を頭から振り払った。「次はどうするの？」

「ＦＢＩ支局へ行こう。捜すべき名前がわかれば捜査方法も広がる。次々に手がかりが見つかるはずだ」リンチは厳かに言った。「きみとストークスに感謝するよ」

「残念ながら、まだ自分をほめる気にはなれないわ」ケンドラは腕時計を見た。コルビーが期限を切ってから十三時間半がたつ。コルビーがベスに何をしているのかは、ずっと考えないようにしてきた。コルビーはわたしを打ち砕くと言ったが、そうはさせない。それはわたしの負けを、そしてベスの死を意味する。ケンドラはパソコンとバッグを持って立ちあがった。「行きましょう。書斎のイヴとサムにいまの話を知らせないといけないけれど、急がないと。もう時間がない」

待っていて、ベス。

どうかコルビーがあなたを傷つけていませんように。

わたしたちは全力をつくしている。

必ず助けに行くわ。必ず。


またあの男が来る。

暗くて姿は見えなかったが、ベスにはコルビーの息遣いと臭気が感じとれた。

今夜三回めだ。このあと何が起こるのかはわかっている。

今夜。いまは夜なのだろうか。わからない。部屋は暗く、タールのにおいが立ちこめている。

心臓が激しく打ちはじめ、どうしようもない恐怖がこみあげた。

これまでコルビーは最後まで行く前にやめていたが、今回はどうするのだろう。

「準備はいいか、ベス」コルビーは言った。「ここからでもあんたの鼓動が聞こえる。勇敢にふるまおうと健闘してはいるが、あざむくのは難しいな？」

ベスは答えなかった。声が震えるかもしれず、コルビーを満足させたくなかった。

「涙ぐましい努力だな。あんたはおびえずにはいられない」コルビーがすぐそばに立ち、真上からベスを見おろした。「だが、これは訓練だと考えろ。予期することを学べ。ケンドラにはいま不安を味わわせているから、あんたにもそうさせてやらないと不公平だろう」コルビーは両手を持ちあげた。白い枕を持っているのがぼんやりと見える。「深く息を吸え、ベス……」

枕がベスの顔に押しつけられた。

テーブルに縛られていて、身動きがとれない。ベスは必死に顔を動かして枕から逃れようとした。本能的な反応で、そんなことをしても無駄なのはわかっていた。コルビーは力が強く、いまは枕の扱いにも慣れている。

息ができない。

息ができない。

肺があえぐ。

心臓が激しく脈打ち、胸から飛び出そうになる。

目がふくれあがる。

息ができない。

息ができない。

息ができない。

めまい。

闇。

今度はやる気だ。今度は最後まで――

枕が持ちあがった。コルビーが笑みを浮かべて、必死に息を吸って肺に空気を取りこもうとするベスを見おろした。

「少しずつ弱ってきているな。それとも、恐怖が増しているだけか？」

たぶん両方だ。けれども、それを認める気はなかった。「ゲームは……楽しめた？」もう声がかすれていようが震えていようがかまわなかった。どうせコルビーは見越している。

「弱ってなんかいない。縛《いまし》めを解いて。そうしたら……証拠を見せてあげる」

「なぜそんなことをしなきゃならない？　あんたの無力な姿は最高だ。苦しめるのがいっそう愉快になる。おれがとどめを刺すか刺さないか、わからないんだろう？」

「そうやって……繰り返すことで……不安が薄れるとは……思わないの？」

「まさか。不安は強まる一方だ」

「その方法で……わたしを……殺す気？　窒息させるの？」

「たぶんな。同じ方法を使うのでなければ、こんな訓練はしない」コルビーは枕をなでた。

「さて、引きあげるとしよう。眠れ。あんたを起こすのはおもしろそうだ……」

コルビーは立ち去った。

戻ってくるのが数分後か、一時間後か、数時間後かはわからない。

ベスは深く息を吸った。眠ろうと努力する。コルビーが眠らないでほしがっていることはわかっていた。恐怖に震えながら待っていさせたいのだ。体だけでなく、心も痛めつけようとしている。

眠りなさい。

休むのよ。

体力を蓄えるの。

次のときのために。


ケンドラとリンチがFBI支局の近くまで来たとき、リンチの車のカーステレオからメールの受信音が響いた。ダッシュボードのタッチスクリーンのボタンを押して、受信したメッセージを読む。「寄り道をする」リンチは言った。

ケンドラもメッセージを読んだ。〝トゥエルブス・ストリート一五二五番地の〈ボニータ・トラック・レンタルズ〉でメトカーフと合流してくれ〟リンチに目を向けて言う。

「コルビーの白いバンかしら」

「そうだと思う。名前がわかれば弾みがつくと言っただろう。この街で先週フォード・トランジットをレンタルした店はすべて調査ずみだったが、これまでは借り主全員を調べる時間がなかった。この名前とレンタルの記録を紐《ひも》づけられたのなら大当たりだ」

リンチは州間高速道路八号線をいったんおりて反対車線に乗りなおし、ダウンタウンへ向かった。十五分後、ふたりは〈ボニータ・トラック・レンタルズ〉のロビーにいた。すでにローランド・メトカーフも到着していた。

ケンドラは足早にメトカーフに歩みよった。「どういうことなの、メトカーフ」

「コルビーがここに来たんです。六日前にあのバンをジェームズ・ウィンゲートの名前で借りていました」

「住所は？」リンチが尋ねた。

「マネージャーがいま調べています。クレジットカード情報も。どこでカードを手に入れたのかはわかりませんが」

「メキシコで身分証といっしょに買ったんだろう」リンチは言った。

口髭を生やした髪の薄いマネージャーが、カナリア色の請求明細書を持って奥から出てきた。ケンドラとリンチに会釈し、書類をカウンターに置いた。「乗り捨てでの契約です。今週末にヴァージニア州ノーフォークの〈スター・トラック＆バン・レンタルズ〉に返却予定ですね」

「ノーフォーク」ケンドラは繰り返した。

リンチはうなずいた。「そこに返されることはないだろうな」

「いつもながら、コルビーは自分のやっていることをよくわかっていたのね」ケンドラは請求書を見た。「ノーフォークの住所も書いてあるわ」

「でたらめだろう」リンチは言った。「だが、念のため確認してくれ、メトカーフ」

「すでに取りかかっています」メトカーフはマネージャーのほうを向いた。「この請求書は何枚綴《つづ》りですか」

「四枚です。お客さまにピンクの控えを渡し、残り三枚をわたしどもが保管します」

メトカーフは請求書を頭で示した。「これは預からせてもらいます。残りの二枚も持ってきてもらえますか」

マネージャーは怪訝《けげん》な顔をした。「コピーをとって渡すのではだめですか」

「だめです。でも、そちら用にコピーするならどうぞ」

「そういうことには捜査令状か何かが必要なのでは?」

「時間がないんです」メトカーフは厳しい口調で言った。「この客は連続殺人犯なんですよ。あなたのせいで犠牲者が増えるのはいやでしょう? 三枚の原本が必要なんです、指紋がついているかもしれないので。わかってもらえましたか」そして、透明の証拠袋を取り出した。「請求書を扱うときは注意していただけると助かります」

見るからに動揺した様子でマネージャーはうなずき、奥へと消えた。

「さすがね」ケンドラは言った。

リンチは携帯電話を取り出して請求書の写真を撮った。「住所はでたらめだろうが、ほかにも手がかりになりそうなものがある」ケンドラに目を向ける。「これでバンのナンバーがわかった」

「ええ。やったわね」

リンチはケンドラに合図した。「家に戻ろう。サムと話をする必要がある」

リンチの家

「つまり」サムがデスクから向きなおり、ケンドラ、リンチ、イヴを見た。「ＡＬＰＲをハッキングしてくれというのか？」

リンチはナンバーをメモして机の上を滑らせ、サムに差し出した。「できるか？」

「もちろんできる。問題は、どれくらい時間がかかるかだな」

「ＡＬＰＲって？」イヴが尋ねた。

「オートマティック・ライセンス・プレート・リーダーだ」リンチが言った。「麻薬取締局が数年前に、国境の州で麻薬取り引きを追跡するために使いはじめた。そのあと国土安全保障省が出資して、国じゅうの警察が導入するようになった。五億ドルは注《つ》ぎこんでいるはずだ。高速道路の標識の上やパトカーなど、いろいろな場所に機器が設置されているし、携帯電話のアプリとしても提供されている」

「重大事件の容疑者を追跡するために使うの？」ケンドラは尋ねた。

「そういうふれこみだが、この数年に州間高速道路を走った車はすべて、ナンバーを自動的に撮影されてどこかのデータベースに記録されている」

「いくつかのデータベースにね」サムが言った。「いまはあちこちに分散している。国土安全保障省が国じゅうのデータの統合を進めているところだ。いずれ、ある車を国の端から端までリアルタイムで追跡できるようにするために」

「なんだか怖いわね」ケンドラは言った。

サムはうなずいた。「自由人権協会やプライバシー擁護論者は喜んでいない。おれもだ。だがベスのことを考えると、いまその機能が実現されていればと思わずにいられない」

「わたしもよ」イヴが言った。「それで、いまはどこまで調べられるの？」

サムはメモのナンバーを見た。「各地のALPRのデータベースがどれくらいの頻度で更新されているかによる。FBIのほうでも調べてるんだろう？」

「ああ、だが経験上、あちこちのデータベースからこの手の情報を迅速に集めるのは至難の業だ。カリフォルニア・ハイウェイ・パトロール、サンディエゴ市警、サンディエゴ郡保安官事務所、各自治体……さっききみが言ったとおり、散在している」

「つまり、FBIにはサム・ザコフがいないってことね」ケンドラは言った。

「そして、トム・シムズもいない」サムは真剣な顔で言った。「だが、いたとしてもおれのほうが有利だ。こういう複数の組織がかかわるプロジェクトでは、公的機関は役所仕事の山をかき分けていかなくちゃならない」

「そういうことだ」リンチが言った。「いまはそんな暇はない。きみはコルビーの映像を追跡したときにさまざまなシステムに侵入しただろう？　同じことをまたやってほしい」

サムは椅子にもたれかかり、難しい顔でメモに書かれたナンバーを見つめた。「できなくはない。だが、国土安全保障省と一戦交えることになると面倒だ。連中が攻めてきたときに備えて、うまく事を運ぶ準備をしておいてくれ」

リンチは部屋の壁を指さした。「四十ミリ砲のランチャーにも耐えられると言ったのを忘れたか？ 試さずにすむよう努力するが、任せてくれ、なんとでも言いくるめて必要な時間は稼ぐ」

サムは部屋を埋めつくすコンピューターシステムに向かった。「やってみよう」そして暗い声で続けた。「きれいにはやれない。時間との闘いだから、警察のネットワークに侵入した痕跡を隠す手間はかけられない。厄介ごとが降りかかるのを覚悟してくれよ」

「よく持ちこたえているな」コルビーは言い、枕を持ちあげた。「泣くことも懇願することもない。友達がどれだけ勇敢だったかをケンドラに教えてやらないとな」

「そんな……ことは……やめて」

「おや、それは懇願かな、それとも命令か？ そんなに息が絶え絶えでは判別できない」

「くた……ばれ」

「ああ、命令だったか。どれだけつらい思いをしているか、ケンドラには知られたくないということだな。だが、それも計画の一部だ、ベス」コルビーの笑い声が遠ざかっていく。

「計画はもうすぐ明らかになる……」

ケンドラの携帯電話が鳴った。

サムだ。

よかった。もう何時間も連絡を待ちつづけて、気が気ではなかった。

通話ボタンを押し、グリフィンとリンチに発信者を見せた。「サムよ」そして、電話に話しかけた。「サム、スピーカーホンにしたわ。何か発見があったのね?」

「シティ・ハイツだ。州間高速道路十五号線沿いの、ユニバーシティ・アヴェニューかエルカホン・ブールヴァード付近。シティ・ハイツ、5Aか5B出口から出ろ」

グリフィンは電話に身を乗り出した。「根拠は?」

「エスコンディード・フリーウェイに設置された、麻薬取締局のナンバー読み取りシステムのデータだ。麻薬取締局に依頼すればそちらでもデータを見られる。あのバンのナンバーがデータベースに現れるとき、車両はいつもユニバーシティ・アヴェニューかエルカホン・ブールヴァードで十五号線を乗り降りしている。つまりシティ・ハイツの5A出口か5B出口だ」

グリフィンのオフィスの壁に貼られた大きな地図をリンチは見つめた。「シティ・ハイツか。広いエリアだ」

それはケンドラも考えていたことだった。

とても広い。

そして、ベスに残された時間はあと一時間ほどだ。

グリフィンがすでに電話をかけ、動員を命じている。

ケンドラはリンチと並んで地図の前に立ち、シティ・ハイツ地区に目を走らせた。何か、捜査を効率よく進める手がかりはないだろうか。

何も見つけられなかった。

誰かがベスを見つけるのを、ここでただ待っているわけにはいかない。一軒一軒調べていくしかない。ケンドラはドアへと向かった。「現地へ行きましょう」


「準備はいいか」コルビーが言った。

この苦悶《くもん》の時間に何度も聞いた言葉だ。

「枕はどうしたの」

「必要ない」コルビーは笑みを浮かべてベスを見おろした。「卒業だ、ベス。別れの挨拶に来た」

ベスは身を固くした。「だったらどうぞ」

「ああ、そうする」コルビーは体の向きを変え、階段へ向かった。「いますぐに」

ベスはとまどってそれを見つめた。

コルビーは振り返り、にやりとした。「これまでの訓練はなんだったのかと思っているのか？　無駄にはならない。ちょっと形を変えるだけだ。息ができない苦しさを覚えているだろう。あえぐ肺。激しく脈打つ心臓。されるがまま何もできない無力感」

「忘れるわけないでしょう」

「そうだろう」コルビーは壁のメーターボックスを開け、栓をひねった。「予期が現実になる時が来た。見届けてやれなくてすまないな。だが、思い描くことはできる……。すぐに戻るよ。あんたを残していく前に、少しやることがある」

コルビーはドアを開け、姿を消した。

行ってしまった？　どういうつもりだろう。いったい何を――

そのとき、音がした。

はじめはぽたぽたと、やがて勢いよく流れ出る。

水だ。

ケンドラとリンチがシティ・ハイツへと出発したとき、ケンドラの携帯電話が鳴った。サムだろうか。ベスの居場所をさらに特定できたのだろうか。

「時間切れだ、ケンドラ」コルビーが言った。

ケンドラは恐怖に凍りついた。「いいえ、まだよ。あと四十五分あるわ」

「力を握る者がルールを決め、破棄する。いちばんおもしろいと思う方法で」コルビーは含み笑いをした。「だが、偶然にも、期限はまだ有効かもしれない」

「何を言っているの？」

「つまり、ベスの死の苦しみは始まったが、効果が現れるまでにはまだ少しかかるということだ。ゆっくりと進めたいのでね。予期だよ、わかっているだろう」

「わかりたくもないわ。ベスに何をしたの？」

「この二十四時間、ベスの準備をしてきた。ベスはいまそのときを待っている」コルビーは言葉を切った。「だが、じっと待ってはいないだろう。最後までおれに歯向かっていたからな。自分が必死に闘っていることをあんたには教えるなと言っていた」

「ベスを傷つけたの？」

「ああ。ストークスのときとはちがうが、精神的な苦痛のほうがずっと耐えがたい」

「この人でなし」

「そういう口は利かないほうがいい。あんたのベスをほめているんだ。実のところ、尊敬しはじめている」

「それならベスを解放して」

「それはできない。あんたが捜し出して救うんだな。だが、お互い承知のとおり時間制限があるし、ちょっとした障害物も用意してある」

「ベスがどこにいるのか教えて」

「見せてやろう。ノースラップがインストールしてくれたあのコンピュータープログラムが大いに気に入ったのでね。百聞《ひやくぶん》は一見《いっけん》に如《し》かずだ。パソコンは持っているか？」

「ええ」

「だろうと思った。電源を入れろ」

ケンドラはパソコンを起動した。「時間稼ぎをしていないで、早く――」

明るく鮮明な映像が映し出された。

「ああ、何をしているの？」

水だ。水が流れこんでいる。床一面にあふれ、壁や棚、ベスが縛られている防腐処置用テーブルの下の桟を洗っている。

「わかるだろう。よく見えるようにしたからな。暗がりにいるからベスはわけがわからないだろうが、あんたにはひと目でわからせたかった」

「溺死させるつもりなのね」

「ああ。溺死は楽な死に方だと言う者もいるが、おれはそうは思わない。とりわけ、窒息して肺が機能しなくなるのがどんなふうかを知っているときにはな。どうなるかを想像できるようにベスを訓練しておいた」

ケンドラは恐怖に打たれて思わず目を閉じた。だが、なんとかまぶたを持ちあげて、映像に目を戻した。「猶予はあとどれくらい？」

「あんたに残っていた四十五分ほどだろう」

「ストークスのときのようにすでに死んでいないとどうしてわかるの」

「ストークスのショーがライブ配信だと言った覚えはない。信じろ、あんたに大事な友達が死ぬところを見せたいんだ」

ケンドラは信じた。コルビーはそういう病んだ人間だ。

「だが、何かひとつ数字を指定してくれれば、ベスにそれと同じ本数の指を立てさせよう。そうすれば生きている証拠になる」

「四」ケンドラは言った。

数秒後、ベスが拘束された両手ですばやくVサインをふたつ作った。

「納得しただろう」コルビーが言った。「だが、さすがのサム・ザコフでも、時間内にはこの映像を追跡できないようにしてある。そろそろお別れだ、ケンドラ。しばらく話はできなくなる」

「どういう意味？」

「あんたは時間を無駄にしている。じゃあな」

電話が切れた。

映像のなかで、コルビーがすねまである水のなかをベスのほうへ歩いていくのが見えた。ベスの上にかがみこみ、何か話しかけている。

「いったい何をしているの？」ケンドラはつぶやいた。

コルビーは丸めたフリーザーバッグのようなものをベスのセーターにピンで留めた。そしてフレームの外へ消えた。

携帯電話がふたたび鳴った。スピーカーホンにして出ると、今度こそサムからだった。

「コルビーから電話がかかってきたんだな？」サムが尋ねた。

「なぜ知っているの？」

「ここで見ていた。映像をここのサーバーからFBIと市警に転送している。彼らはみんなシティ・ハイツ付近にいるし、これでコルビーの服装もわかったわけだ」

「着替えなければね。コルビーならそれくらい考慮ずみのはずよ」

「だが、コルビーのバンも捜査対象になっている。両方合わせれば――」

「それはこちらの有利な点だ」リンチが言った。「コルビーはやつの偽名が突き止められていることを知らない。バンのメーカーとナンバーが知られていることも――」

「でも、時間内にベスを見つけられなければ意味がない」ケンドラはさえぎって言った。

「コルビーはベスを殺そうとしているのよ」声が震えた。「サム、コルビーを見つけて。コルビーは、たとえあなたでも時間内にベスを救うのは無理だと考えているわ」

「それなら、やつのまちがいを証明してやらないとな。おれたちは必ずベスを見つける」サムは言葉を切った。「さっき、やつがぺらぺらとしゃべっているときに思いついたんだが、おれたちには三つめの有利な点がある。コルビーが刑務所にいたあいだに、サンディエゴ郡の水道メーターのほとんどはネットワークベースの中央システム管理に変わった」

「つまり?」

「つまり……もうひとつ方法があるということだ。また連絡する」サムは電話を切った。

「もうひとつの方法」ケンドラは繰り返した。「いい方法であることを願うわ。コルビーは自信満々だった」

「やつはうぬぼれやだ。当然、自信満々だろう」リンチは言った。「だからといって、まちがわないとはかぎらない」

「そうね」ケンドラは言った。「でも不安になってしまう」震える手をまた電話に伸ばした。「グリフィンに電話して、ベスが囚《とら》われているのは地下室だと伝えなきゃ。これまでの映像はアップばかりだったからわからなかったけれど、今回の映像は増えていく水を見せるために部屋全体が映っていた。壁にはタールが塗られていて、上へ行く階段があった。あれは地下室よ。手がかりになるわ。わたしたちが探しているのは地下室つきの家よ」

「グリフィンもすでに気づいているだろう」リンチは静かに言った。

「確かめないと」ケンドラは番号を押しはじめた。「わたしはコルビーほど自信家じゃない。ひとつのミスも許されないのよ」サムかグリフィンがベスを見つけられなければ、取り返しのつかないことになる。「シティ・ハイツへ連れていって。あのあたりにある地下室つきの家の情報をグリフィンにもらって、対象を絞るのよ」

サムはケンドラと話したあと、電話機を置いてイヴを振り返った。「まったく、おれは天才ってやつかもしれない」そして真顔で付け加えた。「幸運を祈っててくれ」

「もちろんよ。でも、わたしはここでただぼんやりしてはいられない」イヴはケンドラの車のリモートキーをつかんだ。「自由に使っていいと、車を置いていってくれたの。シティ・ハイツへ行くわ。そこにベスがいるなら、行かなくては」

サムはパソコンのコードを抜いた。「おれも行く。作業は車内でもできる」

数分後、イヴはリンチの家から車を出し、助手席にいるサムをちらりと見た。「手伝えることはある？」

「合法でも違法でもとにかく急いで、シティ・ハイツへ向かってくれ」サムは頭でパソコンを示した。「おれは作業に集中する。あの地域で大量に水を使っている家を見つける」

「そんなことができるの？」そう言ってからイヴは眉根を寄せた。「いえ、あなたならできるわよね。水道局をハッキングするんでしょう？」

「もちろん正式な手続きを踏むつもりはない」サムはすさまじい速さでキーを叩きながら

言った。「そんなことをしていたら何日かかるか……」

わたしたちには数分しかない。イヴは思いをめぐらせた。テーブルに縛りつけられたベスを見たときにはぞっとした。ベスはとても……無力に見えた。

いまも不安でたまらない。

イヴは混み合う州間高速道路十五号線をのろのろと進んでいたが、やがてしびれを切らし、路肩に出てスピードをあげた。「何かわかった？」

サムは画面の角度を変え、日が当たらないようにした。「水道局のサイトに侵入するのは造作もなかったが、該当する地域に可能性のある家が七軒ある。そのうち六軒はプールに水をためているんだろう」

「南カリフォルニアへようこそ」イヴは言った。

「そういうことだ。だが、残る一軒にベスがいるはずだ」サムはキーボードの上で指を踊らせた。「住所をひとつずつグーグルアースと照合している。衛星写真を見れば敷地にプールがあるかどうかわかる。これまでに二軒確認した」

路肩に埋めこまれた反射版を踏むたび、車体が大きく揺れた。

「ちょっといい？」イヴは言った。「エルカホン・ブールヴァードはすぐ先よ。そこの出口でおりる？」

「ああ、右折してくれ」サムは画面に目を凝らした。「三軒確認」

サムの携帯電話が鳴った。「ケンドラだ」ヘッドセットのスイッチを入れ、答えた。「ケンドラ、連絡すると言ったのにすまない。忙しくて。いまどこにいる?」

「もちろんシティ・ハイツに向かっているわ。サム、ベスには時間が——」

「いまやっている。おれたちも向かっている途中だ。もうすぐ住所がわかるから待機してくれ。くそっ！　またプールだ」

「え?」

「なんでもない。水道の使用量を調べて、プールつきの家を除外しているところなんだ。いま……五軒めだ。なぜ当たらない？　このあたりのはずなんだ」

「頼むわよ。市警の半分とFBIの重大犯罪対応班全員が突入に備えているわ」

「くそっ、全部プールなのか？　残りはふたつ。祈っててくれ。もうあとがない。これがだめならもう——」サムは言葉を切った。「よし、やった！」

「サム?」

「これだ！　小さな二階建ての店舗だ。かつてはベーカリーで、上階がアパートメントになってるらしい」

「場所は?」ケンドラは尋ねた。

「ユークリッド・アヴェニュー四二七六番地、エルカホンのすぐ南だ。みなに伝えてくれ——ユークリッド・アヴェニュー四二七六番地。おれたちもすぐ着く」

「五分で着く」ケンドラは電話を切った。

「聞こえたわ」イヴがアクセルを踏んだ。

二回右折し、二分ほど走ったあと、サムとイヴはかつてのベーカリーに近づいた。建物はすでにパトカーに囲まれている。

「大変」イヴはつぶやいた。

二階建ての建物の路地から水があふれ出ているのが見える。急ブレーキを踏んだ。

サムがすばやくドアを開けた。「まだ何も判断できない。あきらめるな。悪い状況に見えるのはわかるが……行くぞ！」

サムとイヴは狭い路地を駆け抜け、警官たちが蹴破ったらしいドアへと急いだ。開いたドア口から水があふれている。

イヴは六人ほどの警官をかき分けて前に進んだ。

ふたりの警官がそれを止めようとし、ひとりが言った。「入らないでください」

「ばかを言わないで。姉がこのなかにいるのよ！」

もうひとりの警官がイヴの腕をつかみ、懐中電灯で地下室へおりる階段を照らした。階段はすっかり水に浸《つ》かっている。

「手遅れです」警官は静かに言った。「水の勢いがすごくて、あっという間に階段が水没してしまいました」

イヴは腕を振りほどこうともがいた。「いいえ、姉を助けに行かなくちゃ」

「残念ですが、応援を待って――」

「放して！」

「ダイバーチームを要請してあります。いまこちらへ向かっているところです」

「待っていろというの？　どれくらい？　十分？　二十分？　手遅れになるわ」

「残念ですが、おそらくすでに手遅れです」

さらに多くの警官に取り押さえられながら、イヴは自由になろうともがいた。必死にサムと目を合わせ、目に力をこめた。

サムは理解した。

地下室の開いたドアをちらりと見てから、イヴを見てごくかすかにうなずいた。

イヴはヒステリックな叫び声をあげ、腕を振りまわした。まわりの警官も集まってきてイヴを取り押さえようとする。イヴは後ろに身を投げ出して、サムの通る隙間を作った。

サムは大きく息を吸いこみ、水に飛びこんだ。

警官たちの叫び声を後ろに聞きながら、水に沈んだ地下室へと潜っていく。警官数人が階段を二段ほど駆けおりてきたが、それ以上追ってはこなかった。

彼らは無謀ではない――おれとはちがって。

水は冷たかった。水中は真っ暗で、自分の手さえ見えない。そのとき、見知らぬ場所で方向感覚を失い、どちらにベスがいるのかもわからなくなった。

待て！

ポケットを探り、鍵束を取り出した。キーリングに小型のキセノンランプの懐中電灯がついている。夜にドアの鍵穴を見るときや、薄暗い部屋の片隅でコンピューターのマザーボードを見るときに便利なのだ。

これが命綱になるかもしれない。

親指と人差し指で懐中電灯をひねると、広角の光が天井と壁を照らした。

ほんの数秒で、上下がわからなくなるほど方向感覚がおかしくなっていた。体の向きを変え、階段の位置を確かめながら進んだ。出口を見失うわけにはいかない。

ここを出られればの話だが。肺が早くも痛みはじめていた。

さらに深く潜り、水を蹴って、映像で見た防腐処置用テーブルを探した。またも方向がわからなくなり、あやうく漆黒の壁にぶつかりかけた。

いったいどこだ――

体の向きを変えたとき、ベスが見えた。数十センチ先で、こちらを向いている。

ベス。

そんな！

ベスは目を閉じて、縦に浮いていた。足がまだテーブルに縛られている。手首の縛めは解かれていたが、ひどくもがいたらしく、腕があざや傷だらけだ。

間に合わなかった。ベスはぴくりとも動かず、長い髪が美しい顔のまわりで揺れている。

ああ、くそっ。

ベス、すまない。もっとすばやく作業していれば、もっと早く見つけていれば……。

酸素を求めてサムの肺が燃えていた……自分自身がここから出られるかもわからない。

きみを置いてはいかない。この恐ろしい場所から出してやる、ベス。置いてなどいくものか……。

さらに潜って、ベスの足首の紐がテーブルの下で縛られているのを見つけた。手が届かなかったのも無理はない。サムは縛めを解き、ベスの腕をつかんで浮上した。

しっかりとベスを抱え、階段へと水を蹴る。ベスの長い髪がサムの顔をかすめた。

つかまえたぞ。きみを連れてここを出る。この穴蔵にきみを残してはいかない。

胸が激しく脈打ち、爆発しそうだった。めまいがする。

くそっ、階段はどこだ？　ここは部屋の右側なのか？

指先で壁を探り当て、さらに激しく水を蹴った。

あった。階段だ。

ベスを抱きよせ、上へと泳いだ。そのとき、ドア口から差しこむ光が見えた。懐中電灯の光が幾筋も水中に伸びている。

もっと強く蹴れ。あと数メートルだ。

ああ、ベス、許してくれ。おれでない誰かがいればよかったのに。おれはきみを失ってしまった。おれがもっと早ければ……。

ついに水面へ出て、あえぎ、むせながら空気を吸いこんだ。何本もの力強い腕がサムとベスをつかみ、ドア口から路地へと引きずり出す。外には十人以上の警官と救命救急士たちが集まっていた。ケンドラとリンチが車をおりて駆けよってくる。ベスを見たケンドラの表情がこわばった。

全力をつくしたんだ、ケンドラ。

救命救急士たちがベスを取り囲み、サムは立ちあがってよろよろとあとずさった。ケンドラは救急車のそばで、救命救急士たちの背後にひざまずいている。

サムは建物に寄りかかり、ベスの処置をする救命救急士たちを見守った。手遅れだ、と言いたかった。わからないのか？　もう手遅れなんだ。

イヴが近づいてきて、そばに立つのがわかった。サムの肩に毛布をかけ、腕にそっと手を置いた。

そのときようやく、サムは自分が泣いていることに気づいた。「下は真っ暗だった。すばやく動けなかった。助けたかったのに」

イヴはうなずき、自分の顔から涙を払った。「サム……ベスの生涯であなた以上のことをしてくれた人はほかにいなかったわ。ひとりも」

「だが、足りなかった」サムは頭を振った。「おれは泳ぎがうまくない。コンピューターばかりいじってきたから。もっと強ければ、もっとうまく泳げれば助けられたのに」

「サム、あなたはベスのためにあそこに潜ってくれた。精一杯やってくれた」

「でも、助けることは――」

そのとき、イヴははっと身を固くした。「しっ」救急救命士たちのほうをすばやく振り返る。「いま、何か聞こえた気が……」

サムはイヴの視線を追った。救命救急士たちに隠れてベスは見えない。

だが、サムも確かに聞いた。

咳《せき》をしたか、むせたか……そんな音。

ありえない。ベスは死んでいた。

そのはずだ。

サムは救急車のほうへ駆けよった。

ベスは先ほどと同じ場所に横たわっていた。目は閉じたままだ。数分前と変わらない。

だが、救命救急士たちはいまや忙しく手を動かしている。

弾《はじ》かれたように立ちあがったケンドラが尋ねていた。「咳をした！　咳の音が聞こえたわよね」

「さがっていてください」

「お願い、イエスかノーか答えて。そうしたら邪魔はしない」

「イエスです」救命救急士は答えた。「心音を確認しました。とはいえ、まだ予断を許さない状況です。容態が安定しだい病院へ搬送し、検査をします」

「生きてるのか」サムは信じられない思いでつぶやいた。

イヴがサムの腕をつかんで、救急車から引き離した。涙が頬を伝っていた。「さあ、さがって、邪魔をしないようにしましょう」

「ベスは生きてるのか？」

気づくとケンドラがふたりのそばに来ていた。ケンドラはうなずき、顔を輝かせてサムを抱きしめた。「ええ、ベスは生きているわ、サム」

17

アルバラード医療センター

「様子はどうだ」リンチが救急治療室の廊下をケンドラのほうへ歩いてきた。「まだ意識は戻らないのか？　ベスはよくなるんだと思っていたが」

「ええ、わたしたちもそう思っていた」ケンドラは言った。「でも、救急救命士はまだ危機を脱したわけではないと警告していたの」救急治療室のドアを頭で示す。「まだ目が覚めないみたい」

「うまくいきすぎて、現実じゃないみたいだった」サムが窓から振り返って言った。「おれが見つけたとき、ベスは死んでいた。戻ってきたら奇跡だ」

ケンドラは頭を振った。「奇跡じゃないわ。さっき専門家に話を聞いたんだけれど、ベスは死んでいたわけではなかったのよ。死にかけて、心臓は止まっていたかもしれない。でもベスは、足はつながれていても手首の縛《いまし》めはなんとか解いていたから、水が天井に達するまで息が吸えていたのよ。地下室が水でいっぱいになるまで呼吸をしていた。ドア口から水があふれ出す数分前まで」

「数分前」サムは繰り返した。「なぜ溺死しなかったんだ？」

「あなたのおかげよ」ケンドラは端的に言った。「溺れ死ぬとき、心臓はおよそ三分後に停止する。でも、七分間のうちに蘇生《そせい》させることができれば脳に障害は残らない。地下室から通りにあふれ出ていた水の様子から見て、あなたとイヴが現場に到着したのはベスの心臓が止まったのとほぼ同時だった」

「でも、七分の時間制限内にベスを救い出せたかどうかはわからない」

ケンドラはサムを安心させたかった。けれども、嘘《うそ》はつけない。「そうね、それはわからない。あなたは全力をつくしたけれど、あなたが到着する前に地下室で何があったのかについても確かなことはわからない」

「ベスは闘ってたんだ」サムは声をかすれさせた。「腕をあざだらけにして……なんとか手首の縛めを解いたんだ。水の浮力も助けになったのかもしれない。でも、足首まで自由にする時間はなかった。あのろくでなしはベスを縛って無力にしていたんだ」

ベスが水のなかで必死にもがく姿が目に浮かび、ケンドラは胸を突かれた。サムはもっとつらいだろう。ケンドラはサムの腕に手を置いた。「ベスはいまも闘っているのよ、サム。そしてきっと勝つ」

「いつわかる？」

　ケンドラは首を振った。「医師たちが観察を続けているわ。あらゆる機器を使って」

「一命は取り留めても……七分を超えていたら脳に障害が残るかもしれないんだろう」

　ケンドラはうなずいた。「でも、それも断定はできない。脳に腫れはあるようだけど、その程度も、後遺症があるかどうかも言えない。判明しだい知らせてもらえるわ。担当医のドクター・ジョドコルは優秀なようだし」

「ああ、そうだな」サムはまた窓の外に目を戻した。

　ケンドラはただサムを見つめるしかなかった。

「行こう。飲み物はどうだい？」リンチがケンドラの腕をとり、自動販売機の前へ連れていった。「いまはサムにかける言葉はない。ひどい罪悪感に苦しんでいるようだ」

「わかっているわ。でも、自分を責めなくていいのに。サムは精一杯やった。ヒーローよ」ケンドラはダイエットコークを受けとった。「罪の意識を感じる必要なんてない」

「きみもだよ」

「それは話がちがう。わたしのせいでベスは狙われた。サムを巻きこんだのもわたし」

「黙って」リンチの指がケンドラの唇にふれた。「結局は、それぞれがそれぞれの行動や選択の責任をとらなくてはならないんだ」

「そして、わたしの選択のせいで、巻きこまれた人たちがひどく傷ついたのよ」ケンドラは話題を変えた。「グリフィンはコルビーの手がかりをつかめたの？」

リンチは首を振った。「あの建物や付近を捜索したが、見つかったのは建物の上階に住む老女の死体と、地下室の物入れに入っていたノースラップの死体だけだ」

「バンは見つからないの？」

「まだだ。情報が入りしだい知らせに来てくれることになっている」

「コルビーを見た人がいるはずよ」ケンドラは力なく頭を振った。「ベスにあんなことをして消えてしまうなんてありえない」

「綿密に計画を立てていたんだろう」リンチは言った。「水栓をひねって、あの家や区画から遠くに離脱した」

「そのままわたしたちの手を逃れてしまったというの？」

リンチはうなずいた。「ぼくたちがあそこまで迫っていたことをコルビーは知らなかったはずだ」救急治療室を見やる。「だが、いまは知っている。シティ・ハイツの一件を聞きつけたメディアがグリフィンのところに押しかけている」

「じゅうぶんに迫れてはいなかったわ」ケンドラはサムの隣に立っているイヴに目を向けた。「イヴはサムにとてもよくしてくれている。自分も傷ついているのに、ずっとサムについているの。病院に着いたときにジョー・クインに電話をしてすべてを打ち明けていたけれど、そのあとはサムの支えに徹している」

「ぼくが来たとき、きみも悪くない仕事をしていたよ」

ケンドラは肩をすくめた。「サムはわたしの友達だから。でも、会話みたいなものはイヴのほうがずっとうまい。わたしには、言ってはいけないことを言う癖があるから」

「誰かを気遣うときは別だろう」リンチは横を向いた。「まあ、ぼくは直接経験したことはないが。さあ、座って待っていてくれ。グリフィンにもう一度電話をかけてから戻ってくる」

「いっしょにいてくれなくてもいいのよ」

「いっしょにいられるのがうれしいんだ。いや、この件にうれしいことなんてないな。だが、まちがいなく役得だ」リンチは廊下を遠ざかっていった。「十五分で戻る」

リンチがいなくなると、急に心細さを感じた。

どうかしている。

気が弱くなっているだけだ。ケンドラはイヴとサムに目を向けた。ふたりともいまにもくずおれそうに見える。

ベスの運命がわかるまで、ふたりは支え合うのだろう。わたしが不用意に言うべきではないことを言ってしまっても、その時はその時だ。

ケンドラはふたりが立つ窓辺へと向かった。

十五分たってもリンチは戻らず、待合室にふたたび姿を見せたのは一時間近くが過ぎてからだった。「すまない、電話をかけたらちょうどグリフィンが何かの作業中で、かけなおしてくるのを待つはめになった。いまこちらに向かっているそうだ」

「何かあったの？」ケンドラは言った。「コルビーに動きが？」

「そうかもしれない。確認がとれてからこちらに来るということだった」

ケンドラは目を険しくしてリンチを見た。「コルビーなのね。つかまえたの？」

「そうなら、ぼくの口から教えているよ」リンチは救急治療室を見た。「ベスは？」

ケンドラは首を振った。「まだ何も。気に入らないわ」いったん間を置く。「あなたが話題を変えるのも気に入らないけれど。なぜ話してくれないの？」

「ぼくの口から話すことではない。それに、新情報があるかもしれない」

「何についての？　なぜ――」

「やあ、ケンドラ」グリフィンが廊下を近づいてきた。「ベス・アヴェリーはどうだ。よくなっているといいんだが」

「まだわからないの。コルビーがつかまったと聞いたらベスもよくなると思うわ」ケンドラは言った。「あるいは、獣のように撃ち殺されたと聞いたら。それを言いに来たの？」

「残念ながらちがう。この知らせを聞いたらきみは腹を立てるだろう。わたしもおもしろくない。コルビーが水栓を開けてからとった行動は、すべて綿密に考え抜かれたものだった」

「行動というと？」

「ワシントンDCで殺されたトム・シムズのクレジットカードが、サン・イシドロで食料品や服を購入するのに使われたという報告があった。メキシコ側の国境近くの町だ」

「なんですって」

「シムズが路地で殺されているのが見つかったとき、クレジットカードが紛失していた」

「コルビーはメキシコに戻ったというの？」

「その可能性を考慮せざるをえない」グリフィンはポケットに手を入れた。「この別れの手紙をきみに残していることを考えれば、なおさらだ」

「手紙？」

「覚えていないか、コルビーは地下室を出る前にベス・アヴェリーのセーターにこれをつけていただろう。防水のフリーザーバッグに入っていた」グリフィンは文字の印刷された紙を一枚手渡した。「きみ用にコピーしてきた」

ケンドラはのろのろと紙を受けとった。

コルビーらしい文面だった。

ケンドラ
あんたの友人は愉快だったが、あんたに会える日が待ちきれない。とはいえ、おれは辛抱強い人間だ。あんたが迫ってきていることは知っているし、あんたは実に賢い。だから、少し流れを変えて、また別のときに別の場所で会うことにした。だが、だいじょうぶだ、ダンスはまだ終わらない。

あるいは、あんたのほうからまたおれに会いに来るかもしれないな。おれは慣れ親しんだ場所にいて、あんたがよそ者になる。それもまた楽しそうだ……。

コルビー

「メキシコにはふれていないわね」ケンドラは言った。「ほのめかしているだけで」

「いま国境警備隊の監視カメラを調べているところだ。だが、メキシコに入る際には身分証もパスポートもいらない。身分証と書類が必要になるのはアメリカに戻るときだけだ。コルビーには、新たな身分証を手に入れて次の計画を練るのにぴったりの場所だろう」

「でも、ベスが生きていることを知ったら、すぐに戻ってきて仕事を終わらせようとするかもしれない」

「その可能性はある。必要がなくなるまではベスに警護をつける」

「死ぬまでは、ということね」

「そんなことは言っていない」

「ええ、そうね。悪かったわ」ケンドラは言った。「いまのは言いがかりだったかもしれない。いまは話をするのもつらいのよ。コルビーが国境を越えた写真はいつごろ手に入るの？」

「リンチにメールで送る。きみはいま、いっぱいいっぱいのようだから」

「そうして」ケンドラは体の向きを変え、イヴとサムのもとへいまの話を伝えに行った。

そして、自分が待ち望む知らせを待った。

医師たちは永遠に救急救命室から出てこないのだろうか。


ドクター・ジョドコルが救急救命室から出てきたのは四十五分後だった。医師はまっすぐにイヴに歩みよった。当然だろう。イヴは家族で、近親者だ。

「ミス・アヴェリーの容態はいまのところ安定しています」医師は言った。「しばらくは急変する可能性がありますが、心拍はしっかりしています」そして重い口調で付け加えた。

「ただし、いまも意識は戻っていません。あと数日はそのほうがいいと思います。少なくとも今夜は薬剤で人工的な昏睡《こんすい》状態に置くことになるでしょう」

「なぜですか」イヴが尋ねた。

「脳の活動レベルをさげて、モニターできるようにするためです」

「脳に損傷があるか調べているんですね」イヴは言った。「徴候はあるんですか」

医師はためらった。「腫れ具合からはなんとも言えません。でも、もとどおりになるという希望は捨てないでください」

「もちろんです」ケンドラはあいだに入って言った。「いつわかりますか」

「昏睡から覚めさせることができるくらいに腫れが引いてからですね。早くてもあすです」

「面会はできますか」イヴは尋ねた。

医師は肩をすくめた。「もちろんです。言葉は交わせませんが」そしてうなずき、廊下を歩き去った。

「そっけないわね」ケンドラは言った。

「優秀なら文句はないわ」イヴが言った。「そして、もとどおりになる可能性があるというのなら。心配でたまらない」

ケンドラはうなずいた。「でも、危機は脱した」

「一時的には、だろう」サムがようやく口を開いた。「あまり楽観的には見えなかった」

「長丁場になりそうだな」リンチが言った。「提案なんだが、みんなぼくの家に戻って、シャワーを浴びて着替えないか。竜巻に遭ったような格好をしているぞ。そのあとでベスの付き添いの順番を決めよう。全員で張りつくことはベスも望んでいないだろうから」

「きっとおれたちを見て笑うだろうな」サムがふと言った。

ケンドラはサムを見てうなずいた。サムはベスのことにずいぶん詳しくなったようだ。

「わたしはここに残って、あなたたちが戻るまで待って――」

「だめよ」イヴがきっぱりと言った。「わたしが決める。わたしが姉に付き添うわ」そして、ケンドラの車のリモートキーを出し、ケンドラに手渡した。「いいわね、帰って」

イヴはナースステーションへと歩み去った。

「よし、決まりだな」リンチが言った。「イヴにはもう考えがあるようだ」

ケンドラはうなずいた。「一、二時間たったらわたしが交代するわ」

「責任を感じているからか？」リンチは言った。「その件はさっき話をしただろう」

「おれもベスのそばにいたい」サムが突然言った。

ケンドラはサムを振り返った。「イヴが優先よ、サム。家族だもの」

「ベスのために何かしたいんだ」

「これからできるわ」ケンドラはやさしく言った。「これまでにもいろいろしてきたでしょう。でも、自分を見てみて。濡《ぬ》れた服が体に張りついて乾いているし、髪も突っ立っている。さっぱりしたいでしょう。あなたがベスといるのを見たら、看護師は追い出そうとするわ」

「いまのきみがしているみたいに？」

ケンドラはうなずいた。「家に戻って身ぎれいにして、何か食べましょう。ベスの付き添いはそれからよ。そうすれば、ベスが目覚めたときに驚かさずにすむ。ね？」

「ベスはしばらく目を覚まさない。医者がそう言っていただろう」

「わたしはベスを信じるわ」

サムは黙りこんだ。そしてうなずいた。「おれもだ」サムは出口へと向かいはじめた。

ケンドラは後ろ姿が見えなくなるまでそれを見送り、リンチに向きなおった。「イヴとサムはほぼひと晩じゅうベスに付き添うことになる。あなたが仕向けたとおりに。なぜそんなことをしたの？」

「ぼくがやった？　ぼくはただ、きみが楽になるようにと考えただけだ。なぜすべてを計算しているなどと思うんだ？」

「ひとつボールを投げて、あなたの想定どおりにみんながキャッチするのを見ていたんでしょう？　操ったのよ」

「ちょっとした才能だ。オーケー、操ったことは認めよう。きみのためにやった」

「なぜわたしのためになるの？」

「きみは自由になりたいと思うようになるはずだからだ。だが、ベスに付き添わなくてはと思っていたら自由にはなれない」

「でもわたしはベスのそばにいたいのよ」ケンドラはリンチをにらんだ。「それになぜわたしが自由になりたいと思うようになるの？」

リンチは携帯電話を取り出した。「それは、十分前にグリフィンからこの写真が送られてきたからだ」携帯電話を差し出す。「やつは国境を越えてメキシコにいる」

コルビーだ。

帽子をかぶっているが、横顔がとらえられている。まちがいない。

「いつのもの？」

「一時間ほど前だ。メキシコにもぼくの情報提供者がいる。コルビーは新しい身分証を手に入れようとするだろう。やつの使いそうな業者はわかるから、おそらくコルビーを追跡できる」

「わたしを置いていくのは許さないわよ」

「そう言うと思っていたよ。いっしょに連れていく。でないときみひとりでコルビーを見つけようとしかねない」リンチは肩をすくめた。「だから、きみを自由にした」ケンドラの肘をつかむ。「車まで送るよ。ぼくはフェラーリで家まで戻る。あとを走ってきてくれ。そのあと、きみの車でメキシコへ行こう。フェラーリはメキシコでは目立ちすぎる」

「麻薬王でもないかぎりね。まあ、ここでも目立ちすぎだと思うけど」

「痛いところを突かれた。少しは気分がよくなったようだな」リンチはケンドラのためにドアを開けた。「行動を起こせばいつものきみに戻るんじゃないかと思っていた」

「コルビーを殺すことを考えればわたしが元気になるということ？」ケンドラはリンチとふたりで駐車場を横切った。「いま感じているのはそういうものじゃない。以前、ベスにに訊《き》かれたことがあるの。もう一度チャンスがあったら、コルビーを刑務所に送る代わりに息の根を止めるか、って。そのときははっきり答えられなかった。でも、いまはちがう。必死に生きようとしているベスと、コルビーがベスにしたことを目にして、迷いは消えたわ。コルビーにもう一度ああいうことをする力があると考えるだけで耐えられない。確実にコルビーを隔離しておいてくれると、警察や陪審員団や刑務所を信じることもできない」ケンドラはリンチの目を見つめた。「わたしがこの手で殺すわ」

「仲間たちの手を借りて、だ」リンチはケンドラの車の前で足を止めた。「ぼくを締め出さないでくれ、ケンドラ」そして、ケンドラの髪にやさしくふれた。「ぼくに関しては責任を感じる必要はない。きみの行く道がぼくの望む道だ」

ぬくもり。力強さ。安心。

なぜリンチといると安心できるのだろう。リンチのことを安全な男と呼ぶ者はひとりもいないはずなのに。

ケンドラの世界は安全とは言えず、道連れがいるのは心強かった。

「それならいっしょにその道を行きましょう……しばらくのあいだは」ケンドラは車を解錠し、リモートキーをポケットにしまった。運転席に乗りこむ。「家で会いましょう」

リンチはうなずき、フェラーリを停《と》めた場所へと走っていった。

だいじょうぶだ、ダンスはまだ終わらない。

ケンドラはハンドルを握りしめ、リンチの家へ向かう高速道路に車を乗り入れた。コルビーのメッセージはこちらをおびえさせ、恐怖のなかで日々を過ごさせるためのものだ。

その手には乗らない。

あなたの負けよ、コルビー。いまや世界じゅうの人々があなたを捜している。今度はあなたがおびえ、正体に気づかれないかと、会う人すべての表情をうかがうようになる。

そしてそのうち、わたしの姿を見つける。

それは今夜かもしれない。あしたかもしれない。

そのときがすぐに訪れることをケンドラは祈った。早くベスのそばに戻らなくてはいけない。すでに、世界的に有名な精神科医のリストを頭のなかで作りはじめていた。彼らのほとんどとは音楽療法の仕事を通じて面識がある。彼らならベスに最高の治療を施してくれる。

街を離れて交通量が減ってくると、少しだけ緊張が解けた気がした。思い悩む時間はこれから先たっぷりあるが、いまのところベスは休息をとって癒えつつある。

よく眠って、ベス。目を覚ますときにはわたしたちがそばにいる。

そしてそのときにはきっといいニュースを――

「やあ、ケンドラ。ドライブには最高の夜だな」

コルビー！

何か冷たくて細いものが首に巻きついた。

ハンドルから手が離れ、車が中央分離帯へと曲がっていく。

ケンドラは必死にハンドルを切り、なんとか衝突を免れた。

バックミラーに目を走らせる。

後部座席の背もたれが倒れ、トランクとの境が開いていた。

細い針金が首に食いこみ、血がにじんだ。わたしの血。

コルビー本人がそこにいて、あの鋭い青い目がまっすぐにこちらに向けられている。

衝撃。恐怖。

なぜこんなことが？

コルビーは笑みを浮かべた。「すばらしいハンドルさばきだったな、ケンドラ」針金がさらにきつく引かれ、ケンドラは痛みにうめいた。「はじまる前にパーティーが終わってはつまらない」

「パーティー？」ひと言発するたびに針金が喉に食いこみ、あえぎ声が漏れた。「あなたにとっては……ゲームなんでしょう。あなたに勝ち目はないわ、コルビー」

「だが、おれはすでに勝っている」

「どこにもあなたの居場所はない。どこにも」

「それはおれの問題だ」コルビーは針金を引き、さらに深く喉に食いこませた。

ケンドラは激しさを増す痛みにうめいた。「なぜいまなの？　もっと早く……何日も前に……わたしを殺せたはずよ」

「何カ月も前に殺せたよ、ケンドラ。現実を見ろ」

「それなら、なぜそうしなかったの」

コルビーはまた薄笑いを浮かべた。「刑務所にいたあいだやメキシコに滞在していたあいだ、あんたをどうしてやろうかじっくり考えた。すべてを計画どおりに進めなくてはならない」そして、わずかに針金をゆるめ、ケンドラが声を出しやすくした。

「今夜あなたがメキシコに渡ったとわたしたちに思いこませたのも、計画のうちだったということ？　どうやってアメリカに戻ってきたの」

「すべて計画していたことだ。メキシコを離れる前に身分証を二組買っておいた。ウィンゲートとチャイルドレスだ。ヴィクター・チャイルドレスの身分証は最終章のためにとっておいた」

「込みいった計画ね。そんな労力をかける価値があったの？」

「もちろんだ。あんたを殺すのに、あっけなくて芸のない方法は使いたくない」

「そうでしょうね。あなたはいつも、被害者を苦しめることを第一に考える」

「そのほうがおもしろい。そうだろう？」

「いいえ」ケンドラは頭を振りかけたが、針金が食いこんでひるんだ。「悲しいだけよ」

「ふむ。そういうこともあるかもしれないな。少しばかり胸が痛むことも」

ケンドラは後ろを振り返った。いつもながら、コルビーはどこまでも自信過剰で独りよがりだ。「それで、わたしにはどんな計画を立てたの？」

「じきに教えてやる。まずは、窓を開けて携帯電話を捨ててもらおう。これから行く場所には必要ない」

「あなたにあげるわ。好きに使って。携帯電話はそこ……コンソールの上よ」

「うまい手だ。だが、あんたの友達はテクノロジーに詳しすぎる。電話機を使って追跡してくるだろう。だから、命じたとおりに窓から捨てろ、ケンドラ」

ケンドラは窓を開け、電話機を投げ捨てた。路面に当たって火花が散るのがサイドミラーに映った。

「よし。それでいい」

「どこに行くか決めているの？　それともひと晩じゅう運転することになるのかしら」

「行き先は決まっている。あんたも心の奥底ではわかっているはずだ。おれたちの特別な場所だからな」

「何も思い当たらない」

「教えてやらないといけないか？」コルビーは穏やかに言った。

　その必要はなかった。その瞬間、おぞましい答えが頭に浮かんだ。あそこに行く気だ。

「コーチェラ・ヴァレー……。あの峡谷に戻る気なのね」

「ああ、わかってくれると思っていたよ。この日が来るとわかっていた。四年前、頭蓋骨を割られて病院で目覚めたあの日からずっと。知っていたか、あの夜からひどい耳鳴りがやまないんだよ。けっしてやまずにあんたを思い出させつづけるんだ、ケンドラ」

　武器。何か武器はないだろうか。グローブボックスに銃が入っているが、手が届かない。

「あの夜のことは、あなたが殺したＦＢＩ捜査官たちの家族にもけっして忘れられないでしょうね」

「名誉の死だ。あのふたりはおれに感謝すべきだろう。英雄にしてやったんだから」

「あなたが殺したんでしょう」

「取るに足りない平凡な存在だったのを救ってやったんだ。やつらには人類の偉業を成し遂げる力がなかった。あんたとはちがってね。やつらに非凡な人生を与えられるのはおれだけだったから、それを与えてやった」

「穢《けが》らわしいのは……あなたがそういうことを言うのが、わたしを挑発するためではないということよ。あなたは本気でそれを信じている」

「もちろんだ。おれは信念に反することは言わない。おれより正直な人間がいるか？」

　ケンドラは助手席に目を走らせた。オリヴィアの護身グッズの箱があれば……。

「わかっているな、ケンドラ。道中で警官に何か合図をしたら、そいつを殺す。この街にまたひとり、悼むべき英雄が生まれるんだ……そしておれはまたひとつ、凡庸な人生を非凡な人生に変えることになる。口先だけのことだと思うか？」

「いいえ、一瞬たりとも」

「いい子だ」

コーチェラ・ヴァレーへと向かう長い道のりのあいだ、ケンドラとコルビーはひと言もしゃべらず、コルビーは針金をケンドラの首にきつく巻きつけたままだった。カーブを曲がってロック・ロードをゆっくりとのぼりはじめたとき、ケンドラは沈黙を破った。「ここに戻るのはあの夜以来なんでしょう」

「なぜ知っている？」

「この数カ月、何度もここに来たから。あなたがいつか戻ってくるとわかっていたから、定期的に来ては痕跡がないか確かめていた。何も見つからなかったけれど」

「いつもながら正解だ。あんたにはあいにくだが、すべてはここで終わる。あんたを生かしておけないというのは、あんたやあんたの能力への、ある種の賛辞だ」コルビーは続けた。「ここには、おれを捜しに来ただけではないはずだ。何度この峡谷を夢で見た？」

「数えきれないほど」

「やっぱりな。そうだと思っていた」

ケンドラは前方の丘に目をやった。コルビーがＦＢＩの勇敢な捜査官ふたりを殺した場所だ。そのすぐ下の峡谷で、ケンドラはコルビーと恐ろしい対決をした。

首の針金が少しゆるみ、バックミラーに目を向けると、コルビーが前方を見てやはりあの夜を思い出しているのがわかった。「姿を消してしまえばよかったのに。誰もあなたを捜してはいなかったんだから」

「あんたは捜していた」

ケンドラは速度をあげ、蛇行する山道をのぼった。ヘッドライトが左右に振れ、山刀《マチエーテ》のように景色をなぎ払う。道路脇の木の柵と、斜面の下の採石場にたまった黒い水が照らし出された。「誰もわたしの言うことなんて気にかけていなかった。どこか遠くで、残りの人生を自由に楽しめたはずよ」

「いまからでもできる」

「どうやって？」

「近ごろは世間の関心などあっという間に薄れる。刑務所にいた数年のあいだに、さらにスパンが短くなった。二十四時間ニュースが発信されて、新たな凶悪事件が以前の事件を追いやっていく。おれのことなど数カ月もたてば誰も捜さなくなる。うっすらとした不快な記憶にすぎなくなる。そうしたらまた戻ってきて、これまでやってきたことをやる。凡庸な人生から人々を救うんだ」

コルビーの言葉には恐ろしい真実が含まれている。それは、さらに恐ろしい現実を引き起こす。そのさまが目に見える気がした。

いけない。そんなことはさせない。

ケンドラは深く息を吸った。「だめよ、コルビー。繰り返すのは許さない。けっして」

武器はない。

方法はただひとつ。

ハンドルを思いきり左に切る。次の瞬間、車は道路と採石場を隔てる柵を突き破った。

暗闇に飛び出したとたん、コルビーの悪態が聞こえた。十メートル落下して、静かな深い池の水面に突っこむと同時に、エアバッグが作動してケンドラの全身に痛みが走った。

水。至るところから水が侵入し、脚、そして腰と水位をあげていく……。

とはいえ、まだ生きている！

でも、コルビーは？

動きなさい。車から出るのよ、いますぐに。

ケンドラはエアバッグの隙間に手を入れ、シートベルトの金具を探った。

はずれた。

喉に手をやり、まだ巻きついている針金をつかんだ。針金の下に指を入れてゆるめ、ゆっくり持ちあげる。顎、鼻、額……。

ギッ！

ふいに頭と指が締めつけられた。

痛み。鋭い、強烈な痛み……。

コルビーを振り返る。シートベルトもエアバッグもなかったコルビーは、顔面を強打していた。顎と鼻から血が流れ、前歯が何本か折れている。

そのコルビーが後部座席に体を押しつけ、針金を引き絞っている。

ケンドラは頭に食いこむ針金を押しあげようとした。手が血に染まる。あともう少し、上にずらせば……。

水の勢いが増し、車体が左に傾いた。ケンドラはドアのロックをはずし、体重をかけた。

びくとも動かない。水圧が強すぎる。

必死にバックミラーに目を走らせた。

コルビーがナイフを持っている。針金を引きながら、右手でナイフを振りあげる。

まずい。

ケンドラは運転席側の窓を蹴破った。水がなだれこみ、コルビーが座席に押し流される。

いまだ。ケンドラは針金をかなぐり捨て、流入がおさまった窓から外に這《は》い出した。車はほぼ水没している。

あと少しで外に――

コルビーがケンドラの足をつかんだ。蹴って手をはずそうとするが、力が強くて振り払えない。

ザッ。

足首を切りつけられた。

痛み。

ザッ。

また切られた。足を振り動かし、とにかくあたりを蹴った。

手が離れた！

足を引き、狙いを定め、カウントをとる……。

いまだ！

すでに血まみれのコルビーの顔に、足が命中した。水のなかでもコルビーの苦悶《くもん》の叫びが聞こえた。

最後にもうひと蹴りし、窓から外に出た。車が横倒しになって、運転席側から岩だらけの水底に沈んだ。

振り返ると、満月の光が水中に差しこんで、車を幻想的に照らしていた。ダッシュボードが光を反射して、なかでコルビーがもがいているのが見えた。

コルビーが助手席側のドアへと向かっていることにケンドラは気づいた。ドアが開いたら、コルビーは逃げ出してしまう。

そして、すべてがまた繰り返される。

今度はそうはさせない。

痛みに耐え、ケンドラは泳いで車へと戻った。助手席のドアの上で姿勢を保ち、コルビーをじっと見る。

やがて、コルビーがケンドラに気づき、目が合うと邪悪な笑みを浮かべた。

コルビーはドアのハンドルをつかんだ。そのとき、ケンドラは病院でポケットに入れたリモートキーを取り出した。窓の上、コルビーの眼前にかざす。

そして、ボタンを押し、ドアをロックした。

カチャ。

コルビーはあざけるように唇をゆがめ、手を伸ばしてドアハンドルを引いた。

ハンドルは動かない。

チャイルドロックよ。ケンドラは言ってやりたかった。幼いクライアントたちのために使っている機能だが、いまほどありがたく思ったことはなかった。

コルビーはそんなこととは思いもせずに、一心不乱にドアを開けようとしている。

パニックに陥り、窓を叩《たた》く。初めて、コルビーの目に恐怖が浮かぶのが見えた。まぎれもない恐怖だ。

それでも、コルビーがこの世界に持ちこんだ恐怖に比べれば、取るに足りない。

どんな気分? コルビー。ベスを思い出すがいいわ。

コルビーの目が見開かれ、大きな泡がひとつあがったあと、肺が水に侵された。ケンドラが身動きもせずに見つめるなか、コルビーは座席に沈みこんだ。

そして、動かなくなった。

エリック・コルビーは死んだ。あの青い目が見開かれたまま、水に差しこむ月の光を反射している。

現実とは思えなかった。

いいえ、これが現実よ。わたしがやった。さっき胸に誓ったとおりに。

ケンドラは身を翻し、次の瞬間、水面に出た。そして岸へと泳ぎはじめた。


救命救急士がケンドラを救急車に乗せたとき、リンチが到着した。

「ひどいありさまだな」リンチは救急車に乗りこみ、ケンドラの傍らに座った。

「もうひとりのほうを見るべきだったわね」ケンドラは言った。「きっと楽しめた」

「そうだろうな」リンチはケンドラの頬をなでた。「きみの車が見えなくなっているのに気づいたときには、ほんとうに焦ったよ。ぼくを締め出さないでくれと頼んだだろう」

「しかたがなかったのよ。電話をかけられるようになっていちばんに連絡したでしょう?」ケンドラは目を閉じた。「疲れたわ。いまはもう何も話したくない」

「休んでいい。最寄りの病院に行ってその喉を診てもらおう。ひどい傷だ」

「いいえ」ケンドラは目を開けた。「ベスと同じ病院に行きたい。ほかの病院には連れていかないで」

「了解」リンチは微笑《ほほえ》んだ。「仰せのとおりに」

「よかった」ケンドラはまた目を閉じた。「いまはもう闘う元気がないの。あとはお願いできる?」

「いまも、あしたも、いつまでも。なんでも命じてくれ」

「ずいぶんやさしいのね」

「そうだな。この状況だから。もう眠るといい。あとはぼくがやる」

そう、リンチがすべてやってくれる。

ケンドラは意識を手放し、眠りに落ちた……。

アルバラード医療センター
次にケンドラが目を覚ましたとき、そばにはイヴがいた。
「あら」ケンドラはぼんやりと言った。「ここにいてはだめじゃない。あなたはベスのそばに……」

「それはきのうの話よ」イヴは微笑んだ。「いまも付き添っているけれど、検査のあいだは追い出されてしまったから、ここに来てあなたの様子を確かめることにしたの」

「きのう?」ケンドラは病室に差しこむ日の光を見た。「わたしはだいじょうぶよ。こんなに長く眠るつもりはなかったけれど」

「運びこまれたときはひどい状態だったのよ。切り傷、打ち身、ショック。だから治療のあいだ鎮静剤を投与することになったの」イヴは鼻に皺《しわ》を寄せた。「たぶんリンチが提案したのよ。過保護だから」

「リンチにすべて任せたの」ケンドラは淡々と言った。「予想しておくべきだったわ」

「まあ、わたしでも同じようにしたでしょうね」イヴが静かに言った。「コルビーを排除したことで、あなたは複雑な思いを抱えているでしょうから」

それは否定できなかった。ケンドラの胸には奇妙な喪失感ととまどい、悲しみ、怒りが渦巻いていた。「そうね。でも、後悔だけはないわ。ベスのことがあったあとでは」

「ベスといえば……」イヴは突然立ちあがった。「ちょっと会いに行かない?」

「いま?」ケンドラは驚いて尋ねた。

「いますぐよ」イヴはベッドの脇に車椅子を運び、ケンドラが体を起こすのを手伝った。

「これに乗って。廊下を歩かせているところを看護師に見られたら大目玉を食らうから」

「いまでなくても――」

「いいえ、だめ」イヴはケンドラを車椅子に座らせた。「静かにね。こっそり行くわよ」

二分後、エレベーターをおりて、イヴはベスの病室まで車椅子を押していった。

「イヴ、何か起こっているんでしょう？」

「あら、鋭いこと。まあ、誰でもわかるわね、ケンドラ・マイケルズでなくても」イヴはドアの前で立ち止まった。そしてドアを開けた。「けさの四時ごろ、ベスが目を覚ましたのよ。わたしを見て微笑んで、わたしの名前を呼んだの。そしてまた眠ってしまった」

「まあ」ケンドラは急に不安になった。「意識を失ったわけでも、昏睡でもなく？」

「まだ鎮静剤を投与中だけど、そのあと二回目覚めたわ。普通の眠りだそうよ」

ケンドラは唇を湿らせた。「普通って……どれくらい普通なの？」

「わたしのことがわかるし、今年が何年かも、日付もわかる。まだ脳は腫れているそうだけど」イヴはにっこりとした。「でも、希望があるわ。大きな希望が」

「なぜわたしが目覚めたときにすぐに教えてくれなかったの？」

「お膳立てをして驚かせたかったのよ。でも待ちきれなくて、言わずにいられなくなった」

「しばらくベスのそばにいられる？」

「あなたがいなくなったことに看護師が気づいて警備員を呼ぶまではね」イヴは車椅子を

ベッドのそばまで押していった。「あまり時間はないけれど、ドアで見張っているわ」

ベスは顔色が悪く、弱々しかったが、穏やかに息をしていた。きのうケンドラを震えあがらせたはかなさはもう感じられない。

すべて終わったのよ、ベス。戻ってきて。もう怖いことはないから。

とはいえ、ベスは一度も怖がらなかった。声は細いが、しっかりとしている。「なんだか……ひどいことになってるわよ。先生に診てもらったほうが……そのへんに大勢いるから」

「ケンドラ？」ベスの目が開いた。声は細いが、しっかりとしている。「なんだか……ひどいことになってるわよ。先生に診てもらったほうが……そのへんに大勢いるから」

「あとで考えてみるわ」ケンドラはベスの手を握った。「みんなあなたの治療で忙しくしてるのよ。でも、近いうちに手が空くと思うから」

「いますぐ……」

「世話を焼くのはやめて」ベスに世話を焼かれ、あれこれ言われることがたまらなくうれしかった。「話しておきたいことがあるのよ、イヴに連れ出されてしまう前に……」

二日後

アルバラード医療センター

「ベスがあなたに会いたがっているわ」イヴはサムに微笑んだ。だが、声の調子は断固としていた。「ぐずぐずしていないで早くなかに入って話をしなさい」

「ぐずぐずなんてしてない」サムは抗議した。「病院がきらいなだけだ。それに、みんなが押しかけてベスは忙しいだろうし――」

「ベスが生きていて回復しつつあるのがうれしいって伝えるのがいけないことなの？」

「おれがうれしく思ってることはベスも知ってるさ」

「そうね。ベスが生きているのはあなたのおかげだって、わたしがきっちり説明したから」

「やめてくれよ」

「会うのが照れくさいんでしょう。でも、避けては通れないわよ。さあ、行って向き合ってきなさい」

サムはためらったが、肩をいからせてドアを開け、ベスの病室に入った。

ベスは目を閉じて横たわっていた。表情は穏やかで、黒っぽい髪が枕の上に広がって輝いている。

一瞬、サムの心臓が恐怖で縮みあがった。水のなかでベスが死んでいると思ったあのときとまったく同じに見える。

だが、ベスは死んでいなかった。どうやって生き延びたのかはわからないが。どんな説明をされようと、これは奇跡だ。

「なぜそこに突っ立ってるの？」いつの間にかベスが目を開けていた。「こっちに来て」

「眠ってると思ったんだ」サムは顔をしかめ、ベッドに歩みよった。「というか、死んでいるのかと思った。怖かったよ」

「わたしも怖かった。でも、コルビーにはそれを見せなかった。喜ばせたくなかったから」ベスは手を伸ばしてサムの手をとった。「ほんとうにコルビーは死んだの？」

「ケンドラから聞いただろう」

「ええ。でもつらい思いをさせたくなくて、根掘り葉掘りは訊けなかったの。ケンドラはひどく自分を責めている。あの地下室のことは全部忘れてもらいたいのに」

「みんな忘れたいと思ってるよ」サムは言った。「だが、そんな日は来ない」

ベスは黙りこんだ。「そうね。あの記憶が消えることはない。でも、あの記憶のなかに、痛みではなく安らぎをくれる何かを見つけるつもり」サムの手を見おろす。「ヒーローみたいにわたしを助けてくれたんですってね」

「はっきり言って、われながらよくやったと思うよ」

「相変わらず自信家だこと。あなたに助けてもらったのはこれで二度めね。あなたに一生の感謝を捧《ささ》げるべきだって思ってるんじゃない？」

「それはありがたいけど、落ち着かないな。ほら、おれは謙虚な人間だから」

ベスは鼻を鳴らした。

「おいおい、ひどいな」

「一生の感謝ね……いい考えかも」ベスはふいに目をいたずらっぽく輝かせた。「わたし、気に入ってる古いことわざがあるの。〝誰かの命を助けたら、その誰かを一生守らなくてはならない〟」

「何かが大いにまちがってる気がするが」

「わたしもずっとそう思ってたけど、いい考えに思えてきたの」ベスはにやりとした。「これまでわたしを守ってくれる人はいなかった。これっておあつらえ向きじゃない？」

「その考え方はややこしすぎる。遠慮したいな」

「だめ」ベスはサムの手をきつく握った。「とにかく、離れるのだけはだめよ。わたしは〝老犬トレイ〟なんでしょう？」

「ああ」サムはやさしくベスを見おろした。「きみがまわりをうろついたり、暖炉の前でいびきをかいたりしてても気にはならないが、地下室は二度とごめんだ。いいな？」

「了解」ベスはサムの手を持ちあげ、唇を押しつけた。「すべて言うとおりにするわ……相棒さん」そして手を離し、目を閉じた。「さあ、もう行って。わたしは早くよくならなくちゃならないの。人生が待ってる。やることがたくさんあるのよ……」

エピローグ

二カ月後
カリフォルニア州　サンタバーバラ
シーヘヴン問題行動治療センター

ケンドラは人々を見まわした。「ベスはどこなの、サム。見当たらないけれど」

サムはにやりとしてシャンパンのグラスを持ちあげ、海岸を見おろす小さな丘に集まる人々を示した。「あの岩場にいるよ。いちばんの見物席だから」

岩場へと向かいながら、ケンドラは招待客たちに目を向けた。みなガーデンパーティーのような装いだ。それがベスの希望だった。ベスから電話がかかってきて、この特別な集まりに招待されたのだ。

「お祝いにしたいの」ベスは言った。「何かひらひらした楽しい服を着てきて。蝶《ちょう》を思い出させるような」

「ベス、蝶みたいな服なんて持っていないわ。わたしのスタイルじゃないから」

「これからそうすべきよ。あなた以上に蝶に似ている人はいないもの。考えてみて」

「それを言うなら、あなたこそ蝶そのものよ」ケンドラはため息をついた。「いいわ、探してみる。そういう服で、わたしが着ても笑われずにすみそうなものを」

「ありがとう。イヴとも同じやりとりをしたばかりなのよ」ベスは電話を切った。

さんざん苦労して、ケンドラは銅色のふわりと広がったマキシドレスを見つけ、それで手を打つことにした。ベスのためだ。

広々とした芝生の向こうで、イヴがリンチやジョー・クインと話しているのが見えた。イヴはダークブルーとピーコックグリーンのドレスを選んでいた。シンプルで洗練されているが、ふんわりとしていなくもない。みながベスの注文に従って、希望を叶《かな》えようと努力していた。

「こっちよ、ケンドラ」ベスの声が聞こえた。微笑《ほほえ》みながら、ケンドラが近づいてくるのを見守っている。ベスは緋《ひ》色とオレンジのシフォンのドレスを着ていた。黒っぽい髪がよく映えて、とてもあでやかできれいだ。「すごいごちそうでしょう?　シャンパンも最高よ」ベスは自分の横の岩を軽く叩《たた》いた。「ここに座って。特等席で見物しましょうよ」そして、芝生の向こうの病院に視線を向けた。「ダイナマイトはもう設置ずみよ。完全に暗くなるまで待ってもらってるの」

ケンドラはベスの隣に腰をおろした。眼下の岩場で波が砕け、湿った風が髪を揺らす。

すばらしい景色だったけれども、この場所が何に使われていたかを考えると、そら恐ろしい気分になった。「ほんとうに爆破するつもりなのね。それでいいの？　ベス」

「もちろんよ。あなたとイヴに助け出してもらったときから、こうしようと考えてたの。この病院を買いあげて、いまわしい思い出を全部壊したあと、土地を寄付して公園にしようって。そうすれば、記憶がすべて幸せな思い出に変わる。でも、覚悟を決めてこれがわたしの望みなんだと確信する必要があった。なぜか、迷いがあったのよ。怖かったのかもしれない。長いあいだ、ここはわたしの家であり牢獄《ろうごく》だったから」ベスは微笑んだ。「でも、コルビーとのあの恐ろしい一日のおかげで迷いは全部消えた。これ以上ない教訓になったわ」シャンパンのグラスを持ちあげる。「喜びとともに一日一日、一刻一刻を生きることに乾杯」そして、病院の建物と、各テーブルに散らばる招待客たちに目を向けた。「それから、わたしを愛してともに生きてくれる人たちに感謝を」

「わたしもそれに乾杯するわ」気づくとイヴがそばに来ていた。イヴはベスの頬にキスをした。「すてきな会ね」シャンパンを飲む。「ねえ、しばらくわたしの家に来ない？」

ベスはくすくすと笑った。「絶対にあきらめないのね」

「今回呼び出されたときには肝を冷やしたのよ。これまではあなたの人生だから好きにさせてきたけれど、生きていてくれなくては困る」

「わたしのせいよ」ケンドラは静かに言った。「二度とこんなことは起こさせないわ」

イヴは小さく笑った。「あなたを責めてるわけじゃないのよ。ベスについて学んだことがあるとすれば、それはベスは自分のしたいようにするということ」そして、ため息をついた。「わたしの家に来たいと思ってくれるといいんだけど」

「そのうちにね」ベスは言った。「まだもう少し成長しないといけないの」

「人は一生成長するものよ」イヴがやさしく言った。

「そうかもね。でもほかのみんなはもっと早いスタートを切ってる」ベスは西の方角に目を向けた。「日が沈んだわね。あと数分で暗くなる」

「そろそろ時間？」ケンドラは尋ねた。

ベスは長いあいだ病院を見ていた。そして、手をあげて合図をした。「ええ、時間よ」立ちあがり、ケンドラとイヴとともにグラスを持ちあげる。「さあ、花火を見物しましょう。すばらしい見ものになるそうよ。独立記念日の花火よりもずっと」

次の瞬間、その言葉は真実になった。病院はすさまじい爆発音をあげて吹き飛び、夜空を明るく照らした。

「そう、これでいい」ベスは言った。「これぞ祝祭よ」

訳者あとがき

ロマンティック・サスペンスの名手アイリス・ジョハンセンとその息子ロイ・ジョハンセンによるケンドラ・マイケルズ・シリーズ第三作『月光のレクイエム』をお届けします。

本シリーズのヒロイン、ケンドラ・マイケルズは、サンディエゴで音楽療法士として働く女性。生まれつき目が不自由だったものの、二十歳のときに視力を取り戻したという特殊な生い立ちを持っています。目が不自由だった時代に発達した聴覚や嗅覚、新たに手に入れた視覚によって驚異的な洞察力を発揮するケンドラは、各種捜査機関に協力し、これまで数々の難事件を解決してきました。

ケンドラが初めてFBIに捜査協力をして刑務所送りにした連続殺人犯、エリック・コルビーが獄中から協力者を使ってケンドラへの復讐《ふくしゅう》を図った前作『見えない求愛者』から四カ月。コルビーは死刑に処されたと世間では信じられていましたが、ケンドラだけはコルビーがまだ生きていることを確信しています。

コルビーはいずれ必ず決着をつけに来る。そう考えるケンドラは、捜査当局の協力を得られないまま、近隣で殺人事件が起こるたびにひとり現場に赴き、コルビーが関与した形跡がないか確かめていましたが、いまだ確証はつかめません。

そんななか、あるオンライン新聞記者から〝コルビーが生きている証拠を見つけた〟と連絡が届きます。ところがその記者の目的は、コルビー生存説を唱えるケンドラを揶揄《やゆ》した記事を書くことでした。しかもその記事が発表された日の夜、ケンドラと口論をしたすぐあとに、記者が死体となって発見されます。死体には、目を見開かせてまぶたを糊《のり》づけするというコルビーの手口が使われていました。

ケンドラの説が世間に広く知られたことで模倣犯が現れたのか、それともコルビー本人がとうとう動き出したのか？　あろうことか自身に殺人の容疑がかけられ、ケンドラは追いつめられていきます――

宿敵コルビーとふたたび対決する本作品では、これまで捜査機関に頼られてきたケンドラが、初めて孤軍奮闘することになります。今回ケンドラの片腕となるのはベス・アヴェリー。ベスはアイリス・ジョハンセンの人気シリーズである〈復顔彫刻家イヴ・ダンカン〉の十五作め〝Sleep No More〟（二〇一二年、未邦訳）に登場する、イヴ・ダンカンの異父姉です。さらに、ＩＴ技術を駆使して挑発を繰り返すコルビーに対抗すべく、ケンドラの元恋人でいまはよき友人のサム・ザコフも登場し、天才ハッカーとして活躍します。

ヒーローであるリンチは、ケンドラを誰よりも深く理解して、支え、守ろうとします。前回の〝意外な一面〟がさらに意表をつく展開を見せているのも読みどころです。徐々に信頼を深めていくケンドラとリンチの関係は今後どうなっていくのでしょうか。

シリーズ四作めとなる〝Night Watch〟（二〇一六年）では、ケンドラの視力を取り戻す手術を担当した医師にまつわる事件が描かれるとのことで、こちらもＭＩＲＡ文庫から刊行予定ですのでどうぞお楽しみに。本国では、六作め〝Double Blind〟（二〇一八年）までが発表されています。

二〇一八年九月

瀬野莉子

訳者　瀬野莉子

お茶の水女子大学卒業。ＳＥなどの職を経て翻訳者の道へ。主な訳書にジェイン・Ａ・クレンツ『この愛はいつか見た愛』、アイリス・ジョハンセン『見えない求愛者』（以上、ＭＩＲＡ文庫）がある。

★　★　★

月光のレクイエム

2018年9月15日発行　第1刷

著　　者／アイリス・ジョハンセン／ロイ・ジョハンセン

訳　　者／瀬野莉子（せの　りこ）

発 行 人／フランク・フォーリー

発 行 所／株式会社ハーパーコリンズ・ジャパン

東京都千代田区外神田 3-16-8

電話／03-5295-8091（営業）

0570-008091（読者サービス係）

印刷・製本／株式会社廣済堂

装 幀 者／中尾　悠

ISBN978-4-596-91766-9